UM ESTRANHO NOS
meus braços

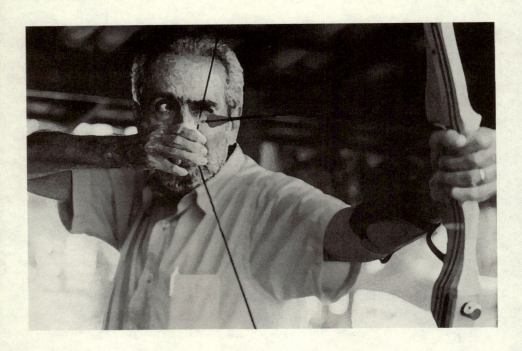

O Arqueiro

GERALDO JORDÃO PEREIRA (1938-2008) começou sua carreira aos 17 anos, quando foi trabalhar com seu pai, o célebre editor José Olympio, publicando obras marcantes como *O menino do dedo verde*, de Maurice Druon, e *Minha vida*, de Charles Chaplin.

Em 1976, fundou a Editora Salamandra com o propósito de formar uma nova geração de leitores e acabou criando um dos catálogos infantis mais premiados do Brasil. Em 1992, fugindo de sua linha editorial, lançou *Muitas vidas, muitos mestres*, de Brian Weiss, livro que deu origem à Editora Sextante.

Fã de histórias de suspense, Geraldo descobriu *O Código Da Vinci* antes mesmo de ele ser lançado nos Estados Unidos. A aposta em ficção, que não era o foco da Sextante, foi certeira: o título se transformou em um dos maiores fenômenos editoriais de todos os tempos.

Mas não foi só aos livros que se dedicou. Com seu desejo de ajudar o próximo, Geraldo desenvolveu diversos projetos sociais que se tornaram sua grande paixão.

Com a missão de publicar histórias empolgantes, tornar os livros cada vez mais acessíveis e despertar o amor pela leitura, a Editora Arqueiro é uma homenagem a esta figura extraordinária, capaz de enxergar mais além, mirar nas coisas verdadeiramente importantes e não perder o idealismo e a esperança diante dos desafios e contratempos da vida.

Título original: *Stranger in my arms*

Copyright © 1998 por Lisa Kleypas
Copyright da tradução © 2023 por Editora Arqueiro Ltda.

Todos os direitos reservados. Nenhuma parte deste livro pode ser utilizada ou reproduzida sob quaisquer meios existentes sem autorização por escrito dos editores.

tradução: Ana Rodrigues
preparo de originais: Marina Góes
revisão: Camila Figueiredo e Priscila Cerqueira
diagramação: Abreu's System
capa: Renata Vidal
imagem de capa: Kamil Akca / Arcangel
impressão e acabamento: Associação Religiosa Imprensa da Fé

CIP-BRASIL. CATALOGAÇÃO NA PUBLICAÇÃO
SINDICATO NACIONAL DOS EDITORES DE LIVROS, RJ

K72e

Kleypas, Lisa
  Um estranho nos meus braços / Lisa Kleypas ; tradução Ana Rodrigues. – 1. ed. – São Paulo : Arqueiro, 2023.
  304 p. ; 23 cm.

  Tradução de: Stranger in my arms
  ISBN 978-65-5565-438-7

  1. Romance americano. I. Rodrigues, Ana. II. Título.

22-81052
CDD: 813
CDU: 82-31(73)

Meri Gleice Rodrigues de Souza – Bibliotecária – CRB-7/6439

Todos os direitos reservados, no Brasil, por
Editora Arqueiro Ltda.
Rua Funchal, 538 – conjuntos 52 e 54 – Vila Olímpia
04551-060 – São Paulo – SP
Tel.: (11) 3868-4492 – Fax: (11) 3862-5818
E-mail: atendimento@editoraarqueiro.com.br
www.editoraarqueiro.com.br

Capítulo 1

— Lady Hawksworth, seu marido não está morto.

Lara encarou James Young sem piscar. Tinha certeza de que não havia escutado direito o que o administrador da propriedade acabara de dizer... ou talvez ele estivesse embriagado, embora, até onde sabia, o homem não fosse chegado a bebedeiras. Era possível que tivesse ficado um pouco perturbado por ter que trabalhar para os atuais lorde e lady Hawksworth. Depois de algum tempo, eles com certeza deixavam qualquer um louco.

– Sei que isso é um grande choque para todos vocês – continuou Young, muito sério. A preocupação cintilou em seus olhos, por trás dos óculos. – Principalmente para milady.

Se a notícia viesse de uma fonte menos confiável, Lara a teria ignorado sem pestanejar. No entanto, James Young era um homem responsável e cauteloso, que servia à família Hawksworth havia pelo menos uma década. E que, desde a morte do marido dela, vinha fazendo um excelente trabalho na administração da propriedade, por mais escassa que fosse a preciosa quantia a administrar.

Arthur, lorde Hawksworth, e sua esposa, Janet, também encaravam Young como se duvidassem da sua sanidade. Eram um casal muito semelhante fisicamente – ambos louros, altos e magros. Embora tivessem dois filhos, os meninos tinham sido mandados para estudar em Eton e raramente eram vistos ou sequer mencionados. Arthur e Janet pareciam ter apenas uma coisa em mente: desfrutar da riqueza e da posição social recém-descobertas da forma mais extravagante possível.

– Que absurdo! – explodiu Arthur. – Como você ousa nos abordar com uma tolice dessas? Explique-se agora mesmo.

– Muito bem, milorde – retrucou Young. – Ontem recebi a informação de que uma fragata chegou recentemente a Londres, trazendo um passageiro bastante curioso. Parece que ele guarda uma semelhança impressionante com o falecido conde. – O homem lançou um olhar respeitoso a Lara antes de acrescentar: – E esse homem alega ser lorde Hawksworth.

Arthur soltou uma gargalhada debochada. Seu rosto fino, marcado por linhas profundas de cinismo, adquiriu um tom vívido de vermelho. O nariz adunco se crispou em uma expressão irritada.

– Essa farsa é um ultraje! Hawksworth morreu há um ano. É impossível que tenha conseguido sobreviver a um naufrágio na região de Madras. Meu Deus, o barco literalmente se partiu ao meio! Todos a bordo morreram. Está me dizendo que, de algum modo, meu sobrinho conseguiu sobreviver? Esse homem deve ser um lunático se acha que algum de nós acreditará nele.

Janet cerrou os lábios finos.

– Logo provaremos que se trata de um impostor.

Irritada, ela alisava a escura barra de renda Vandyke – de pontas afiadas como dentes – que enfeitava o corpete e a cintura do vestido de seda verde-esmeralda.

Young ignorou o desdém furioso dos Crosslands e se aproximou da viúva. Larissa estava sentada em uma poltrona de madeira dourada, perto da janela, com os olhos fixos no tapete que cobria o chão. Como tudo mais no castelo Hawksworth, o tapete persa era opulento ao nível do mau gosto, com seu fantástico padrão de flores surreais se derramando de um vaso em estilo chinês. A ponta gasta de um sapato de couro preto se projetava por baixo da bainha do vestido de luto que ela usava, enquanto Larissa traçava distraidamente o contorno de uma flor vermelha com o pé. Parecia perdida em pensamentos, e não reparou na aproximação de Young até ele estar à sua frente. Ela endireitou o corpo de repente, como uma criança ao ser repreendida, e ergueu os olhos para o rosto do administrador.

Mesmo no vestido de bombazina escura, de gola alta e imaculado como o hábito de uma freira, Larissa Crossland ainda exibia uma beleza suave e elegante. Com os cabelos negros como zibelina parecendo sempre prestes a se soltar dos grampos, olhos lânguidos, de um verde pálido, era uma mulher impressionante. No entanto, sua aparência não provocava ardor. Larissa com frequência era admirada, mas nunca disputada... nunca era alvo de flertes ou de olhares de desejo. Talvez fosse pelo modo como usava a simpatia como arma, se é que algo assim era possível, mantendo todos a distância.

Muitos na cidade de Market Hill viam Lara quase como uma santa. Uma mulher com aquela aparência e posição social poderia ter conseguido um segundo marido rapidamente, mas Lara escolhera permanecer viúva e se envolver em trabalhos filantrópicos. Era sempre gentil e compassiva, e sua generosidade se estendia tanto aos nobres quanto aos necessitados. Young nunca ouvira lady Hawksworth pronunciar uma só palavra indelicada a respeito de ninguém – nem sobre o marido, que praticamente a abandonara, nem sobre os parentes, que a tratavam com uma mesquinharia desprezível.

Mas, apesar de toda essa aparente serenidade, havia algo perturbador naqueles olhos verdes translúcidos. Uma turbulência silenciosa que insinuava emoções e pensamentos que ela nunca ousava expressar. Até onde Young sabia, Larissa decidira se contentar em viver indiretamente, através das pessoas ao seu redor. Com frequência diziam que ela precisava de um companheiro. No entanto, ao que parecia, ninguém conseguia pensar em um único cavalheiro que fosse apropriado para ela.

Aquilo sem dúvida era bom, caso se confirmasse que o falecido conde, na verdade, estava mesmo vivo.

– Milady – murmurou Young em um tom contrito –, não tive a intenção de perturbá-la. Mas achei que a senhora gostaria de ser informada imediatamente em relação a qualquer assunto que diz respeito ao falecido conde.

– Há alguma chance de que isso seja verdade? – sussurrou Lara, o cenho franzido.

– Não sei. – Foi a resposta cuidadosa de Young. – Como nunca encontraram o corpo do conde, suponho que haja uma chance de que ele...

– É claro que não é verdade! – exclamou Arthur. – Vocês dois enlouqueceram? – Ele afastou Young do caminho, assumiu uma expressão protetora e pousou a mão no ombro estreito de Lara. – Como esse patife ousa fazer lady Hawksworth passar por tamanho sofrimento? – inquiriu, com o máximo de falsa piedade que conseguiu encenar.

– Estou bem – declarou Lara, enrijecendo o corpo ao sentir o toque dele.

Ela franziu o cenho, afastou-se e foi até a janela, ansiando por escapar da sala de estar excessivamente decorada. As paredes eram cobertas de seda fúcsia, com arabescos dourados pesados, e os cantos da sala eram ocupados por vasos de palmeirinhas exóticas. Cada centímetro disponível parecia ter sido usado para expor uma coleção do que Janet chamava de "mimos", uma mistura de árvores e pássaros de vidro cobertos por redomas protetoras.

– Cuidado! – exclamou Janet com rispidez, quando as saias pesadas de Lara roçaram na lateral do aquário que repousava sobre um tripé de mogno, fazendo com que ele balançasse.

Lara abaixou os olhos para a dupla de peixinhos dourados de aparência desamparada, nadando no aquário, então encarou o rosto estreito e franzido de Janet.

– Eles não deveriam estar próximos da janela – Lara se ouviu murmurar para si mesma. – Não gostam de luz em excesso.

Janet deixou escapar uma risada de desdém.

– Ah, estou certa de que você fala com propriedade – retrucou em um tom ácido.

Lara teve certeza de que Janet faria questão de manter os peixes exatamente onde estavam.

Suspirando, Lara voltou os olhos para os campos que cercavam o castelo Hawksworth. O terreno que se estendia desde a antiga fortaleza normanda abrigava bosques de nogueiras e carvalhos, e era entrecortado por um rio largo e caudaloso. O mesmo rio garantia água para o moinho e um canal de navegação para a cidade vizinha de Market Hill, que era um porto cheio e próspero.

Um bando de patos-reais pousou no lago artificial em frente ao castelo, atrapalhando o deslocamento régio de um par de cisnes. Além do lago, havia uma estrada que levava à cidade e uma antiga ponte de pedra, conhecida pelos locais como "a ponte dos condenados". Dizia a lenda que o próprio diabo havia colocado a ponte ali, com a intenção declarada de recolher a alma do primeiro homem que a atravessasse. Segundo contavam, o único que ousou pôr os pés na ponte foi um ancestral dos Crosslands que, desafiando o diabo, se recusou a entregar sua alma. O diabo, então, amaldiçoou todos os seus descendentes, condenando-os a sempre terem dificuldade em gerar herdeiros homens que levassem a linhagem da família adiante.

Lara quase conseguia acreditar na lenda: todas as gerações de Crosslands tiveram poucos filhos, e a maior parte dos homens havia morrido relativamente jovem. Incluindo Hunter.

Com um sorriso triste, Lara se forçou a voltar ao presente e virou-se para o Sr. Young. Ele era um homem pequeno e esguio, e seu rosto ficava quase ao nível do dela.

– Se esse estranho for mesmo o meu marido – começou ela com calma –, por que não voltou para casa antes?

– De acordo com o relato dele, milady – respondeu Young –, ele ficou boiando por dois dias no mar após o naufrágio. Então, foi resgatado por um barco de pesca que estava a caminho da Cidade do Cabo. Ele foi ferido durante o naufrágio e perdeu a memória... não sabia nem o próprio nome. Alguns meses depois, recuperou a memória e voltou para a Inglaterra.

Arthur soltou uma risadinha desdenhosa.

– Não se lembrava do próprio nome? Nunca ouvi falar de uma coisa dessas.

– Aparentemente, é possível – retrucou o administrador. – Conversei a respeito com o Dr. Slade, o médico da família, e ele confirmou que já foram relatados casos assim, embora sejam raros.

– Que interessante – comentou Arthur, sarcástico. – Não me diga que você está dando algum crédito a esse impostor, Young.

– Nenhum de nós pode determinar a verdade até que esse homem seja interrogado por quem conhecia bem Hawksworth.

– Senhor Young – disse Lara, tentando disfarçar sua agitação –, o senhor conviveu com meu marido por muitos anos. Eu ficaria grata se fosse a Londres e se encontrasse com ele. Mesmo se esse homem não for o falecido conde, parece que pode estar perturbado e precisando de ajuda. Temos que fazer alguma coisa por ele.

– Só a senhora mesmo, lady Hawksworth – comentou Young. – Eu me arrisco a dizer que a maioria das pessoas não conceberia a ideia de ajudar um estranho que estivesse tentando enganá-las. A senhora é realmente uma boa mulher.

– Sim – concordou Arthur, com ironia. – A viúva do meu sobrinho é a santa padroeira dos pedintes, dos órfãos e dos cães sem dono. Não consegue resistir a dar o que tem para os outros.

– E foi por isso que resolvemos não complementar a renda anual que Lara recebe – acrescentou Janet. – O dinheiro extra escorreria pelo ralo, já que até um bebê parece capaz de tirar vantagem dela. Lara dá tudo que tem para aquele orfanato caindo aos pedaços.

Lara sentiu o rosto arder diante dos comentários depreciativos.

– Os órfãos precisam muito mais do dinheiro do que eu – falou. – Eles precisam de muitas coisas que outras pessoas podem oferecer sem que lhes seja custoso.

– Assumi a responsabilidade de preservar a fortuna da família para as gerações futuras – retrucou Arthur, irritado. – Não para desperdiçá-la com crianças sem pai nem mãe.

– Muito bem – apressou-se a interceder Young, interrompendo a discussão que ameaçava se estender. – Se todos estiverem de acordo, partirei para Londres junto com o Dr. Slade, que conhecia o falecido conde desde o nascimento. Vamos ver se há alguma verdade nas alegações desse homem. – Ele dirigiu um sorriso tranquilizador a Lara. – Não se aflija, milady. Tenho certeza que tudo vai dar certo.

Aliviada por escapar da presença dos Hawksworths, Lara voltou para o antigo chalé do guarda-caça, que ficava a certa distância do castelo, pela margem do rio, cercada por salgueiros. O chalé era bem diferente da casa de madeira em estilo elisabetano, situada na entrada da propriedade e que já fora usada para alojar hóspedes ou parentes em visita. Infelizmente, o interior tinha sido arruinado por um incêndio no ano anterior, quando um visitante descuidado derrubara um lampião a óleo e pusera fogo no lugar.

Arthur e Janet não tinham visto motivo para restaurar a casa de madeira e decidiram que o chalé seria suficiente para atender às necessidades de Lara. Ela poderia ter apelado para a generosidade de outros parentes, que talvez tivessem lhe oferecido acomodações mais confortáveis, ou poderia até ter aceitado a oferta da sogra de assumir o papel de dama de companhia em suas viagens, mas prezava demais sua privacidade. Era melhor permanecer próxima dos lugares que conhecia e dos amigos, apesar dos desconfortos do chalé.

As paredes de pedra eram escuras e úmidas, com um cheiro de mofo que se recusava a ceder, por mais que fossem limpas. Era raro que um mísero raio de sol entrasse pela única janela. Lara tentara tornar o local mais habitável cobrindo uma das paredes com uma colcha de retalhos e decorando-o com algumas peças simples de mobília rejeitadas de Hawksworth Hall. A poltrona perto do fogão a lenha era coberta por uma manta azul e vermelha que fora tricotada por algumas das meninas mais velhas do orfanato. Havia uma salamandra entalhada perto da lareira, presente de um homem idoso da cidade, que garantira que o objeto protegeria o chalé de qualquer mal.

Já sozinha em casa, Lara acendeu uma vela de sebo e ficou parada diante da luz esfumaçada e trêmula. De repente, sentiu um forte tremor no corpo inteiro.

Hunter... vivo. Não poderia ser verdade, é claro, mas a mera ideia a encheu de desconforto. Lara foi até a cama estreita, ajoelhou-se no chão e estendeu a mão por baixo das cordas que sustentavam o colchão até encontrar um pacote embrulhado em tecido. Ela desdobrou o pano e se viu diante de um retrato emoldurado do falecido marido.

Arthur e Janet haviam lhe oferecido a pintura como uma demonstração de generosidade, mas Lara sabia que, na verdade, os dois só estavam ansiosos para se livrar da lembrança do homem que ostentara o título antes deles. Ela também não queria o retrato, mas o aceitara, admitindo para si mesma que Hunter era parte do seu passado. Ele havia mudado o curso da vida dela. Talvez algum dia, quando o tempo suavizasse as lembranças, Lara pendurasse o retrato à vista de todos.

A pintura mostrava um homem de corpo firme, ossos largos, na companhia dos cães, com uma das mãos grandes pousada casualmente ao redor de sua espingarda favorita. Hunter fora um belo homem, com cabelos castanho-dourados, olhos castanho-escuros intensos e uma expressão de perpétua arrogância.

Haviam se passado três anos desde que ele partira de navio para a Índia, em uma missão semidiplomática. Como acionista minoritário da Companhia das Índias Orientais, e sendo detentor de certa influência política, Hunter fora designado como conselheiro dos administradores da Companhia naquele país.

Na verdade, ele fora um dos muitos homens ansiosos para se juntarem ao enorme grupo de estrangeiros ociosos em Calcutá. Eles viviam como reis lá, divertindo-se em festas e orgias intermináveis. Dizia-se que cada casa contava com pelo menos uma centena de criados, que cuidavam de cada detalhe do conforto dos patrões. Além disso, a Índia era o paraíso dos homens que gostavam de caçar, oferecendo uma abundância de opções exóticas – o que era irresistível para alguém como Hunter.

Ao se lembrar do entusiasmo do marido com a partida iminente, os lábios de Lara se curvaram em um sorriso triste. Hunter estava ansioso para deixá-la. A Inglaterra já não o animava, e o mesmo valia para o casamento. Não havia dúvida de que ele e Lara não formavam um bom casal. Uma esposa, dissera Hunter a ela certa vez, era um aborrecimento necessário, útil apenas para gerar filhos. À medida que Lara não concebia, Hunter foi ficando profundamente ofendido. Para um homem que se orgulhava de sua força e virilidade, era difícil aceitar a ausência de uma prole.

O olhar de Lara se desviou para a cama, e ela sentiu um embrulho no estômago ao se lembrar das visitas noturnas de Hunter, do corpo pesado esmagando o dela, da invasão dolorosa que parecia nunca ter fim. Lara encarou como um ato de clemência quando ele começou a não frequentar mais sua cama, e a procurar outras mulheres para satisfazer suas necessidades. Lara nunca conhecera ninguém com tanto vigor físico, tão cheio de energia. Ela quase conseguia acreditar que ele havia sido o único sobrevivente de um naufrágio violento.

Hunter era tão dominador em relação a todos ao redor dele que, durante os dois anos que viveram juntos, Lara sentira a própria personalidade murchar à sombra do marido. E sentira-se grata quando ele partira para a Índia. Deixada por conta própria, ela se envolvera com o orfanato local, dedicando tempo e atenção a melhorar a vida das crianças de lá. A sensação de ser necessária era tão gratificante que Lara logo encontrou outros projetos com que se ocupar: visitar os enfermos e idosos, organizar eventos filantrópicos, chegou até a se arriscar como casamenteira. Quando foi informada da morte do marido, Lara ficou triste, mas não sentiu falta dele.

Nem o queria de volta, pensou, com uma pontada de culpa.

⁓

Durante os três dias seguintes, Lara não teve notícias do Sr. Young ou dos Hawksworths. Fez o melhor possível para dar seguimento às atividades cotidianas, mas a novidade havia chegado a Market Hill, espalhada pelos comentários empolgados dos criados do castelo Hawksworth.

A irmã de Lara, Rachel, lady Lonsdale, foi a primeira a aparecer. O caleche laqueado de preto parou a meio caminho do castelo, e a forma esguia de Rachel desembarcou e seguiu desacompanhada ao longo da trilha que levava ao chalé. Rachel era a irmã mais nova de Lara, mas dava a impressão de ser mais velha, já que sua altura e a solenidade gentil de suas feições lhe davam um ar de maturidade.

As duas já haviam sido declaradas as irmãs mais bonitas de Lincolnshire, mas Lara sabia que a beleza de Rachel eclipsava a dela. Rachel tinha feições clássicas perfeitas: olhos grandes, a boca parecendo um pequeno botão de rosa e um nariz estreito e ligeiramente arrebitado. Em contrapartida, Lara tinha o rosto redondo em vez de oval, e sua boca era larga demais, enquanto seus cabelos escuros muito lisos – que resistiam bravamente aos ferros de cachear – estavam sempre escapando dos grampos.

Lara encontrou a irmã na porta e a fez entrar, animada com a visita. Rachel estava ricamente vestida, o cabelo castanho preso para trás, revelando a ponta delicada do bico de viúva. Seu cabelo e sua pele emanavam um doce aroma de violetas.

– Larissa, minha querida – disse Rachel, olhando ao redor do chalé –, pela milésima vez, por que você não vem morar com Terrell e comigo? Há uma dezena de quartos vagos, e você ficaria muito mais confortável...

– Obrigada, Rachel – disse Lara, abraçando a irmã. – Mas eu não poderia viver sob o mesmo teto que seu marido. Não posso fingir tolerar um homem que não trata você bem. E tenho certeza de que lorde Lonsdale sente o mesmo desafeto por mim.

– Ele não é tão mau assim...

– Rachel, ele é um marido abominável, por mais que você tente fingir o contrário. Lorde Lonsdale não se importa com ninguém além de si mesmo e isso nunca vai mudar.

Rachel franziu o cenho e se sentou perto da lareira.

– Às vezes, acho que a única pessoa, homem ou mulher, de quem Terrell já gostou de verdade foi lorde Hawksworth.

– Os dois eram farinha do mesmo saco – concordou Lara –, a não ser pelo fato de que pelo menos Hunter nunca levantou a mão para mim.

– Isso só aconteceu uma vez – protestou Rachel. – Eu nunca deveria ter contado a você...

– Você não precisou me contar. O hematoma no seu rosto disse o bastante.

As duas ficaram em silêncio, lembrando-se do episódio que ocorrera dois meses antes, quando lorde Lonsdale agredira Rachel fisicamente durante uma discussão. O hematoma no rosto e no olho de Rachel levara semanas para desaparecer, obrigando-a a se esconder em casa para não levantar suspeitas. Agora, Rachel alegava que lorde Lonsdale se arrependia profundamente de ter perdido o controle daquela forma. Ela o perdoara, dissera, e desejava que Lara fizesse o mesmo.

Mas Lara não conseguiria perdoar ninguém que machucasse sua irmã, e desconfiava que a agressão voltaria a acontecer. O que quase a fazia desejar que Hunter realmente estivesse vivo. Porque, apesar de seus defeitos, ele jamais aprovaria agressões contra uma mulher. Hunter teria deixado claro para lorde Lonsdale que aquele tipo de comportamento era inaceitável. E Lonsdale talvez o tivesse ouvido, já que Hunter era uma das poucas pessoas no mundo que ele respeitava.

– Não vim aqui para falar sobre isso, Larissa. – A expressão de Rachel era carinhosa e preocupada, enquanto ela observava a irmã mais velha se sentar em um banquinho acolchoado aos seus pés. – Ouvi a notícia sobre lorde Hawksworth. Me diga... ele realmente está voltando para casa?

Lara balançou a cabeça.

– Não, é claro que não. Algum maluco em Londres está alegando ser ele. O Sr. Young e o Dr. Slade foram vê-lo, e tenho certeza de que cuidarão para que seja levado para o hospício, se for um louco, ou para a prisão, se criminoso.

– Então não há chance de lorde Hawksworth estar mesmo vivo? – Ao ler a resposta no rosto da irmã, Rachel deixou escapar um suspiro. – Sinto muito por dizer isto, mas fico aliviada. Sei que seu casamento não foi bom. E tudo que eu mais quero é que você seja feliz.

– Desejo o mesmo para você – disse Lara, emocionada. – E você está em uma situação muito pior do que eu jamais estive, Rachel. Hunter estava longe de ser o marido ideal, mas até que nos dávamos bem, a não ser por...

Ela se interrompeu e enrubesceu profundamente.

Não era fácil para Lara falar de assuntos íntimos. Ela e Rachel haviam tido uma criação puritana, com pais bondosos, mas distantes. Assim, as duas irmãs tiveram que aprender sozinhas a respeito do ato sexual em suas respectivas noites de núpcias. Para Lara, a descoberta tinha sido bastante desagradável.

Como sempre, Rachel pareceu ler os pensamentos da irmã.

– Ah, Lara – murmurou ela, enrubescendo também. – Acho que lorde Hawksworth talvez não tenha sido tão cuidadoso quanto deveria. – Ela diminuiu o tom de voz e continuou: – Na verdade, fazer amor não é tão péssimo assim. Houve vezes com Terrell, no início do casamento, em que eu realmente achei muito agradável. Nos últimos tempos, é claro, as coisas não são mais assim, mas eu ainda me lembro de como costumava ser.

– *Agradável?* – perguntou Lara, encarando a irmã com espanto. – Desta vez, você conseguiu me chocar. Como é possível que você tenha gostado de algo tão constrangedor e doloroso está além da minha compreensão... a menos que esteja tentando fazer uma brincadeira de muito mau gosto.

– Ora, irmã. Não houve ocasiões em que lorde Hawksworth a beijou, a abraçou, e você se sentiu interessada e... não sei... mais mulher?

Lara caiu em um silêncio perplexo. Ela não conseguia imaginar como fazer amor – uma expressão irônica para um ato tão repulsivo – poderia *não* ser doloroso.

– Não – respondeu ela, pensativa –, não consigo me lembrar de ter me sentido assim. Hunter não gostava muito de beijar e abraçar. E eu ficava muito feliz quando terminava.

O rosto de Rachel se suavizou com uma expressão de pena.

– Ele alguma vez disse que amava você?

Lara deu uma risada sem humor.

– Meu Deus, não! Hunter jamais admitiria uma coisa dessas – disse, e um sorrisinho curvou seus lábios. – Ele não me amava. Havia outra mulher com quem desejava ter se casado. Acho que Hunter se arrependia com frequência desse erro.

– Você nunca me disse isso! – exclamou Rachel. – Quem era ela?

– Lady Carlysle – murmurou Lara, vagamente surpresa por, mesmo depois de tanto tempo, o nome ainda lhe causar um gosto amargo na boca.

– E como ela é? Você chegou a conhecê-la?

– Sim, eu a vi em algumas ocasiões. Ela e Hunter eram discretos, mas era óbvio que os dois sentiam um enorme prazer na companhia um do outro. Lady Carlysle gostava das mesmas coisas que ele... montar, caçar, gostava de cavalos. Não tenho dúvida de que Hunter a visitava em particular com frequência depois que nos casamos.

– Ora, mas por que lorde Hawksworth não se casou com lady Carlysle?

Lara abraçou os joelhos e abaixou o queixo, encolhendo-se inconscientemente.

– Eu era muito mais nova, enquanto ela já havia passado da idade de ter filhos. Hunter queria um herdeiro... e suponho que ele tenha achado que poderia me moldar ao seu gosto. Eu de fato tentei agradá-lo, mas infelizmente não consegui lhe dar a única coisa que ele queria de mim.

– Um filho – murmurou Rachel.

Pela expressão no rosto da irmã, Lara soube que Rachel estava se lembrando do próprio aborto espontâneo, que havia ocorrido poucos meses antes.

– Nenhuma de nós teve muito sucesso nesse quesito, não é?

O rosto de Lara ardia ao responder à irmã:

– Pelo menos você provou ser capaz de conceber. Com a bênção de Deus, ainda vai conseguir ter filhos algum dia. Já eu, por outro lado, tentei de tudo... tomei tônicos, consultei mapas lunares, fiz um monte de exercícios ridículos e humilhantes. E nada funcionou. Você sabe que, quando Hunter finalmente partiu para a Índia, eu fiquei muito feliz. Foi uma bênção dormir sozinha e não ter que passar todas as noites na expectativa de ouvir os passos dele se aproximando da minha porta.

Lara estremeceu com as lembranças e continuou:

– Eu não gosto de dormir com um homem. Nunca mais quero voltar a fazer isso.

– Pobrezinha – murmurou Rachel. – Deveria ter me contado essas coisas há muito tempo, irmã. Você está sempre tão disposta a resolver os problemas dos outros, e tão relutante em discutir os seus próprios.

– Como eu já disse, isso não teria mudado nada, Rachel – argumentou Lara, fazendo um esforço para sorrir.

– Se dependesse de mim, eu teria escolhido alguém muito mais apropriado para você do que lorde Hawksworth. Acho que nossos pais ficaram tão deslumbrados com a posição social e a riqueza dele que negligenciaram o fato de que vocês não combinavam.

– Não foi culpa deles – disse Lara. – Foi minha... Na verdade, não nasci para ser esposa de ninguém. Nunca deveria ter me casado. Sou muito mais feliz sozinha.

– Nenhuma de nós conseguiu o casamento que esperava, não é? – refletiu Rachel, com uma ironia triste. – Terrell, com suas mudanças de humor, e o palerma do seu marido... dificilmente poderiam ser vistos como príncipes encantados.

– Pelo menos moramos perto uma da outra – lembrou Lara, tentando dispersar a nuvem de tristeza que parecia pairar no ar. – Isso torna tudo suportável, pelo menos para mim.

– Para mim também. – Rachel se levantou, foi até a irmã e a abraçou com força. – Rezo para que, a partir de agora, só lhe aconteçam coisas boas, minha querida. Que lorde Hawksworth descanse em paz... e que você consiga encontrar um homem que a ame como você merece.

– Não reze por isso – pediu Lara, o alarme na voz em parte brincalhão, em parte sério. – Não quero um homem. Em vez disso, reze para as crianças do orfanato, para a pobre Sra. Lumley, já tão idosa e que está ficando cega, e para o reumatismo do Sr. Peacham, e...

– Você e sua lista sempre crescente de desafortunados – comentou Rachel, sorrindo com carinho para a irmã. – Está certo, rezarei por eles também.

No instante em que Lara pisou na cidade, viu-se inundada por perguntas. Todos ansiavam por detalhes do retorno de lorde Hawksworth do mundo dos mortos. Por mais que repetisse que o aparecimento de Hawksworth em Londres provavelmente era uma farsa, os cidadãos de Market Hill desejavam acreditar no contrário.

Lara entrou na queijaria, uma das muitas lojas que se enfileiravam na rua Maingate, a principal da cidade. O ar recendia ao aroma agradável de leite, ao cheiro pungente que subia das lajotas no chão e dos queijos empilhados nas mesas de madeira. Tão logo pôs os pés ali, o queijeiro comentou:

– Ora, se não é a mulher mais sortuda de Market Hill!

Lara deu um sorriso tímido, pousou a cesta de vime em cima de uma longa mesa e esperou que o homem pegasse o queijo que ela comprava ali toda semana para levar ao orfanato.

– Sou sortuda por muitas razões, Sr. Wilkins – replicou ela –, mas caso esteja se referindo ao rumor sobre meu falecido marido...

– A senhora será uma bela visão – interrompeu o queijeiro, entusiasmado e com uma expressão bem-humorada no rosto jovial. – Mais uma vez a senhora do castelo.

Ele colocou na cesta um queijo de quase trinta centímetros. O coalho macio tinha sido salgado, envolvido em musselina e mergulhado em cera, para garantir um sabor fresco e suave.

– Obrigada – disse Lara, o tom tranquilo –, mas devo lhe dizer, Sr. Wilkins, que estou certa de que a história é falsa. Lorde Hawksworth não vai voltar.

As Srtas. Withers, duas irmãs solteironas já idosas, entraram na loja e se iluminaram de prazer ao ver Lara. Elas usavam toucas idênticas, a aba enfeitada com flores, cobrindo as cabecinhas grisalhas, que se inclinaram uma na direção da outra para trocar um comentário sussurrado. Uma delas se aproximou de Lara e pousou a mão frágil, com veias azuis aparentes, na manga do seu vestido.

– Minha cara, soubemos da notícia esta manhã. Estamos tão felizes por você, muito felizes mesmo...

– Obrigada, mas não é verdade – insistiu Lara. – Esse homem que alega ser meu marido sem dúvida é um impostor. Seria um milagre se o conde tivesse conseguido sobreviver ao naufrágio.

– Como eu sempre digo, torça pelo melhor até lhe dizerem o contrário – falou o Sr. Wilkins.

Nesse exato momento, sua esposa robusta, Glenda, emergiu do fundo da loja e logo tratou de enfiar um buquê de margaridas no canto da cesta de Lara.

– Se alguém merece um milagre, milady, é a senhora – acrescentou Glenda, animada.

Todas aquelas pessoas presumiam que Lara estava feliz com a notícia, que desejava a volta de Hunter. Enrubescida, Lara aceitou com culpa e desconforto os bons votos, e apressou-se a sair da loja.

Desceu a passo rápido a margem sinuosa do rio, passando pelo pequeno cemitério bem cuidado no adro da igreja e por uma sequência de chalés cercados por muros brancos. Seu destino era o orfanato, um solar em mau estado no lado leste da cidade. O solar se erguia entre pinheiros e carvalhos e era um lugar impressionante, construído com arenito e tijolos azuis, e um telhado de azulejos também azuis. O método usado para fazer aqueles azulejos especiais, resistentes ao frio, só era conhecido pelo oleiro da cidade, que esbarrara com a fórmula por acidente e jurava que a levaria para o túmulo.

Lara entrou no prédio, ofegante por ter caminhado uma longa distância carregando uma cesta pesada no braço. O solar já havia sido uma bela moradia, mas, depois da morte do último ocupante, fora abandonado e terminara em ruínas. Doações particulares de cidadãos de Market Hill haviam permitido a restauração da estrutura até torná-la adequada para abrigar duas dúzias de crianças. Mais doações haviam garantido salários anuais para um punhado de professores.

Lara sentia um profundo pesar quando pensava na fortuna que já tivera à sua disposição – quantas coisas poderia ter feito com todo aquele dinheiro! Ansiava por fazer várias melhorias no orfanato. Chegara ao ponto de engolir seu orgulho e abordar Arthur e Janet para pedir uma doação, mas recebera uma recusa fria como resposta. O novo conde e a nova condessa de Hawksworth acreditavam firmemente que os órfãos tinham que aprender que o mundo era um lugar hostil, e que eles precisavam se esforçar para abrir o próprio caminho.

Lara suspirou e pousou a cesta junto à porta. Seu braço tremia por causa do peso. Viu de relance uma cabeça coberta por cachos castanhos se abaixar em um canto. Devia ser Charles, pensou, um menino rebelde, de onze anos, que vivia procurando novas formas de causar confusão.

– Seria tão bom se alguém me ajudasse a carregar essa cesta até a cozinha... – falou Lara em voz alta, e Charles apareceu na mesma hora.

– A senhora carregou sozinha até aqui – observou o menino, emburrado.

Lara sorriu para o rostinho cheio de sardas, iluminado por um par de olhos azuis.

– Não seja resmungão, Charles. Me ajude aqui com a cesta, e enquanto vamos até a cozinha você pode me contar por que não está na aula.

– A Srta. Thornton me expulsou da sala – respondeu ele, enquanto erguia a cesta grande e olhava para o queijo com uma expressão faminta.

Juntos, os dois desceram o corredor com o fardo, os passos abafados pelo tapete surrado.

– Eu estava fazendo barulho demais, e não estava prestando atenção à professora.

– Por que, Charles?

– Eu já aprendi o que precisava de matemática, antes de todo mundo. Por que preciso ficar sentado quieto, sem fazer nada, se sou mais esperto que os outros?

– Entendo...

Lara pensou consigo mesma que aquilo provavelmente era verdade. Charles era uma criança inteligente, que precisava de mais atenção do que a escola era capaz de dar.

– Vou conversar com a Srta. Thornton. Nesse meio-tempo, você precisa tentar se comportar.

Eles chegaram à cozinha, onde a Sra. Davies, a cozinheira, cumprimentou Lara com um sorriso. O rosto redondo dela estava rosado por causa do calor do fogão, onde uma enorme panela com sopa era mantida aquecida. Seus olhos castanhos cintilaram com interesse.

– Lady Hawksworth, ouvimos os rumores mais impressionantes na cidade...

– Não é verdade – interrompeu Lara, aborrecida. – É só algum perturbado que está convencido... ou está tentando nos convencer... de que é o falecido conde. Se meu marido tivesse sobrevivido, já teria voltado para casa há muito tempo.

– Imagino que sim – falou a Sra. Davies, parecendo desapontada. – Mas seria uma história muito romântica. Se não se importa que eu diga, milady é jovem e bela demais para ser viúva.

Lara balançou a cabeça e sorriu.

– Estou bastante satisfeita com a minha situação, Sra. Davies.

– Quero que ele continue morto – anunciou Charles, fazendo a Sra. Davies arquejar horrorizada.

– Mas que diabinho é você! – exclamou a cozinheira.

Lara se inclinou até seus olhos estarem no mesmo nível dos do menino, e passou a mão por seus cabelos revoltos.

– Por que diz isso, Charles?

– Se for *mesmo* o conde, a senhora não virá mais aqui. Ele vai fazer a senhora ficar em casa obedecendo às ordens dele.

– Charles, isso não é verdade – retrucou Lara, séria. – Mas estamos perdendo tempo com esse assunto. O conde está morto... e as pessoas não voltam dos mortos.

Lara estava com a saia coberta de poeira da estrada quando voltou a Hawksworth, passando pelos sítios dos arrendatários, com suas cercas de pau a pique feitas de galhos e argila. O sol cintilava sobre a água que corria generosa sob a ponte dos condenados. Quando já se aproximava do seu chalé de pedra, Lara ouviu alguém chamá-la. Ela se deteve, surpresa, ao ver sua antiga criada, Naomi, aproximar-se correndo, com a saia erguida para não tropeçar.

– Naomi, não corra assim! – exclamou Lara. – Vai acabar caindo e se machucando.

A criada robusta arquejava, tanto pelo cansaço quanto pela empolgação febril.

– Lady Hawksworth! – exclamou ela, ainda tentando recuperar o fôlego. – Ah, milady... o Sr. Young me mandou aqui para lhe dizer que... que *ele* está aqui... no castelo... estão todos aqui, e... a senhora precisa ir até lá imediatamente.

Lara encarou a outra mulher, sem entender nada.

– Quem está aqui? O Sr. Young mandou me chamar?

– Sim, eles *o* trouxeram de Londres. *Ele* está aqui.

– Ele? – perguntou Lara, a voz débil.

– Sim, milady. O conde voltou para casa.

Capítulo 2

As palavras pareceram girar e zumbir ao redor de Lara como mosquitos. *O conde voltou para casa, voltou para casa...*
— Mas não pode ser... — sussurrou.
Por que o Sr. Young trouxera o estranho de Londres? Lara umedeceu os lábios, sentindo a parte interna da boca seca. Quando voltou a falar, não reconheceu a própria voz.
— V-você o viu?
A criada assentiu, parecendo subitamente sem palavras.
Lara olhou para o chão e se forçou a pronunciar as frases seguintes, o tom hesitante.
— Você conheceu o meu marido, Naomi. Me diga... o homem que está no castelo Hawksworth é mesmo...
Ela ergueu a cabeça e fitou a criada com um olhar suplicante, incapaz de completar a frase.
— Acho que sim, milady. Acho não, tenho certeza.
— Mas... o conde morreu — falou Lara, entorpecida. — Ele se afogou.
— Vou acompanhar a senhora até o castelo — declarou Naomi, e segurou o braço de Lara. — Está pálida e abalada, e não é de se estranhar. Não é todo dia que uma mulher recebe o marido de volta dos mortos.
Lara se desvencilhou da criada com um movimento brusco.
— Por favor... Preciso ficar um pouco sozinha. Irei até o castelo quando estiver pronta.
— Sim, milady. Avisarei a eles para aguardarem pela senhora.
Naomi olhou uma última vez para Lara, um misto de preocupação e empolgação no olhar, e voltou às pressas na direção do castelo.
Lara entrou cambaleando no chalé, foi até o lavatório e derramou água

morna na bacia de cerâmica lascada. Então lavou a poeira e o suor do rosto, os movimentos metódicos, enquanto pensamentos frenéticos rodopiavam em sua mente. Ela nunca se vira em uma situação tão inusitada antes. Sempre fora uma mulher prática. Não acreditava em milagres, e nunca pedira por um. Especialmente não por esse.

Mas aquilo não era um milagre, Lara lembrou a si mesma, soltando os cabelos desarrumados e tentando prendê-los novamente em um coque. Suas mãos trêmulas não obedeciam e se atrapalharam com os grampos e com os pentes, derrubando tudo no chão com um barulho delicado.

O homem que esperava por ela no castelo Hawksworth não era Hunter. Era um estranho – e bastante sagaz se havia conseguido convencer o Sr. Young e o Dr. Slade de que sua alegação era verdadeira. Lara simplesmente se manteria composta, o examinaria por si mesma, e garantiria aos outros que aquele com certeza não era o marido dela. Então, o assunto estaria encerrado. Ela respirou fundo várias vezes para se recompor e continuou a enfiar os grampos no cabelo sem prestar muita atenção ao que fazia.

Quando olhou no espelho quadrado estilo Queen Anne, que ficava apoiado em cima da cômoda em seu quarto, Lara teve a sensação de que a atmosfera havia mudado, o ar se tornara subitamente pesado e opressivo. O chalé estava tão silencioso que ela conseguia ouvir o próprio coração batendo desenfreado. Lara percebeu alguma coisa pelo espelho, um movimento deliberado que a paralisou. Alguém entrara.

Sentindo a pele vibrar, Lara se manteve imóvel e em silêncio e ficou olhando para o espelho enquanto outro reflexo se juntava ao dela. O rosto bronzeado de um homem... cabelos curtos e castanhos, com mechas mais claras deixadas pelo sol... olhos castanho-escuros... a boca larga e firme de que Lara se lembrava tão bem. Alto... peito e ombros largos... uma força física e uma segurança que pareceram fazer o quarto encolher ao redor dele.

Lara prendeu a respiração. Sentiu vontade de correr, de gritar, de desmaiar, mas seu corpo parecia ter virado pedra. O homem ficou parado atrás dela, a cabeça e os ombros pairando bem acima dos seus. O olhar dele se fixou no de Lara no espelho. Os olhos eram da mesma cor, mas ainda assim... ele nunca a olhara daquele jeito, com uma intensidade que parecia fazer cada centímetro da pele dela arder. Era o olhar firme de um predador.

Lara tremeu de medo quando ele levou as mãos com gentileza ao cabelo dela. O homem tirou os grampos um por um, soltando a massa de fios negros brilhantes, e deixou-os sobre a cômoda diante de Lara. Ela o observava, estremecendo a cada puxão delicado em seu cabelo.

– Não é verdade – ela sussurrou.

O homem falou na voz de Hunter, profunda e ligeiramente rouca.

– Não sou um fantasma, Lara.

Ela desviou o olhar do espelho e se virou, meio cambaleando, para encará-lo.

Ele estava muito mais magro, o corpo esguio, quase pele e osso, os músculos se destacando. A pele estava bronzeada, cor de cobre, um tom incomum demais para um inglês. E seu cabelo havia clareado, e agora misturava fios castanhos e dourados, como as penas de um grifo.

– Eu não acreditei...

Lara ouviu a própria voz como se viesse de muito longe. Ela sentia um aperto no peito e seu coração parecia incapaz de seguir suportando o próprio ritmo violento. Embora seus pulmões se movessem em espasmos dolorosos, Lara parecia incapaz de inspirar o ar necessário. Uma névoa densa a envolveu, cobrindo qualquer visão ou som, e ela rapidamente afundou no abismo escuro que se abriu aos seus pés.

Hunter amparou-a quando ela caiu. O corpo de Lara era leve e sedutor em seus braços, acomodando-se facilmente em suas mãos. Ele a carregou até a cama estreita e a pousou sobre o colchão que rangia, aconchegando-a no colo. A cabeça de Lara se inclinou para trás, o pescoço branco como marfim envolvido pelo tecido negro do vestido de luto. Hunter examinou-a atentamente, fascinado com a delicadeza do rosto dela. Havia esquecido como a pele de uma mulher podia ser delicada e fresca.

Em repouso, a boca de Lara era delicada e um pouco triste, o rosto vulnerável como o de uma criança. Como era estranho que uma viúva parecesse tão imaculada! A beleza intocada dela o atraía tremendamente. Hunter desejava aquela criatura pequena e elegante, com suas mãos frágeis e a boca triste. Com o calculismo frio que sempre fora uma parte intrínseca da personalidade dele, decidiu que a tomaria para si, e tudo o que viesse com ela.

Lara abriu os olhos e o encarou muito séria. Hunter devolveu o olhar impressionado com uma expressão opaca, que não transparecia nada do homem ali dentro, e seus lábios se curvaram em um sorriso tranquilizador.

Mas Lara não pareceu notar o sorriso. Ficou apenas encarando-o, sem piscar. Então uma doçura penetrou no verde translúcido dos seus olhos, uma ternura que se mesclava à curiosidade e à pena... como se ele fosse uma alma perdida que precisasse de salvação. Lara estendeu a mão para o pescoço dele e tocou uma cicatriz grossa que desaparecia por entre os fios de cabelo. O toque foi como fogo correndo pelas veias de Hunter. Sua respiração se acelerou e ele ficou completamente imóvel. Como era possível que Lara o fitasse daquela forma? Para todos os efeitos, ele era um estranho, ou o marido que ela odiava.

Perplexo e excitado com a compaixão que via em seu rosto, Hunter teve que se esforçar para controlar a urgência insana de enfiar a cabeça entre os seios dela. Ele tirou rapidamente Lara do colo e colocou alguns metros muito necessários de distância entre os dois.

Pela primeira vez na vida, Hunter sentiu medo das próprias emoções – ele, que sempre se orgulhara do seu autocontrole ferrenho.

– Quem é você? – perguntou Lara, baixinho.

– Você sabe quem eu sou – murmurou ele.

Ela balançou a cabeça, claramente atordoada, e desviou o olhar. Então, foi até um conjunto de prateleiras onde guardava alguns pratos e uma pequena chaleira. O ritual corriqueiro serviu como um refúgio, enquanto Lara separava um punhado de folhas de chá e pegava o bule de porcelana em outra prateleira.

– V-vou preparar chá – disse, a voz débil. – Podemos conversar. Talvez eu possa ajudá-lo.

Mas as mãos dela tremiam violentamente, fazendo as xícaras e os pires chacoalharem.

Então ela havia decidido que ele era algum pobre tolo desesperado, ou um pobre diabo que precisava de ajuda. Um sorriso irônico curvou os lábios de Hunter, que foi até ela e segurou as mãos frias nas dele, quentes. Mais uma vez, experimentou o choque doce e inesperado de tocá-la. Hunter estava profundamente consciente da delicadeza dos ossos de Lara, da suavidade da sua pele. E queria mostrar a ela que podia ser gentil. Algo nela parecia trazer à superfície os últimos resquícios de humanidade que lhe restavam. Lara o fazia desejar ser o homem bom de que ela precisava.

– Sou o seu marido, Lara. Voltei para casa.

Ela o encarou em silêncio, os membros rígidos, as pernas trêmulas.

– Sou eu. Hunter – disse ele, a voz mais delicada agora. – Não precisa ter medo.

Lara ouviu o próprio arquejo, a risada incrédula, enquanto examinava o rosto dele, que era uma mistura devastadora do familiar com o desconhecido. Aquele homem se parecia demais com Hunter para que ela o descartasse sumariamente, mas havia uma estranheza nele que não conseguia aceitar.

– Meu marido está morto – falou, a voz tensa.

Um pequeno músculo saltou no alto do rosto fino dele.

– Vou fazer você acreditar em mim.

Hunter se moveu rapidamente e pôs as mãos no rosto dela, segurando-a com gentileza enquanto colava a boca à dela. Ele ignorou o gritinho de Lara e beijou-a como ela nunca havia sido beijada antes. Lara levou as mãos aos pulsos musculosos dele, tentando em vão se soltar. Mas a sensação da boca daquele homem, incendiária e deliciosa, a surpreendeu. Ele usava os dentes, os lábios e a língua, seduzindo-a em um arroubo de sensualidade. Lara se debateu até ele soltá-la e puxá-la contra o corpo forte. Então, abraçou-a com força, mantendo-a segura ali, totalmente envolvida... absolutamente desejada. As narinas de Lara se encheram com o cheiro dele: terra, ar e um toque agradável e suave do sândalo.

Hunter deixou os lábios deslizarem até a parte sensível da lateral do pescoço dela e inspirou profundamente o perfume delicioso de sua pele. Então soltou o ar, seu hálito aquecendo-a, e pressionou o rosto ao dela até Lara sentir os cílios dele contra a pele. Ela nunca havia sido abraçada daquele jeito, tocada e saboreada como se fosse alguma especiaria exótica a ser degustada.

– Ah, por favor – murmurou Lara, arqueando o corpo enquanto sentia a língua dele tocar o lugar onde sua pulsação estava disparada.

– Diga o meu nome – sussurrou ele.

– Não...

– Diga.

Hunter envolveu o seio de Lara com a mão, os dedos longos se moldando ao volume sensível. O mamilo se enrijeceu com o calor da palma, ansiando por mais estímulo. Mas, com um tranco violento, Lara se desvencilhou dos braços dele e se afastou alguns passos, para deixar um espaço necessário entre os dois.

Ela levou a mão ao seio que parecia latejar e encarou o homem à sua frente, estupefata. Ele permanecia com o rosto inexpressivo, mas o som entrecortado de sua respiração denunciava que estava tendo tanta dificuldade em manter a compostura quanto ela.

– Como você pôde? – perguntou Lara em um arquejo.

– Você é minha esposa.

– Hunter nunca gostou de me beijar.

– Eu mudei – retrucou ele simplesmente.

– Você não é Hunter!

As palavras foram desferidas enquanto Lara corria em direção à porta.

– Lara – ela o ouviu dizer, mas o ignorou. – *Lara*, olhe para mim.

Algo na voz dele a deteve. Lara parou hesitante, já na porta, e então se virou.

Ele estava segurando alguma coisa na palma da mão.

– O que é isso? – perguntou ela.

– Venha ver.

Lara se adiantou com relutância, atônita ao ver o objeto na mão dele. O homem usou o polegar para pressionar o fecho minúsculo na lateral do objeto, e o relicário esmaltado se abriu e revelou um retrato em miniatura dela.

– Olhei para esse retrato todos os dias, por meses – murmurou ele. – Mesmo quando não me lembrava de você, nos dias logo depois do naufrágio, eu sabia que você pertencia a mim.

Ele fechou o relicário e o guardou novamente no bolso do paletó.

Lara levantou a cabeça e o encarou com uma expressão de incredulidade. Tinha a sensação de estar sonhando.

– Como você conseguiu isso? – perguntou em um sussurro.

– Você me deu – retrucou ele. – No dia em que eu parti para a Índia. Você se lembra?

Sim, ela se lembrava. Hunter estava com tanta pressa de partir que praticamente não teve paciência para despedidas. Mas Lara havia conseguido puxá-lo para um canto, para ficarem a sós por um momento, e lhe dera o pequeno relicário. Era comum que a esposa ou prometida desse uma lembrança para o homem que partia para o exterior, principalmente quando se tratava de um lugar perigoso como a Índia, onde haveria uma grande chance de ele ser morto em alguma caçada, ou por rebeldes sedentos de sangue, ou ainda por causa de uma febre qualquer. No entanto, Hunter se sentia atraído pelos riscos e sempre se julgara invencível.

Ele realmente parecera comovido com o presente de Lara – o bastante para dar um beijo cauteloso na testa dela.

– Que lindo – murmurara. – Obrigado, Larissa.

O ar ficara subitamente carregado com as lembranças dos dois anos de casamento infeliz, com a amargura e o desapontamento mútuo de duas pessoas que não haviam encontrado um ponto em comum que sustentasse sequer uma amizade. Ainda assim, Lara se preocupara com ele.

– Vou rezar pela sua segurança – dissera ela, e Hunter rira de sua expressão preocupada.

– Não desperdice suas orações comigo – respondera ele.

O homem diante dela agora pareceu ler seus pensamentos.

– Você deve ter feito uma prece ou duas para mim, afinal – murmurou ele. – Isso foi a única coisa que me trouxe de volta para casa.

Lara sentiu o sangue fugir de seu rosto, e cambaleou quando finalmente compreendeu. Apenas o marido saberia as palavras que trocaram quando ele partira.

– Hunter? – sussurrou.

Ele a segurou pelos cotovelos, firmando-a, e abaixou a cabeça para fitá-la, com uma expressão bem-humorada nos olhos.

– Você não vai desmaiar de novo, vai?

Lara estava perplexa demais para responder. Ela permitiu que ele a guiasse até uma cadeira e deixou o corpo cair ali. O homem se agachou, nivelando o rosto ao dela. Então, colocou uma mecha de cabelo atrás da orelha de Lara, as pontas ásperas dos dedos roçando a pele delicada.

– Está começando a acreditar em mim? – perguntou.

– P-primeiro me diga mais alguma coisa que só o meu marido saberia.

– Santo Deus! Eu já passei por tudo isso com Young e Slade.

Hunter fez uma pausa e fitou o traje de viúva que cobria o corpo dela, fazendo-a se encolher diante da intimidade daquele olhar.

– Há uma pequena marca de nascença marrom na parte interna da sua perna esquerda – falou ele baixinho. – E uma sarda escura no seu seio direito. E uma cicatriz no seu calcanhar, de quando cortou o pé em uma pedra, em um verão da sua infância.

Ele sorriu da expressão estupefata de Lara.

– Quer que eu continue? Posso descrever a cor dos seus...

– Já chega – disse ela às pressas, com um rubor intenso no rosto.

Pela primeira vez, Lara se permitiu realmente olhar para ele, para a sombra escura da barba feita, para o desenho firme do queixo, para as feições agora marcadas, que antes haviam sido arredondadas.

– O formato do seu rosto mudou – comentou Lara, tocando timidamente a testa dele. – Talvez eu o tivesse reconhecido se você não tivesse perdido tanto peso.

Ele a surpreendeu colando a boca à palma da mão dela. Quando sentiu o calor daqueles lábios, Lara puxou a mão em um reflexo.

– E as suas roupas estão diferentes – continuou ela, olhando para a calça cinza muito justa ao redor das coxas, a camisa branca já muito usada, e o lenço estreito e fora de moda ao redor do pescoço.

Lara sempre vira Hunter vestido com o que havia de mais elegante: paletós de tecidos nobres, coletes de brocado, calças de couro ou de lã fina. As roupas de noite costumavam ser igualmente soberbas: fraques pretos e calças elegantes, camisas de um branco reluzente, colarinhos e gravatas muito bem passados e engomados, sapatos polidos.

Os lábios de Hunter se curvaram em um sorriso irônico diante da análise.

– Quis buscar uma muda das minhas roupas antigas no castelo – comentou –, mas elas parecem ter sido mudadas de lugar.

– Arthur e Janet se desfizeram de tudo.

– Incluindo a minha esposa, ao que parece. – Ele olhou ao redor do chalé do guarda-caça, os olhos castanhos agora com uma expressão fria. – Meu tio vai pagar caro por ter colocado você em um lugar como este. Eu teria esperado mais dele, embora só Deus saiba por quê...

– É confortável o bastante...

– Não é adequado nem para uma lavadeira, quanto mais para a minha esposa.

A voz de Hunter saiu cortante como um chicote, assustando Lara. Ao ver o movimento involuntário, o olhar dele se suavizou.

– Não se preocupe. Vou cuidar de você de agora em diante.

– Eu não quero que...

As palavras escaparam antes que Lara conseguisse detê-las. Horrorizada, ela se calou e baixou os olhos, mantendo-se em um silêncio angustiado. Aquilo era inacreditável, era mais do que um pesadelo. Hunter estava em casa, e assumiria o controle da vida dela como antes, esmagando a independência que Lara conquistara como se fosse uma flor sob as botas do marido.

– O que houve, meu bem? – perguntou ele, baixinho.

Espantada, Lara fitou seu rosto sério.

– Você nunca me chamou assim antes.

A mão de Hunter envolveu a curva esguia do pescoço dela, o polegar acariciando seu maxilar. E ignorou o modo como ela se encolheu com o toque.

– Tive muito tempo para pensar, Lara. Passei meses convalescendo na Cidade do Cabo, depois enfrentei uma viagem longa e difícil de volta para cá. Quanto mais eu me lembrava de você e do nosso casamento, mais eu me dava conta do desgraçado egoísta que havia sido. E prometi a mim mesmo que, assim que estivesse ao seu lado de novo, começaríamos do zero.

– Eu não acho que isso seja p-possível.

– Por que não?

– Coisas demais aconteceram, e eu...

Lara parou e engoliu em seco, sentindo as lágrimas arderem no canto dos olhos. Ela se esforçou para contê-las, enquanto a culpa e a angústia apertavam seu peito. Por que Hunter havia voltado? Em um único golpe do destino, ela fora condenada mais uma vez a uma vida que odiara. Sentia-se como uma prisioneira que havia conseguido conquistar a liberdade, apenas para ser trancafiada de novo logo depois.

– Entendo.

Hunter afastou a mão.

Estranhamente, ele estava olhando para ela como se *realmente* entendesse, embora nunca tivesse sido de forma alguma uma pessoa empática.

– As coisas não serão como antes – disse.

– Você não tem como evitar ser quem é – retrucou Lara, e uma lágrima escorreu por seu rosto.

Hunter deu um breve suspiro e enxugou a lágrima. Lara se afastou, mas ele se inclinou mais para a frente, diminuindo a distância entre os dois. Ela se viu, então, presa na cadeira, a cabeça e o pescoço pressionados com força contra o encosto.

– Lara – sussurrou Hunter –, eu nunca machucaria você.

– Eu não tenho medo de você – retrucou ela, e acrescentou com um toque de desafio na voz –, só não quero voltar a ser sua esposa.

O antigo Hunter teria ficado irritado com o sinal de rebeldia, e a teria subjugado com algumas poucas palavras ríspidas. Em vez disso, o homem à sua frente fitou-a com um olhar calmo e pensativo que deixou Lara absurdamente nervosa.

– Verei se consigo mudar isso. Só o que peço é que você me dê uma chance.

Lara segurou os braços da cadeira com força.

– Eu prefiro que levemos vidas separadas, como fazíamos antes de você partir para a Índia.

– Não posso atendê-la, meu bem – disse ele em um tom gentil, mas ela ouviu a determinação em sua voz. – Você é minha esposa. Pretendo retomar meu lugar na sua vida... e na sua cama.

Lara empalideceu ao ouvir aquilo.

– Por que não procura lady Carlysle? – perguntou ela, desesperada. – Ela vai ficar eufórica com o seu retorno. Era ela que você queria, não eu.

A expressão de Hunter se tornou defensiva.

– Ela não significa nada para mim agora.

– Vocês se amavam – disse Lara, ansiando para que ele se afastasse.

– Não era amor.

– Ora, então era uma imitação muito convincente!

– Querer levar uma mulher para a cama não é o mesmo que amá-la.

– Eu sei disso – replicou Lara, forçando-se a encará-lo nos olhos. – Você deixou isso bem claro para mim em várias ocasiões.

Hunter absorveu o golpe sem fazer comentários. Então, colocou-se de pé em um movimento ágil. Assim que se viu livre, Lara se levantou rapidamente da cadeira e foi para o outro lado da sala, colocando a maior distância entre eles que o pequeno chalé permitia.

Determinada, Lara jurou para si mesma que nunca mais o receberia em sua cama.

– Vou tentar conviver com você de todas as maneiras possíveis – declarou ela –, menos uma. Não vejo razão para que tenhamos intimidade física um com o outro. Não apenas sou incapaz de satisfazê-lo, como sou estéril. Seria melhor para nós dois se você encontrasse outra pessoa para satisfazer suas necessidades.

– Eu não quero outra pessoa.

– Então terá que me possuir à força – retrucou Lara, empalidecendo mais uma vez quando ele se aproximou dela.

Era impossível decifrar a expressão de Hunter. Ele estava furioso? Estava desdenhando dela, ou apenas achando a situação divertida? As mãos dele se fecharam ao redor dos braços dela, gentis mas firmes. Lara encarou seu rosto implacável e sentiu toda a aflição do passado dominá-la.

– Não – declarou Hunter em um tom suave. – Não irei para a sua cama até que você esteja pronta.

– Pois saiba que vai demorar um longo tempo. Uma eternidade.

– Talvez – disse ele, enquanto a fitava com uma expressão pensativa. – Houve outro homem na minha ausência?

– *Não* – respondeu Lara com uma risada abafada, surpresa por Hunter pensar que aquela era a razão para ela não o desejar. – Meu Deus, eu não quis mais chegar perto de homem nenhum depois que você partiu!

Ele deu um sorriso irônico diante do comentário nada lisonjeiro.

– Ótimo. Eu não a teria culpado se isso tivesse acontecido... mas não consigo suportar a ideia de mais ninguém tocando você.

Hunter esfregou a nuca em um gesto cansado, e a atenção de Lara foi mais uma vez desviada para a linha pálida que denunciava um ferimento recém-curado.

– Sua cabeça... – murmurou ela.

– O naufrágio – disse ele, o tom cauteloso. – Houve uma ventania muito forte. Fomos jogados de um lado para outro até que o navio colidiu com um recife. Bati com a cabeça em alguma coisa, mas não consigo me lembrar de jeito nenhum no que foi. Não conseguia lembrar nem o meu nome por semanas depois do naufrágio...

Hunter se manteve imóvel enquanto Lara se aproximava.

Mesmo contra sua vontade, ela sentiu uma profunda compaixão por ele. Não conseguia evitar – odiava a ideia de o marido sentir dor.

– Sinto muito – disse ela.

Hunter sorriu.

– Sente muito que o ferimento não tenha sido fatal, imagino.

Lara ignorou a zombaria e não conseguiu resistir à vontade de tocar a cicatriz. Seus dedos deslizaram por entre o cabelo farto, tateando o couro cabeludo. Era uma cicatriz longa. O golpe que a causara provavelmente quase partira o crânio dele. Enquanto o tocava, ela o ouviu prender a respiração.

– Dói? – perguntou ela, e recolheu a mão na mesma hora.

Hunter balançou a cabeça e deixou escapar uma risadinha.

– Temo que você esteja me causando outro tipo de dor.

Lara o encarou, perplexa, e baixou os olhos para o ventre dele. Para seu imenso constrangimento, viu que seu toque inocente o excitara, fazendo com que um contorno pesado e inconfundível lhe esticasse a frente da calça. Ela enrubesceu e se afastou depressa.

O sorriso persistiu no rosto de Hunter.

– Perdão, meu bem. Um ano de celibato destruiu qualquer autocontrole que eu já tenha possuído.

Ele a fitou com uma expressão que fez algo dentro de Lara se apertar de tensão, e estendeu a mão para ela.

– Agora vamos, Lara. Quero ir para casa.

Capítulo 3

Lara teria preferido colocar um vestido limpo, mas não tinha qualquer intenção de se despir com o marido – sim, ela estava quase certa de que ele dizia a verdade – diante dela. Assim, arrumou o cabelo com o máximo de capricho possível, o tempo todo consciente do olhar intenso de Hunter. Quando terminou, ele atravessou o cômodo e estendeu o braço.

– Vamos? – perguntou erguendo uma das sobrancelhas grossas. – Todos devem estar ansiosos para descobrir se você vai voltar comigo.

– Eu tenho escolha? – perguntou Lara.

Ele a fitou com um olhar sardônico.

– Bem, não vou arrastar você até lá gritando e se debatendo.

Lara se deteve, pois tinha a sensação de que, se aceitasse o braço de Hunter e partisse daquele chalé com ele, estaria se comprometendo com um curso de eventos do qual não teria retorno.

Hunter abandonou a pose elegante e pegou a mão de Lara, entrelaçando os dedos nos seus.

– Venha – disse, e os dois saíram caminhando em direção ao castelo.

– Vai demorar algum tempo para o conde e a condessa moverem seus pertences – comentou Lara.

– Eles não são o conde e a condessa, Larissa – retrucou Hunter, irritado. – Eu e você somos. E farei com que estejam fora do castelo Hawksworth ainda esta noite.

– Esta noite? – perguntou Lara, espantada. – Mas você não pode mandá-los embora com tão pouco tempo de aviso.

– Não posso?

A expressão no rosto dele era severa e, de repente, Hunter se pareceu muito mais com o homem com quem Lara havia se casado.

35

– Não vou permitir que Arthur e Janet desonrem a minha casa por mais uma noite. Eu e você ocuparemos os aposentos privados da família.

– E Arthur e a esposa ficarão com os aposentos de hóspedes?

– Não – retrucou ele, inflexível. – Que fiquem aqui, nesse chalé, ou encontrem pouso em outro lugar.

Lara deixou escapar uma risada horrorizada diante da ideia.

– Isso é ir longe demais. Devemos oferecer a eles os aposentos de hóspedes no castelo.

– Se esse antigo chalé de guarda-caça foi adequado para você, sem dúvida é bom até demais para eles.

– Seja como for, você não vai conseguir se livrar deles – disse Lara. – Os dois farão tudo que estiver ao seu alcance para pintar você como um impostor.

– Vou mandá-los embora daqui – insistiu Hunter, a expressão muito séria, e virou Lara para que o encarasse. – Me diga uma coisa antes de chegarmos ao castelo. Você ainda tem dúvidas?

– Algumas – forçou-se a admitir Lara, sentindo-se presa pelos olhos escuros e intensos dele.

– E pretende expressá-las aos outros? – questionou ele, o rosto inexpressivo.

Lara hesitou.

– Não – sussurrou.

– E por que não?

– Porque eu...

Ela mordeu o lábio e buscou uma forma de explicar a intuição de que, por algum motivo, seria errado não reconhecê-lo como o falecido conde. A atitude mais inteligente parecia ser esperar para ver o que aconteceria. Se ele não fosse o homem que alegava ser, mais cedo ou mais tarde cometeria um erro.

– Porque se você não for o meu marido – completou –, logo vou descobrir.

Hunter sorriu, embora sem qualquer humor.

– É verdade – retrucou, lacônico, e os dois seguiram em silêncio pelo restante do caminho.

༄

– Estou impressionado com o que fizeram com o lugar – comentou Hunter bruscamente quando entraram no castelo Hawksworth.

As antigas tapeçarias de Flandres e as mesas laterais com vasos de porcelana francesa tinham sido substituídas por estátuas de nus em mármore e peças de seda penduradas, em tons berrantes de pêssego e roxo. A lareira medieval, grande o bastante para abrigar uma dúzia de homens em seu interior, fora destituída do painel original que ficava acima dela, e que também viera de Flandres. Agora havia um pesado espelho ali, com uma moldura dourada enfeitada por anjos também dourados tocando trombetas.

Hunter parou para observar o efeito geral, uma expressão sinistra no rosto.

– É preciso certo talento para transformar tão rapidamente uma casa elegante e bem decorada em um bordel.

– Eu não saberia dizer – retrucou Lara. – Não sou tão íntima de bordéis quanto outras pessoas.

Ele sorriu com o comentário ácido.

– Pelo que me lembro, você ficava bem satisfeita por eu passar as noites em bordéis, em vez de visitando a sua cama.

Lara se sentiu desconfortável e voltou novamente a atenção para a decoração vulgar do castelo:

– Infelizmente nada disso vai poder ser mudado agora.

– Por que não?

– Seria muito caro.

– Podemos muito bem arcar com a despesa.

– Acho melhor você dar uma olhada nas contas da propriedade antes de presumir qualquer coisa – alertou Lara em voz baixa. – Desconfio que nossas reservas tenham sido esvaziadas na sua ausência. Seu tio tem hábitos extravagantes.

Hunter assentiu, a expressão severa, e segurou o cotovelo de Lara enquanto atravessavam o saguão de entrada. Ele tinha um ar de autoridade tranquila e parecia totalmente confortável no ambiente. Com certeza, um impostor teria demonstrado alguma insegurança, mas Hunter parecia resoluto.

Lara nunca sonhara que eles estariam juntos novamente naquela casa. Havia enterrado qualquer lembrança de sua vida com ele. Mas agora Hunter havia retornado de forma tão súbita que a deixava atordoada. Era impossível acreditar que ele estava ali, mesmo com a mão grande do marido em seu braço e o gosto de sua boca ainda em seus lábios.

Havia pelo menos cinquenta criados reunidos ao redor da escadaria dupla em curva: arrumadeiras, assistentes de mordomo, lacaios, os criados da cozinha, os meninos de recado e os faz-tudo. Os criados cumprimentaram o casal com exclamações fascinadas, vendo a presença de Lara ao lado de lorde Hawksworth como uma confirmação da identidade dele. Sem dúvida, todos estavam encantados com a perspectiva de se livrarem de Arthur e Janet, que eram exigentes demais e impossíveis de agradar.

A governanta se adiantou com um sorriso.

– Lorde Hawksworth – falou a mulher de meia-idade, o rosto redondo cintilando de prazer. – Desconfio que todos nós precisamos olhar uma segunda e uma terceira vez para nos assegurarmos de que é mesmo o senhor. Acho quase impossível acreditar nos meus próprios olhos. Seja bem-vindo de volta ao lar, senhor.

Os outros criados ecoaram os sentimentos dela, e Hunter sorriu.

– Obrigado, Sra. Gorst. Depois de passar tanto tempo longe, duvido que algum dia eu vá querer deixar a Inglaterra novamente.

Ele olhou para os criados reunidos com o cenho franzido.

– Onde está o Sr. Townley? – perguntou, referindo-se a um mordomo que passara pelo menos doze anos em Hawksworth.

– Infelizmente está trabalhando em outra casa, senhor – foi a resposta cautelosa da governanta. – O Sr. Townley não desejou continuar servindo o atual conde.

Hunter ficou muito sério e permaneceu em silêncio, enquanto a Sra. Gorst se apressava em continuar:

– Espero que não culpe Townley, milorde. Ele ficou muito perturbado com a sua morte... quero dizer...

– Não culpo Townley – garantiu Hunter, e guiou Lara na direção das salas de recepção da família. – Venha, meu bem. Está na hora de colocar a minha casa em ordem.

– Aqui está ele! – exclamou uma voz quando os dois entraram na sala de recepção do segundo andar, e houve um coro de brados empolgados.

Arthur e Janet estavam ali, é claro, assim como o Sr. Young, o Dr. Slade e alguns parentes dos Crosslands que haviam aparecido para ver o estranho com os próprios olhos.

Arthur se adiantou antes de qualquer outro e fitou Hunter com desprezo.

– Parece que você conseguiu que Lara ficasse do seu lado. – Então voltou a atenção para ela, com uma expressão de desdém no rosto. – Uma decisão imprudente, minha cara. Fico surpreso por você ter sido tão facilmente convencida a ajudar esse impostor em sua farsa. Você revelou uma fraqueza de caráter da qual eu não havia desconfiado até agora.

Lara devolveu o olhar dele sem piscar.

– Não se trata de uma farsa, milorde.

O Sr. Young intercedeu em um tom tranquilo.

– Eu lhe garanto, lorde Arthur, na minha opinião esse homem é realmente Hunter Cameron Crossland, lorde Hawksworth.

– Não há dúvida de que ele está pagando pelo seu apoio – retrucou Arthur com rispidez. – Bem, pois saibam que pretendo levar o assunto aos tribunais. Não vou permitir que um impostor surja do nada e se declare conde de Hawksworth. Para começar, ele tem apenas uma vaga semelhança com meu sobrinho, que era pelo menos vinte quilos mais pesado!

O homem ao lado de Lara sorriu.

– Não é crime perder peso, Arthur.

Arthur o encarou com uma expressão sarcástica.

– Deve ter sido muito conveniente para você se "lembrar" subitamente que era o herdeiro de uma grande fortuna.

O Sr. Young voltou a interceder com serenidade.

– Todas as evidências confirmam a identidade desse homem, lorde Arthur. Testamos sua memória e descobrimos que é bem precisa. Também identificamos marcas características em seu corpo, incluindo o ferimento no ombro resultado de um acidente de caça quando ele era menino. Chegamos até a examinar a caligrafia dele, que se parece muito com a de lorde Hawksworth. A aparência desse homem, embora alterada, é consistente com a do falecido conde, e isso, combinado ao fato de que todos que o viram até aqui o reconheceram, prova que ele é mesmo quem diz ser.

– *Eu* não o reconheço – falou Arthur, inflamado. – Nem a minha esposa.

– Mas a verdade é que o senhor é quem mais tem a perder se ele *for mesmo* o conde – argumentou o Dr. Slade, e um sorriso cínico surgiu em seu rosto curtido pelo tempo. – Além do mais, a própria esposa o aceitou, e uma mulher tão honrada quanto a condessa jamais aceitaria um estranho como seu marido.

– A não ser que ela pudesse lucrar com isso – escarneceu Janet, apontando um dedo ossudo para Lara. – Lara se deitaria com o primeiro homem disponível, se isso significasse recuperar a fortuna Hawksworth.

Lara arquejou, horrorizada.

– Ora, eu não mereço uma acusação dessas...

– Uma viúva jovem e bela, ansiando pela atenção de um homem – continuou Janet, ácida. – Você enganou um grande número de pessoas com a sua conversa sobre órfãos, Lara, mas sei quem você é de verdade...

– Basta! – bradou Hunter. Havia um brilho assassino em seus olhos que deixou todos nervosos. Ele encarou Arthur com uma expressão vingativa que fez o homem suar visivelmente. – Saia daqui. Seus pertences serão enviados a vocês, a menos que ousem colocar os pés na propriedade. Nesse caso, serão queimados. Agora saiam imediatamente... e saibam que têm sorte por eu não devolver na mesma moeda o que fizeram à minha esposa.

– Ora, mas não fomos nada além de generosos com Lara! – bradou Janet. – Que mentiras ela andou contando?

Hunter deu um passo na direção de Janet, as mãos erguidas como se estivesse disposto a esganá-la.

– *Fora!*

Janet se afastou apressada na direção da porta, os olhos arregalados de medo.

– Você tem os modos de um animal – disse ela com desprezo. – Mas não pense que seu estratagema vai enganar alguém... Você é o conde de Hawksworth tanto quanto um dos cachorros do canil!

Arthur se juntou a ela na porta e os dois saíram enquanto murmúrios agitados enchiam a sala.

Hunter inclinou a cabeça e aproximou a boca do ouvido de Lara.

– Nunca tive a intenção de deixá-la à mercê deles. Me perdoe.

Lara se virou para encará-lo, fascinada. Hunter nunca se desculpara por nada com ela – não era capaz disso.

– Há momentos em que eu quase concordo com Janet – sussurrou ela. – Você não se parece em nada com o homem com quem me casei.

– Gostaria que eu voltasse a ser como era? – perguntou ele, baixo demais para que os outros ouvissem.

Lara fitou-o, confusa.

– Não sei.

Ela recuou, enquanto as outras pessoas na sala se aglomeravam ao redor de Hunter com exclamações sobre o milagroso retorno dele.

Os criados estavam atrapalhados, tendo que se virar para obedecer a dois patrões enquanto arrumavam alguns dos pertences de Arthur e Janet. Hunter não recuara de sua decisão de que os Crosslands deveriam deixar a propriedade imediatamente – uma humilhação que, Lara sabia, eles jamais perdoariam. Janet se deslocava tempestuosamente pelo castelo, em uma ira explosiva, bradando ordens e insultos para todos que entravam em seu caminho.

Sentindo-se perdida e desconfortável, Lara saiu andando pelo castelo. Alguns cômodos informais no andar de cima haviam sido deixados em seu estado original, com uma decoração serena e de bom gosto, as janelas protegidas por cortinas de seda pálida e veludo, a mobília francesa leve e de linhas suaves.

– Fazendo um inventário das posses? – disse uma voz suave vindo da porta da sala de leitura das damas.

Lara se virou e viu Janet parada ali.

Com o corpo magro muito tenso, ela parecia rígida e afiada como a lâmina de uma faca.

Lara sentiu uma pontada de pena por Janet, pois sabia que a perda do título e da propriedade era um golpe devastador. Para uma mulher com tamanha ambição, voltar para a vida modesta que tinha antes provavelmente seria muito difícil.

– Sinto muito, lady Crossland – disse Lara com sinceridade. – Sei como essa situação deve parecer injusta...

– Poupe-me da sua falsa piedade! Você acha que venceu, não é mesmo? Ora, de uma forma ou de outra, conseguiremos o título de volta. Arthur ainda é o herdeiro presumido, temos dois filhos... e, como todos sabem, você é infértil. Já disse *isso* para o impostor que alega ser seu marido?

Lara ficou muito pálida.

– Você não tem vergonha?

– Não mais do que você, ao que parece. Que está disposta, *ansiosa* até, a se enfiar entre os lençóis com um completo estranho! – disse Janet com o rosto distorcido, feio. – Você bancou a mártir por meses, com uma expressão angelical e os modos de uma dama, quando na verdade não passa de uma gata no cio...

O ataque foi interrompido por um rugido furioso, e as duas mulheres ficaram paralisadas, surpresas ao ver a forma esguia de um homem entrar na sala com a rapidez de uma cobra dando o bote. Hunter segurou Janet pelos ombros e a sacudiu, o semblante severo e indignado.

– Agradeça por ser mulher – disse ele –, ou eu a mataria pelo que acabou de dizer.

– Me solte! – gritou Janet.

– *Por favor* – pediu Lara, correndo em sua direção. – Hunter, não.

Ele ficou rígido ao ouvir o som do próprio nome.

– Não há motivo para fazer uma cena – continuou Lara, aproximando-se dele. – Está tudo bem. Solte-a, por mim.

De repente, Hunter soltou Janet com um som de desprezo, e Janet saiu correndo da sala.

Lara ficou olhando espantada enquanto o marido se voltava para ela. Ele parecia totalmente dominado por uma fúria assassina. Ela nunca vira uma expressão tão selvagem no rosto de Hunter. Mesmo em seus piores momentos de fúria, ele nunca perdera o verniz que trazia de berço. Mas, em algum ponto entre o dia em que Hunter partira para a Índia e o momento do seu retorno, aquela fachada civilizada havia se partido... e um homem muito diferente emergira.

– Janet é uma megera vingativa – murmurou ele.

– Ela estava expressando a raiva e a dor que está sentindo – falou Lara. – Não significou nada para mim...

Ela se interrompeu com um arquejo ao ver Hunter se aproximar em poucas passadas. Ele pousou uma das mãos grandes na cintura dela enquanto segurava seu queixo com a outra, erguendo a cabeça de Lara. O olhar dele percorreu o rosto dela com atenção.

Lara umedeceu os lábios secos com a ponta da língua. Tinha plena consciência do prazer inquietante comprimindo seu baixo ventre. Sua respiração se tornara instável, e ela fitou o peito largo de Hunter antes de erguer os olhos para seu rosto, lembrando-se da sensação sólida do corpo do marido contra o dela no reencontro no chalé, do modo excitante como ele a beijara.

As acusações de Janet haviam atingido seu objetivo. Lara não podia negar que se sentia atraída por aquele homem, e que nunca se sentira assim em relação ao marido. Seria porque ambos haviam mudado? Ou aquilo era uma prova de que o homem diante dela não era Hunter?

Tudo estava acontecendo rápido demais. Lara precisava ficar sozinha para tentar dar algum sentido à situação.

– Não me toque – sussurrou ela. – Não consigo suportar.

O marido a soltou e ela recuou um passo. Os olhos dele eram de uma cor impressionante, de um castanho cintilante que parecia preto dependendo da luz. Sem dúvida eram os olhos de Hunter... mas agora carregados de uma intensidade que Lara nunca vira antes.

– Como você pode ser o meu marido? – perguntou ela, insegura. – Mas, ao mesmo tempo, como poderia ser outra pessoa? Não sei o que pensar, não sei como me sentir.

Hunter nem sequer piscou sob aquele olhar de dúvida.

– Se você não me aceita, vá dizer isso aos outros – falou ele. – Tudo depende de você. Sem o seu apoio, não tenho a menor chance de convencer mais ninguém de quem sou.

Lara passou a mão pela testa úmida. Não queria tomar uma decisão como aquela sozinha, ou ter que assumir a responsabilidade pelo erro... se fosse um erro.

– Poderíamos esperar que a sua mãe voltasse de viagem – disse ela. – Assim que ela souber sobre você, estará aqui o mais rápido possível. Eu aceitarei o que ela decidir. Uma mãe com certeza reconheceria o próprio filho...

– Não – disse ele, a expressão parecendo esculpida em granito. – Você decide. Sou o seu marido, Lara?

– Suponho que o Sr. Young esteja certo, que as evidências apontem para...

– Que se danem as evidências. Eu *sou* o seu marido?

– Não consigo ter certeza – falou Lara, recusando-se teimosamente a responder como ele queria. – Nunca conheci você muito bem. Não éramos íntimos de forma alguma, a não ser fisicamente, e mesmo assim...

Ela hesitou, o rosto muito vermelho.

– Sempre foi um relacionamento impessoal – reconheceu ele sem rodeios. – Eu não tinha a menor ideia de como tratar uma esposa na cama... Hoje vejo que deveria ter tratado você como uma amante. Deveria ter seduzido você. A verdade é que eu era um tolo egoísta.

Lara baixou os olhos.

– Eu não era quem você queria.

– Não foi culpa sua.

– Você se casou comigo para ter filhos, e não pude lhe dar...

— Não tem nada a ver com isso – interrompeu ele. – Olhe para mim, Lara.

Como ela se recusava a fazer isso, Hunter enfiou os dedos por entre o cabelo dela, soltando a trança simples na nuca.

— Não dou a menor importância para se você é capaz de conceber ou não – falou. – Isso não me importa mais.

— É claro que importa...

— Eu mudei, Lara. Me dê uma chance de mostrar como as coisas podem ser diferentes entre nós.

Seguiu-se um momento interminável de silêncio. O olhar de Lara encontrou a boca larga e firme de Hunter, e ela se perguntou, em pânico, se ele a beijaria de novo.

De repente, Hunter pareceu tomar uma decisão, e deixou a mão descer pela frente do corpo dela em uma carícia tão leve e ágil que Lara não teve tempo de reagir. Seus seios vibraram com o roçar ligeiro da palma da mão dele. Hunter baixou a cabeça e colou a boca no pescoço dela, o hálito quente e suave contra sua pele.

— Sua pele é tão macia – sussurrou ele. – A minha vontade é tirar sua roupa aqui mesmo... ter você nua em meus braços... amar você como eu deveria ter feito há muito tempo.

O rosto de Lara ficou muito quente, e ela tentou empurrá-lo, mas se descobriu presa com firmeza nos braços dele. Hunter moveu a cabeça, encostando-a no ponto onde o pescoço e o ombro dela se encontravam, mordiscando-a com gentileza através do tecido do vestido. Lara estremeceu ao sentir o toque erótico e arqueou todo o corpo.

— Ah...

— Os indianos acreditam que a vida de uma mulher não tem qualquer valor ou significado sem um marido – disse ele, distribuindo beijos pelo pescoço dela e na parte delicada atrás da orelha. De repente, a voz dele se tornou mais provocante. – Eles a considerariam uma mulher muito afortunada por eu ter retornado dos mortos.

— Fiquei muito bem sem você – retrucou Lara, enquanto segurava os ombros musculosos dele para se manter firme sobre as pernas bambas.

Ela sentiu o sorriso de Hunter contra sua orelha.

— Na Índia, você teria sido queimada viva na minha pira funerária, para poupá-la da infelicidade de viver sem mim. Isso é chamado *sati*.

— Ora, mas que coisa bárbara! – Lara fechou os olhos enquanto as mãos dele encontravam a curva firme de suas nádegas através das camadas da saia. – Por favor, eu não quero.

– Só me deixe tocá-la. Já faz tanto tempo desde a última vez que abracei uma mulher.

– Quanto tempo? – Lara não conseguiu evitar a pergunta.

– Mais de um ano.

Então Lara sentiu a palma da mão dele deslizar por sua coluna em uma carícia deliciosa.

– E o que acontece quando a viúva não deseja ser queimada viva? – perguntou ofegante.

– Ela não tem escolha.

– Bem, eu lamentei sua morte, mas dificilmente me senti impelida a cometer suicídio.

Ele riu.

– Você provavelmente se considerou uma mulher de sorte quando soube do naufrágio.

– Nada disso – respondeu Lara automaticamente, mas, para seu horror, um rubor de culpa coloriu seu rosto.

Hunter se afastou para fitá-la, e seus lábios se curvaram em um sorriso irônico.

– Mentirosa – disse, antes de capturar os lábios de Lara em um beijo rápido.

– Eu realmente não... – Ela havia começado a dizer, por constrangimento.

Mas Hunter mudou de assunto com uma rapidez que a deixou zonza.

– Quero que você mande fazer alguns vestidos novos. Minha esposa não deve usar trapos.

Lara baixou os olhos para o vestido de bombazina preta e segurou uma parte do tecido.

– Mas a despesa... – disse ela, tímida, pensando em como seria bom ter algumas roupas novas.

Já estava enjoada de preto e cinza.

– Isso não importa. Quero que se livre de todos os vestidos de luto, Lara. Queime todos, se preferir. – Ele passou o dedo pela gola do vestido. – E aproveite para encomendar alguns *négligés* enquanto estiver na modista.

Em toda a sua vida, Lara nunca usara nada além de camisolas de algodão branco para dormir.

– Não preciso de um *négligé*! – exclamou.

– Bem, se não encomendar um, eu mesmo o comprarei para você.

Lara se afastou dele e começou a ajeitar o vestido com gestos nervosos, puxando as mangas, o corpete, a saia.

– Não vou usar peças de roupa feitas para seduzir. Sinto muito se isso o desagrada, mas... você precisa entender que nunca irei até você por iniciativa própria. Sei que é difícil para um homem ficar sem... e sei que você deve ter necessidade de... – Lara se sentiu enrubescer até as orelhas. – Eu gostaria que você... quero dizer, espero que você... – Ela recorreu ao pouco de dignidade que lhe restava. – Por favor, não hesite em procurar outra mulher para satisfazer seus anseios masculinos. Abro mão de qualquer exclusividade em relação a você, assim como fazia antes de você partir.

Hunter tinha uma expressão estranha no rosto, como se tivesse sido insultado e estivesse aborrecido, mas ao mesmo tempo achasse divertido o que ela dissera.

– Você não vai ter tanta sorte desta vez, meu bem. Meus anseios masculinos só serão satisfeitos por uma mulher... e, até que você ceda aos meus desejos, permanecerei sem alívio.

Lara ergueu o queixo, determinada.

– Não vou mudar de ideia.

– Nem eu.

O ar ao redor dos dois parecia estalar com o desafio. O coração de Lara começou a acelerar, seu ritmo ressoando por todo o corpo. Sua compostura ficou ainda mais abalada quando Hunter a fitou com um sorriso que parecia zombar de si mesmo, e que a desarmou.

Lara nunca se dera o trabalho de considerar Hunter atraente antes. Não lhe importara se ele era belo ou não – Hunter fora o marido que os pais dela haviam escolhido, e ela aceitara a escolha. Mais adiante, a infelicidade do casamento eclipsara qualquer consideração a respeito da aparência daquele homem. Mas pela primeira vez Lara se dava conta de que Hunter *era* belo – extremamente belo –, com um encanto sutil que decididamente a abalava naquele momento.

– Veremos quanto tempo seremos capazes de suportar – disse ele.

A expressão de Lara deve ter traído os pensamentos dela, já que Hunter riu e lhe lançou um olhar provocante antes de sair da sala.

Capítulo 4

Mais tarde naquela noite, Hunter tentou se concentrar em um único objetivo – encontrar os diários –, mas seus pensamentos não paravam de distraí-lo da tarefa a que se propusera. Ele procurou metodicamente nos baús que haviam sido trazidos do depósito e deixados em seu quarto. Até ali, descobrira apenas alguns poucos objetos pessoais e roupas que ficavam largas demais em seu corpo tão mais magro.

Ele suspirou brevemente, passando os olhos pelo brocado vermelho e dourado que cobria as paredes. Depois dos aposentos simples, algumas vezes primitivos, que ocupara ao longo do último ano – incluindo a cabine parcamente equipada durante a viagem interminável de volta para casa –, a suíte decorada com exagero era uma agressão aos seus sentidos.

Hunter despiu as roupas que usara ao longo do dia e vestiu o roupão de seda bordada francesa que encontrara em um dos baús. Tinha sido feito para um homem mais pesado, mas ele dobrou as lapelas bem largas para dentro e amarrou-o com firmeza na cintura. Embora a peça estivesse com cheiro de roupa guardada por muito tempo, o tecido era macio e elegante, feito de seda marrom e bege e bordado com fios de ouro.

Hunter voltou a atenção para o conteúdo espalhado do baú e franziu a testa, perguntando-se onde diabos estariam os diários. Era possível que tivessem sido descobertos depois da "morte" dele, então destruídos ou guardados em algum outro lugar. Hunter esfregou o queixo, pensativo, passando a mão pela aspereza da barba que havia crescido desde a manhã. Ele se perguntou se Lara saberia dos diários.

Não houvera sinal dela desde o jantar. Lara havia comido pouco e se recolhera cedo, indo embora rapidamente como um coelho assustado. Os criados tinham sido de uma discrição impressionante, provavelmente orientados pela governanta, a Sra. Gorst. O mais provável era que todos tivessem presumido que Hunter estaria desfrutando de uma muito esperada recepção ao lar.

Infelizmente, aquela seria a primeira de muitas noites que ele passaria solitário. Não forçaria seu desejo a uma mulher que não estava disposta a recebê-lo, por mais que a quisesse. Seria preciso tempo e paciência para conquistar um lugar na cama de Lara. Mas Deus sabia que ela valia o esforço. A reação de Lara ao beijo daquela tarde tinha sido bastante encorajadora. Ela sem dúvida estava relutante, mas sua reação a ele não era fria. Por um momento, Lara respondera com uma doçura e um fogo devastadores. Só de lembrar, Hunter sentiu o corpo reagir com uma ereção poderosa.

Um sorriso sofrido curvou seus lábios enquanto ele se esforçava para se controlar. Uma coisa estava clara – estava celibatário havia tempo demais. Naquele momento, qualquer mulher teria sido suficiente para aplacar sua necessidade, mas ele havia se resignado a uma vida monástica enquanto sua esposa absurdamente bela dormia a poucas portas de distância.

Hunter pousou a miniatura de Lara que sempre carregava consigo em cima da mesa semicircular encostada contra a parede, e correu o dedo ao longo das bordas gastas da moldura esmaltada. Com um toque experiente, ele abriu o relicário, revelando o retrato ali dentro. A visão familiar do rosto dela o acalmou e animou, como sempre.

O artista que pintara o retrato não capturara adequadamente o volume da boca de Lara, a doçura singular de sua expressão, ou a cor de seus olhos – que eram como a bruma em uma campina verde. Nenhum pincel teria conseguido traduzir aquelas coisas.

Lara era uma mulher rara, com uma capacidade incomum de cuidar dos outros. Generosa e facilmente disposta a ajudar, ela parecia ter um talento especial para aceitar as pessoas com todos os seus defeitos. Seria fácil tirarem vantagem dela... Lara precisava de um homem que a protegesse e apoiasse. Precisava de muitas coisas que ele estava totalmente disposto a oferecer.

Hunter experimentou uma súbita urgência de vê-la de novo para se reassegurar de que estava realmente ali com ela, por isso saiu do quarto e foi até os aposentos ao lado.

– Lara – murmurou, batendo ligeiramente na porta, alerta a qualquer som ou movimento ali dentro.

Não ouviu nada além do silêncio. Hunter repetiu o chamado e, quando testou a maçaneta, descobriu que a porta estava trancada.

Ele compreendia a necessidade de Lara de colocar alguma barreira entre eles, mas ainda assim sentiu um ultraje masculino primitivo se acender em seu peito. Lara era dele, e não teria seu acesso a ela negado.

– Abra a porta – disse Hunter, sacudindo a maçaneta em um breve aviso. – Agora, Lara.

A resposta dela veio em um tom de voz mais agudo que o normal.

– N-não desejo vê-lo esta noite.

– Me deixe entrar.

– Você prometeu – acusou ela, tensa. – Disse que não me forçaria.

Hunter forçou a porta com o ombro até abri-la, descobrindo que a pequena tranca de metal era mais decorativa do que útil.

– Não haverá portas trancadas entre nós – falou ele, diretamente.

Lara ficou parada perto da cama, o rosto muito pálido, os braços delgados passados com força ao redor do corpo. Pela postura rígida, estava claro que usava cada gota de autocontrole que possuía para não sair correndo. A mulher parecia um anjo, com o corpo coberto por camadas de musselina branca, o cabelo se derramando, escuro e brilhante, por sobre o ombro. Hunter se lembrou da firmeza delicada daqueles seios e quadris em suas mãos, da doçura da boca sob a dele, e sentiu o ventre arder.

Não conseguia se lembrar de já ter desejado uma mulher daquela forma, e ansiava com cada fibra do seu ser por experimentar o toque, o cheiro e o sabor de Lara.

– Por favor, vá embora – pediu ela, insegura.

– Não vou violentá-la, Lara – disse Hunter, sem rodeios. – Se fosse essa a minha intenção, eu já estaria em cima de você a esta altura.

As palavras cruas a fizeram se encolher.

– Então, por que está aqui?

– Achei que você talvez pudesse me dizer onde está o restante dos meus pertences.

Lara pensou a respeito por algum tempo.

– Arthur vendeu ou destruiu muitas das suas coisas quando se mudou para cá – disse ela. – Eu não estava em posição de fazer objeções.

A expressão de Hunter se tornou sombria enquanto ele amaldiçoava Arthur silenciosamente. Só esperava que o desgraçado não tivesse encontrado os diários, ou descoberto os segredos que poderiam conter... Era melhor que tivessem sido jogados fora.

– Eu pedi aos criados que levassem tudo que sobrou para o seu quarto – murmurou Lara. – O que está procurando?

Ele deu de ombros e permaneceu em silêncio. Havia uma possibilidade de que os diários estivessem escondidos em algum lugar da casa. E, se fosse esse o caso, ele preferia que Lara não soubesse da existência deles.

Hunter se adiantou no quarto e reparou no modo como Lara recuou, mantendo distância. Ela parecia adorável e cautelosa, com o queixo pequeno erguido em uma expressão desafiadora. O olhar de Lara se desviou para o roupão que ele usava, e a expressão dela foi de tamanho desconforto que Hunter desconfiou que aquela peça de roupa despertava alguma lembrança desagradável.

– O que foi? – perguntou ele, irritado.

Ela franziu a testa, as sobrancelhas escuras e elegantes quase se encontrando.

– Você não se lembra?

Ele balançou a cabeça.

– Diga-me.

– Você estava com esse roupão na última vez em que nós... na última vez em que você me visitou.

Ficou claro pela expressão de Lara que a experiência não havia sido particularmente agradável.

Hunter se ouviu murmurar um pedido de desculpas. Então, os dois caíram em um silêncio desconfortável, enquanto ele encarava a esposa com um misto de raiva e arrependimento, perguntando-se como poderia apagar a apreensão que via em seus olhos.

– Eu disse que não seria assim de novo – falou ele.

– Sim, milorde – murmurou ela, embora estivesse claro que não acreditava.

Hunter praguejou baixinho e começou a andar de um lado para outro sobre o tapete oriental. Sabia que Lara ficaria muito aliviada se ele saísse do quarto naquele momento, mas não queria fazer isso ainda. Já se passara muito tempo desde a última vez que ele desfrutara de uma companhia de verdade. Sentia-se solitário e estar com Lara era o único conforto que tinha, apesar de ela não gostar muito dele.

O quarto tinha sido decorado no mesmo estilo floreado que o dele, só que pior. A cama era um verdadeiro monumento, com pilares dourados entalhados, grossos como troncos de árvores, e franjas pesadas de contas vermelhas e douradas. A parte do dossel que ficava sobre a cama era coberta por um padrão de conchas também douradas e golfinhos... para não mencionar um enorme espelho oval emoldurado com figuras de sereias de seios nus.

Ao reparar no que capturara a atenção dele, Lara tentou quebrar a tensão com uma conversa leve.

– Janet devia ter muito apreço pelo próprio reflexo. Por que iria querer olhar para si mesma enquanto dormia?

A inocência dela o comoveu.

– Acho que o sono não era a atividade que ela pretendia ver refletida no espelho – comentou ele com ironia.

– Está dizendo que ela queria se olhar durante... – A ideia claramente confundiu Lara, que enrubesceu fortemente. – Mas por quê?

– Algumas pessoas têm prazer em se ver durante o ato.

– Mas Janet não parece o tipo de mulher que iria...

– Jamais se surpreenda com o que as pessoas fazem na privacidade de seus quartos – aconselhou Hunter, parando ao lado dela.

Ele esperou que ela recuasse, mas Lara se manteve onde estava e o encarou com aqueles olhos verdes translúcidos. Hunter percebeu a curiosidade dela e as desconfianças não verbalizadas que ocupavam sua mente.

– Você já...? – começou ela, e interrompeu-se abruptamente.

– Não, não embaixo de um espelho – respondeu Hunter sem titubear, embora a ideia o excitasse imensamente.

Ele se imaginou deitando Lara na cama, levantando a camisola dela, e enterrando a cabeça entre as coxas delgadas, enquanto seus corpos entrelaçados eram refletidos acima de suas cabeças.

– Acho uma ideia muito tola – comentou Lara.

– O meu lema é: não devemos nos decidir contra alguma coisa antes de tentarmos.

Ela deixou escapar uma risada rápida e relutante.

– Um lema que poderia lhe causar muitos problemas.

– É verdade – concordou Hunter, em um tom melancólico.

Algo na expressão dele disse a Lara que ele estava se lembrando de experiências que tivera na Índia, e que algumas delas não haviam sido particularmente agradáveis.

– Você encontrou o que estava procurando em suas viagens? – perguntou ela, hesitante. – A empolgação e a aventura pelas quais tanto ansiava?

– Descobri que empolgação e aventura são superestimadas – respondeu Hunter. – O que eu consegui das minhas viagens foi aprender a gostar do meu lar. De pertencer a algum lugar. – Ele parou e fitou-a nos olhos. – De você.

– Mas quanto tempo isso vai durar? – perguntou ela em voz baixa. – Acho que você vai acabar entediado com este lugar, com as pessoas daqui e comigo, como acontecia antes.

Vou querê-la para sempre, disse uma voz interna irritante e ansiosa, surpreendendo Hunter com sua insistência. Ele queria aquilo. Queria Lara. E assumiria seu lugar ali, lutaria por ele enquanto respirasse.

– Acredite em mim – falou Hunter, a voz rouca –, eu poderia passar dez mil noites nos seus braços e nunca ficaria entediado.

Lara lhe lançou um olhar ao mesmo tempo desconfortável e cético, e sorriu.

– Depois de um ano de celibato, milorde, acho que qualquer mulher lhe pareceria atraente.

Ela foi até a penteadeira e começou a trançar o cabelo, os dedos finos deslizando por entre os fios longos e sedosos. Aquele era um sinal sutil para que ele partisse, mas Hunter o ignorou. Ele a seguiu, apoiou os ombros na parede e ficou observando a esposa.

– Sabia que o celibato é uma virtude admirada entre os hindus?

– É mesmo? – perguntou ela com uma frieza deliberada.

– Demonstra o domínio de um homem sobre si mesmo e sobre o ambiente que o cerca e o deixa mais próximo do verdadeiro despertar espiritual. Os hindus praticam o autocontrole decorando seus templos com arte erótica. Visitar os templos é um teste de fé e de disciplina. Apenas os mais devotos conseguem apreciar sem ficar excitados.

Lara se concentrou em trançar o cabelo com um cuidado exagerado.

– Você esteve em um desses lugares?

– Mas é claro. Infelizmente não fiquei entre os devotos.

– Que surpresa – comentou Lara em um tom crítico, mas gentil, que fez Hunter sorrir.

– Fui informado pelas pessoas que me acompanhavam de que aquela era a típica reação inglesa. Os hindus são muito superiores em dominar os limites do prazer e da dor, até alcançarem o total controle de suas mentes e de seus corpos.

– Pagãos – declarou Lara, terminando a trança.

– Ah, sem dúvida. Eles idolatram muitos deuses, incluindo Shiva, o

Senhor das Bestas e o Deus da Fertilidade. Fui informado de que ele criou milhões de posições sexuais, embora só tenha contado algumas milhares delas a seus seguidores.

– M-milhões de... – Lara ficou surpresa o bastante para se virar na direção dele. – Mas há apenas uma...

Ela o encarou, abertamente perplexa.

Hunter viu o prazer de provocá-la desaparecer e ficou subitamente sem palavras, olhando para Lara com uma expressão que devia se assemelhar à dela. Então havia sido assim para sua esposa, um ato superficial e sem alegria. Não era de espantar que Lara o tivesse recebido de volta com tanta relutância.

– Lara – falou Hunter com gentileza –, há coisas que eu nunca lhe mostrei... coisas que eu deveria ter feito...

– Está tudo bem – disse ela, constrangida. – Por favor, não quero discutir o nosso passado... principalmente essa parte dele. Se me permite, gostaria de ir dormir agora. Estou muito cansada.

Ela afastou as cobertas e os lençóis, alisando o tecido bordado com as mãos pequenas.

Hunter sabia que deveria sair dali, mas alguma coisa o impeliu a se adiantar, pegar uma das mãos de Lara e levá-la aos lábios, pressionando os dedos dela sobre o contorno da sua boca e do seu queixo, forçando-a a aceitar o beijo ardente que depositou na palma. Lara estremeceu. Hunter sentiu a vibração que percorreu seu braço, mas ela não tentou se afastar.

– Algum dia, você vai arrumar um lugar para mim ao seu lado – murmurou ele, desviando dos olhos verdes muito grandes e observando o lado vazio da cama. Ele a soltou lentamente, e Lara esfregou a mão como se estivesse dolorida. – Machuquei você? – perguntou ele, franzindo a testa, preocupado.

– Não, é só que... não. – Lara abaixou as mãos ao lado do corpo, encarando-o com uma expressão estranha.

Hunter sentiu uma pontada aguda ao se dar conta do que se tratava e balançou a cabeça, com um sorriso melancólico. Ele saiu na mesma hora do quarto, sabendo que, se ficasse mais um instante ali, não conseguiria se impedir de possuí-la. Antes de fechar a porta ao sair, Hunter olhou brevemente para trás e a viu parada, imóvel, o rosto inexpressivo e adorável.

Capítulo 5

Para consternação de Lara, o número de visitas que haviam recebido no dia anterior não foi nada comparado à enorme quantidade de pessoas que agora ocupava o castelo Hawksworth. Parecia que cada um dos setenta e quatro cômodos do lugar estava transbordando. Figuras políticas locais, aristocratas e moradores da cidade apareceram para visitar, levados pela curiosidade e pela empolgação com a volta de Hawksworth. Carruagens com duas ou três parelhas se enfileiravam na longa entrada, enquanto o salão dos criados estava cheio de lacaios e mensageiros em vários tons de librés.

– Devo mandá-los embora? – perguntara Lara a Hunter de manhã, quando o fluxo de pessoas estava apenas começando. – A Sra. Gorst pode dizer a todos que você está indisposto...

– Pode deixar que entrem – disse ele, recostado na poltrona da biblioteca com um ar de expectativa. – Gostaria de ver alguns rostos familiares do passado.

– Mas o Dr. Slade lhe prescreveu descanso e privacidade durante os próximos dias, até você se ajustar à ideia de estar de volta em casa.

– Tive meses de descanso e privacidade.

Lara o encarou, perplexa. Hunter, que sempre fora muito cioso da dignidade da família, certamente tinha noção de que o mais decente a fazer seria se manterem isolados por alguns dias e organizarem o retorno à sociedade de maneira circunspecta.

– Vai ser um circo – conseguiu dizer Lara. – Você não pode deixar que entrem todos de uma vez.

Hunter abriu um sorriso agradável, mas seu tom era inflexível.

– Insisto nisso.

Ele passou, então, a receber todos e cada um dos convidados, com um prazer relaxado que impressionou Lara. Embora o marido sempre tivesse sido um anfitrião competente, nunca parecera ter grande prazer nisso, ainda mais no que se referia à aristocracia menor e aos cidadãos comuns da cidade. "Obtusos", era como se referia a eles com desdém. Mas naquele dia estava se esforçando para receber todos com igual entusiasmo.

Hunter regalou a todos com seu encanto natural, contando histórias da Índia, mantendo duas ou três conversas ao mesmo tempo, passeando pelos jardins, ou pela galeria de arte, com um ou dois amigos que escolhia. À medida que se aproximava o meio do dia, ele abriu garrafas de bom conhaque e caixas de charuto de aroma pungente, enquanto cavalheiros se reuniam ao seu redor. Nos fundos da casa, a equipe da cozinha se esforçava para preparar comida para uma multidão. Bandejas de sanduíches delicados, travessas de conservas de limões e figos e pratos de bolos eram servidos e devorados com apetite.

Lara fez a sua parte em entreter os convidados, servindo dezenas de xícaras de chá e respondendo a perguntas de um bando de mulheres animadas e agitadas.

"O que a senhora fez assim que o viu?", perguntou uma mulher, enquanto outra exigia saber: "Quais foram as primeiras palavras dele para a senhora?"

– Bem – respondeu Lara, desconfortável –, naturalmente foi uma grande surpresa...

– A senhora chorou?

– A senhora desmaiou?

– Ele a tomou nos braços?

Confusa com o ataque furioso de perguntas, Lara abaixou os olhos para a própria xícara de chá. De repente, ouviu a voz da irmã, irônica e divertida, vindo da porta.

– Acredito que essas coisas não sejam da conta de vocês, senhoras.

Lara levantou os olhos e sentiu vontade de chorar ao ver o rosto solidário de Rachel. A irmã, mais do que ninguém, compreendia o que o retorno de Hunter significava para ela. Lara se esforçou para disfarçar o alívio, pediu licença do círculo de fofoqueiras e saiu com Rachel da sala. Elas pararam em um canto isolado, sob a enorme escadaria, e Rachel segurou as mãos da irmã em um gesto de conforto.

– Eu sabia que você teria uma multidão de visitas – comentou Rachel. – Pretendia esperar até mais tarde, mas não consegui me impedir de vir logo.

– Nada disso parece real, Rachel. – Lara manteve a voz baixa para evitar ser ouvida por qualquer outra pessoa. – As coisas mudaram tão rápido que eu não tive nem um instante para recuperar o fôlego. De repente, Arthur e Janet se foram, e estou de volta aqui, com Hunter... e ele é um estranho.

– Você diz "estranho" em um sentido figurativo ou literal? – perguntou Rachel, muito séria.

Lara a encarou espantada.

– Você sabe que eu não reconheceria a identidade dele a menos que acreditasse que se trata mesmo do meu marido.

– É claro, meu bem, mas... ele não parece exatamente o mesmo, não é? – disse ela, mas era uma declaração, não uma pergunta.

– Você se encontrou com Hunter, então – murmurou Lara.

– Cruzei com ele por acaso quando Hunter estava indo com o Sr. Cobbett e com lorde Grimston para o *fumoir*. Ele me reconheceu na mesma hora e parou para me cumprimentar com o que pareceu uma sincera afeição fraternal. Nos afastamos um pouco dos outros e conversamos brevemente. Hunter expressou preocupação por tudo que você sofreu na ausência dele. Então, perguntou pelo meu marido e pareceu genuinamente satisfeito quando eu disse que Terrell viria amanhã. – Rachel estava com a testa franzida em uma expressão de profunda perplexidade. – Ele age e reage de um modo condizente com lorde Hawksworth, mas...

– Eu sei – disse Lara, tensa. – Ele não é o mesmo. Era de se esperar que as experiências por que passou o tivessem transformado, mas há coisas sobre Hunter que não consigo compreender ou explicar.

– Como ele vem tratando você até agora?

Lara deu de ombros.

– Muito bem, na verdade. Ele está tentando ser agradável e... há um encanto nele, uma atenção voltada a mim que não me lembro de existir antes.

– Estranho... – comentou Rachel, pensativa. – Percebi a mesma coisa... Ele está realmente vistoso. O tipo de cavalheiro por quem as damas têm vertigens. E não era assim antes.

– Não – concordou Lara. – Ele não se parece com o homem que eu conheci.

– Estou curiosa para saber o que Terrell vai achar dele – falou Rachel. – Os dois eram tão próximos. Se esse homem for uma fraude...

– Não pode ser – disse Lara no mesmo instante.

Sua mente se recusava a aceitar a possibilidade assustadora de estar vivendo intimamente com um mentiroso consumado, um ator como ela nunca vira antes.

– Larissa, se houver a mínima chance de ele ser um impostor, você pode estar em perigo. Não conhece o passado do homem, nem sabe do que ele poderia ser capaz...

– Ele *é* o meu marido – disse Lara, permanecendo firme, embora se sentisse empalidecer um pouco. – Tenho certeza.

– Na noite passada, ele tentou...?

– Não.

– Suponho que, quando ele a tomar nos braços, você vai saber se é o homem com quem se casou ou não.

Enquanto Lara tentava encontrar uma resposta, lembrou-se do hálito quente de Hunter sobre a sua pele, da textura dos cabelos dele em seus dedos, do perfume de sândalo invadindo suas narinas. Ela havia sentido uma conexão estranha, elementar, entre eles.

– Não sei quem ele é – falou, em um sussurro perturbado. – Mas tenho que acreditar que é o meu marido, porque isso faz mais sentido do que qualquer outra coisa. Nenhum estranho poderia saber as coisas que ele sabe.

A noite foi chegando e os convidados ainda se demoravam no castelo, apesar da preocupação do Dr. Slade.

– Ele já se cansou o bastante por um dia – comentou o médico idoso com Lara. Juntos, eles olharam para Hunter, que estava parado ao lado de um aparador, na outra extremidade do salão de visitas. – Está na hora de o conde ir descansar, lady Hawksworth.

Lara observou enquanto o marido servia um copo de conhaque e ao mesmo tempo ria de uma brincadeira que alguém havia feito. Ele parecia bastante à vontade... mas só até que se reparasse na leve tensão ao redor dos olhos e nas marcas mais fundas nos cantos da boca.

Ele passara o dia atuando, percebeu Lara. Era uma representação executada com grande talento, com o objetivo de conquistar o apoio da cidade... e fora bem-sucedida. Ele fora o perfeito lorde do castelo naquele dia: confiante, receptivo e educado. Se as visitas inicialmente guardassem qualquer suspeita em relação à identidade dele, com certeza muito poucos ainda tinham alguma dúvida.

Lara sentiu uma pontada de compaixão. Apesar das tantas pessoas que o cercavam, Hunter parecia muito só.

– Ele realmente parece um pouco cansado – comentou com o Dr. Slade. – Talvez o senhor pudesse usar sua influência para convencê-lo a se recolher.

– Já tentei – comentou o médico, bufando baixinho e esfregando uma das longas costeletas grisalhas. – Ele continua cabeça-dura como sempre. Imagino que vá seguir fazendo o papel de anfitrião até cair duro de exaustão.

Lara observou o marido mais uma vez.

– Ele nunca ouviu a opinião de ninguém – concordou ela, sentindo-se apaziguada com o fato de que pelo menos aquilo era algo que não mudara em Hunter. – Mas farei o que puder a respeito.

Ela colocou um sorriso agradável no rosto e se aproximou do marido e dos três homens que estavam com ele. Começou com quem estava mais próximo, sir Ralph Woodfield, um cavalheiro próspero, com uma profunda paixão pela caça.

– Sir Ralph – exclamou, encantada –, é um grande prazer vê-lo aqui!

– Ora, obrigada, lady Hawksworth – respondeu ele, com entusiasmo. – Permita-me parabenizá-la pela sua boa sorte. Todos sentimos uma falta imensa deste fantástico camarada. E não tenho dúvida de que a senhora, mais do que qualquer um, está exultante com o retorno dele.

Sir Ralph deu uma piscadinha para enfatizar o comentário.

Lara enrubesceu diante daquela insolência. E com certeza não foi o primeiro comentário do tipo que ela ouvira naquele dia – era como se toda a cidade de Market Hill a considerasse uma viúva faminta por amor. Ela disfarçou a irritação e sorriu para o homem.

– Sou mesmo muito abençoada, senhor. E outros também serão, assim que eu lhe contar sobre uma ideia que surgiu há pouco tempo em minha mente. Tenho certeza de que o senhor vai adorar.

– Ah, é mesmo? – Sir Ralph inclinou a cabeça, enquanto as palavras dela pareciam penetrar a bruma confortável que o envolvia, induzida pelo conhaque.

– Eu estava pensando na sua coleção de puros-sangues, e no cuidado fantástico que tem com seus animais, então me ocorreu... por que o senhor não começa um abrigo para cavalos velhos e aleijados bem aqui em Market Hill?

Ele a encarou boquiaberto.

– U-um abrigo para...

– Um lugar para onde possam ir quando se tornarem lentos, doentes ou incapazes de cumprir com seus deveres por qualquer outro motivo. Tenho certeza de que o aflige saber que tantos animais leais são abatidos desnecessariamente depois de anos de serviço.

– Sim, mas...

– Eu sabia que o senhor ficaria entusiasmado com a possibilidade de salvar a vida desses pobres animais – continuou Lara. – É mesmo um homem maravilhoso, milorde. Vamos conversar mais sobre o assunto logo e organizar um curso de ação, sim?

Claramente desanimado com a ideia, sir Ralph murmurou alguma coisa sobre a esposa o estar esperando em casa, despediu-se e saiu rapidamente do salão.

Lara se virou para o cavalheiro seguinte, um solteiro convicto de quarenta e cinco anos.

– Quanto ao senhor, venho pensando bastante em sua situação, Sr. Parker.

– Na minha situação... – repetiu ele, franzindo a testa a ponto de as sobrancelhas se unirem em uma linha reta.

– Eu me preocupo com o fato de o senhor viver tão desprovido da companhia e de todo o cuidado e conforto que uma esposa pode garantir... Entende? Pois bem, acho que encontrei a mulher certa para o senhor.

– Eu lhe garanto, lady Hawksworth, que não há necessidade...

– Ela é perfeita – insistiu Lara. – Seu nome é Srta. Mary Falconer. Vocês dois têm uma personalidade extremamente parecida: independentes, práticos, cheios de opinião... um par perfeito. Tenho planos de apresentá-la ao senhor sem demora.

– Já conheço a Srta. Falconer – retrucou Parker, rangendo os dentes de forma audível. – Creio que dificilmente uma solteirona já de certa idade e com um temperamento difícil possa ser considerada o par perfeito.

– De certa idade? Com um temperamento difícil? Ora, lhe garanto, senhor, que a Srta. Falconer é um verdadeiro anjo. Insisto para que volte a conversar com ela, e o senhor verá como está enganado.

Parker praguejou baixinho e se foi rapidamente, lançando um olhar sombrio para Hunter por sobre o ombro, como se exigindo que ele contivesse a esposa. Hunter apenas sorriu e deu de ombros.

Quando Lara voltou suas atenções benevolentes para os outros convidados, todos subitamente encontraram motivos para partir na mesma hora, apressando-se a recolher os chapéus e as luvas e seguindo para as carruagens que os aguardavam.

Quando o último visitante se foi, Hunter se juntou a Lara no saguão de entrada.

— Vejo que tem um talento incrível para esvaziar um salão, minha querida.

Como não tinha certeza se aquilo era um elogio ou uma reclamação, Lara respondeu em um tom cauteloso:

— Alguém precisava se livrar deles, caso contrário passariam a noite toda aqui.

— Muito bem, você baniu os nossos visitantes e agora me tem só para si. Estou curioso para saber qual é o seu plano para o resto da noite.

Desconcertada com o brilho provocador nos olhos do marido, Lara torceu os dedos.

— Se quiser se recolher, pedirei para que levem uma bandeja até o seu quarto...

— Está sugerindo que eu vá para a cama cedo e solitário? — O sorriso que ele abriu ao mesmo tempo zombava de Lara e flertava com ela. — Estava esperando uma oferta melhor do que essa. Bem, em todo caso, acho que vou para a biblioteca escrever algumas cartas.

— Devo mandar servir o seu jantar lá?

Ele balançou brevemente a cabeça.

— Não estou com fome.

— Mas você precisa comer alguma coisa — protestou Lara.

Hunter fitou-a com um sorriso que provocou uma sensação estranha e prazerosa em Lara.

— Parece que você está determinada a me alimentar, não é? Está certo, jantaremos na sala de estar da família, no andar de cima.

Lara pensou no cômodo aconchegante, localizado perto demais do quarto dela, hesitou e balançou a cabeça.

— Prefiro a sala de jantar aqui embaixo.

Ele franziu a testa diante da ideia.

— Eu perderia o apetite. Vi o que Janet fez com aquele cômodo.

Lara sorriu, compreendendo.

— Me disseram que o tema "Egito" é a última moda em matéria de decoração.

— Esfinges e crocodilos — murmurou Hunter. — Serpentes entalhadas nas pernas da mesa. Achei que o salão principal já era ruim o bastante... Bem, quero tudo de volta ao modo como era antes de eu partir. É muito estranho voltar para casa e não reconhecer metade dos cômodos. Tendas turcas, dragões chineses, esfinges... É um pesadelo.

Lara não conseguiu conter uma risada diante da expressão indignada dele.

— Também achei — confessou. — Quando vi o que estavam fazendo com a casa não sabia se ria ou chorava... Ah, e a sua mãe teve um ataque de raiva! Ela realmente se recusou a colocar os pés aqui de novo.

— O que talvez seja o único argumento para manter este lugar como está — comentou Hunter com ironia.

Lara levou os dedos à boca, mas não conseguiu conter o riso, que ecoou nas paredes de mármore.

Hunter sorriu e pegou a mão dela, antes que Lara tivesse tempo de reagir. Ele a segurou com firmeza, acariciando a palma com o polegar.

— Suba e jante comigo.

— Não estou com fome.

Hunter apertou sua mão com mais força.

— Bem, mas a verdade é que você precisa comer mais do que eu. Tinha esquecido como você é pequena.

— Não sou pequena — protestou Lara, puxando a mão em uma vã tentativa de desvencilhá-la.

— Eu poderia guardá-la no bolso. — Hunter se adiantou mais um passo, sorrindo diante do desconforto da esposa. — Suba. Você não está com medo de ficar sozinha comigo, não é mesmo?

— É claro que não.

— Acha que eu vou tentar beijá-la de novo. É isso?

Lara olhou ao redor do saguão de entrada, com medo de eles serem ouvidos por algum criado de passagem.

— Não gostaria de falar...

— Não vou beijá-la — disse Hunter, muito sério. — Não vou tocar em você. Aceite.

— Hunter...

— Vamos.

Lara deixou escapar uma risadinha.

– Muito bem, se é tão importante assim para você que compartilhemos uma refeição.

– Terrivelmente importante – disse ele baixinho, os dentes cintilando em um sorriso de triunfo.

Apesar das mudanças que lorde e lady Arthur tinham feito, eles haviam mantido a cozinheira, e Lara era muito grata por isso. A Sra. Rouillé trabalhava para os Hawksworths havia mais de uma década. Ela usava técnicas francesas e italianas para preparar comidas com uma elegância que rivalizava com os melhores chefs de Londres.

Lara se acostumara com as refeições simples que comera no tempo que passara no chalé do guarda-caça e com as caçarolas de carne e legumes que uma criada da cozinha levava ocasionalmente para ela. Mas foi muito bom se sentar mais uma vez diante de uma refeição preparada no castelo de Hawksworth. Em homenagem ao retorno de Hunter, a Sra. Rouillé havia preparado a refeição favorita dele: perdiz assada guarnecida com limão e acompanhada por abobrinhas cremosas, alcachofras cozidas e um prato de macarrão coberto por manteiga e queijo ralado.

– Ah, como eu senti saudade disso! – Lara não conseguiu evitar a empolgação quando o primeiro prato foi servido na mesa da sala de estar privada. Ela inspirou o aroma inebriante do prato bem-feito e suspirou. – Devo confessar que a maior dificuldade durante sua ausência foi ter que ficar sem a comida da Sra. Rouillé.

Hunter sorriu, o rosto iluminado pela luz dourada das velas. Aquilo deveria ter suavizado suas feições, mas nenhum truque de luz ou sombra seria capaz de suavizar os ângulos firmes e elegantes dos malares, ou o desenho marcante do maxilar. Lara ficou desconcertada ao ver o rosto do marido daquela forma, tão familiar e ainda assim tão alterado.

Lara se perguntou se alguma vez teria fitado Hunter tão detidamente, por tanto tempo, antes de seu retorno. Parecia não conseguir evitar o olhar dele, que buscava o dela de forma tão intensa e inquieta, como se tentasse descobrir cada rumo secreto do pensamento da esposa.

– Eu deveria ter trazido para você alguns dos cardápios do navio no qual regressei para cá – comentou Hunter. – Carne seca e salgada, ervilhas secas e rum diluído em água. Para não mencionar queijo duro e cerveja ácida, tudo com o tempero ocasional de besouros conhecidos como gorgulhos.

– Besouros! – exclamou Lara, horrorizada.

– Eles infestavam o pão – explicou, rindo ao ver a expressão dela. – Depois de algum tempo, aprendemos a ser gratos... Os besouros cavavam buracos no pão duro, o que o tornava mais fácil de partir.

Lara fez uma careta.

– Não quero ouvir sobre besouros. Você vai estragar o meu jantar.

– Desculpe. – Hunter tentou parecer contrito, o que fez Lara se lembrar dos meninos travessos do orfanato. – Vamos mudar de assunto então.

Quando Lara esticou o braço para pegar um pedaço de pão, Hunter reparou que não havia adornos em seus dedos.

– Me diga por que não está usando o anel que eu lhe dei.

Lara o encarou confusa a princípio, então pareceu chocada ao entender rapidamente do que o marido estava falando.

– Ah, eu... – Ela fez uma pausa, tentando ganhar tempo, o rosto já muito vermelho.

– Onde está? – insistiu ele, com gentileza.

– Não me lembro exatamente.

– Acho que se lembra, sim.

Lara quase engasgou com a culpa. O anel, uma aliança trabalhada em ouro, fora a única joia que o marido lhe dera.

– Foi errado da minha parte, mas eu o vendi – disse ela, agitada. – Eu não tinha nada de valor, e precisava do dinheiro. Eu jamais poderia imaginar que você retornaria ou...

– Para que você precisava do dinheiro? Para comida? Roupas?

– Não foi para mim, foi para... – Ela respirou fundo e soltou o ar lentamente. – Foi para as crianças. Do orfanato. São quase quarenta, de idades variadas, e elas precisam de tantas coisas. Não tinham cobertores o bastante e, quando pensei nas pobrezinhas tremendo de frio à noite... não consegui suportar a ideia. Procurei Arthur e Janet, mas eles disseram... bem, não importa. O fato é que eu precisava fazer alguma coisa, e o anel não tinha mais utilidade para mim. – Ela o encarou, contrita. – Eu não sabia que você iria voltar.

– Quando começou o seu envolvimento com o orfanato?

– Há poucos meses, quando Arthur e Janet se mudaram para o castelo Hawksworth. Eles pediram para eu me instalar no chalé, e...

– O título era deles havia só dois meses.

Lara deu de ombros.

– Se eu insistisse em ficar aqui, só teria adiado o inevitável. Para mim, foi bom morar no chalé. Eu vinha sendo protegida e mantida resguardada por toda a vida. Quando me vi obrigada a me mudar do castelo e viver em circunstâncias mais humildes, isso abriu meus olhos para as necessidades das pessoas ao meu redor. Os órfãos, os idosos e doentes, os que vivem solitários...

– Mais de uma pessoa hoje comentou comigo que você se tornou algo como a casamenteira da cidade.

Lara enrubesceu, modesta.

– Só ajudei em duas situações. Isso dificilmente me qualifica como uma casamenteira.

– Você também foi descrita como intrometida.

– Intrometida! – exclamou ela, indignada. – Eu lhe garanto que nunca tentei me intrometer onde não era chamada.

– Minha doce Lara. – Havia um brilho bem-humorado no fundo dos olhos dele. – Até a sua própria irmã admite que você não consegue resistir a tentar resolver os problemas das outras pessoas. Você passa uma tarde por semana lendo para uma senhora idosa e cega... Sra. Lumley, se não me engano. E passa outros dois dias inteiros no orfanato, e outro fazendo compras para um casal idoso, enquanto o resto do tempo é dedicado a planejar casamentos e a convencer pessoas relutantes a fazerem caridade.

Lara ficou impressionada por Rachel ter confiado a ele aquele tipo de informação.

– Eu não sabia que era crime ajudar pessoas necessitadas – retrucou, com o máximo de dignidade que conseguiu reunir.

– E quanto às *suas* necessidades?

A pergunta era tão íntima, tão surpreendente e ao mesmo tempo tão pouco específica, que Lara só conseguiu ficar olhando para ele de olhos arregalados, confusa.

– Sinceramente, não sei do que você está falando. Eu me sinto preenchida de todas as formas. Meus dias são passados com amigos e dedicados a atividades interessantes.

– Você nunca quis mais?

– Se está querendo saber se desejei me casar de novo, a resposta é não. Descobri que é possível levar uma vida agradável e produtiva sem ser a esposa de alguém. – Algum impulso imprudente a levou a acrescentar: – Eu não gostava... não gosto... de ter um marido.

A expressão dele se manteve calma e séria. Lara achou que Hunter estava zangado com ela, até ele falar em um tom cheio de autorrecriminação.

– Por minha culpa.

A amargura que ouviu na voz dele a deixou desconfortável.

– Não foi culpa de ninguém – afirmou Lara. – A verdade é que não combinamos. Não compartilhamos de nenhum interesse em comum, diferentemente do que acontecia com você e lady Carlysle. Na verdade, milorde, acho que deveria procurá-la...

– Eu já disse que não quero lady Carlysle – disse Hunter bruscamente.

Lara pegou o garfo e brincou com um pedaço de perdiz no prato, mas o prazer que sentira ao ver a comida havia desaparecido.

– Lamento sobre o anel – falou.

Ele afastou as palavras dela com um gesto impaciente.

– Mandarei fazer outro para você.

– Não há necessidade. Não quero outro.

Lara lançou um olhar discreto, mas firme, na direção dele, todo o seu corpo vibrando com rebeldia. Agora ele lhe daria ordens e a subjugaria à sua vontade. Mas Hunter sustentou o olhar dela e recostou a cabeça, contemplando-a como se a considerasse um quebra-cabeça fascinante.

– Terei que tentá-la, então.

– Não tenho interesse em joias, milorde.

– Veremos.

– Se desejar dispor do dinheiro... e duvido que tenha restado muito para gastar... me deixaria feliz se estivesse disposto a fazer melhorias no orfanato.

Hunter olhou para a mão esquerda dela, os dedos fechados com força ao redor do garfo, como se segurasse uma arma.

– Os órfãos têm muita sorte por ter uma benfeitora tão dedicada. Muito bem, faça uma lista do que precisa para o lugar e conversaremos a respeito.

Lara assentiu e tirou o guardanapo do colo.

– Obrigada, milorde. Se me der licença, gostaria de me retirar agora.

– Antes da sobremesa? – perguntou ele com ar de repreensão e sorriu. – Não me diga que não é mais a formiguinha de antes.

Lara também não conseguiu evitar um sorriso.

– Ainda sou louca por doces – admitiu ela.

– Pedi à Sra. Rouillé que preparasse torta de pera. – Hunter se levantou, foi até a cadeira de Lara e pousou as mãos nos ombros dela, como se para mantê-la ali à força. Então, inclinou-se junto ao seu ouvido e murmurou em voz baixa: – Fique só mais um pouco.

A voz rouca e aveludada fez Lara se arrepiar. O marido provavelmente percebeu, porque seus dedos pressionaram os ombros dela com mais força. Algo no toque de Hunter a perturbava profundamente, uma força gentil, um senso de propriedade... e aquilo a fez se rebelar. Lara fez um gesto automático para afastá-lo, mas se deteve quando suas mãos tocaram as costas quentes das dele, cobertas por uma suave camada de pelos. E, sem conseguir se conter, explorou o formato dos ossos longos, os ângulos proeminentes dos pulsos. Hunter flexionou os dedos, como se fosse um gato massageando a mão dela com as patas, e Lara correu as mãos sobre as dele, em uma carícia hesitante. O momento se prolongou e o silêncio se aprofundou até que o único som que se ouvia era o crepitar das chamas das velas.

De algum lugar acima de sua cabeça, Lara ouviu a gargalhada trêmula de Hunter, e ele se afastou como se ela o queimasse.

– Desculpe – disse Lara baixinho, enrubescendo de surpresa diante das próprias ações. – Não sei por que fiz isso.

– Não se desculpe. Na verdade... – Ele se ajoelhou perto da cadeira dela e a encarou. Sua voz era baixa e ligeiramente instável. – Eu gostaria que fizesse de novo.

Lara estava fascinada com o fogo que parecia arder no fundo dos olhos escuros do marido. Ele se manteve absolutamente imóvel, como se para encorajá-la a tocá-lo, e Lara manteve o punho cerrado no colo, para se impedir de fazer aquilo.

– Hunter? – chamou ela em um sussurro.

O rosto dele mudou, a ilusão de uma estátua perfeitamente talhada em bronze desfeita por um sorriso torto.

– Você sempre diz o meu nome como se estivesse se perguntando quem eu realmente sou.

– Talvez eu esteja.

– Quem eu poderia ser, senão Hunter?

– Não sei – respondeu ela, séria diante da brincadeira dele. – Muito tempo atrás, eu costumava sonhar...

Lara se calou ao se dar conta do que estivera prestes a revelar. Hunter tinha o terrível poder de fazer com que ela quisesse contar seus segredos a ele, mostrar-se vulnerável.

– Com o que você sonhava, Lara?

Ela havia sonhado com um homem parecido com quem ele era agora... sonhara em ser cortejada, seduzida, acariciada... coisas que nunca ousara confessar nem mesmo para Rachel. Mas aquelas fantasias haviam desvanecido quando conhecera Hunter e aprendera como era a realidade do casamento. Dever, responsabilidade, desapontamento, dor... perda.

Lara não percebeu que suas emoções estavam claras em seu rosto até Hunter falar em um tom irônico.

– Vejo que não restaram sonhos.

– Não sou mais uma jovem recém-casada – retrucou ela.

Hunter deu uma risada.

– Não, você é uma matrona idosa de vinte e quatro anos, que sabe como administrar a vida de todo mundo, exceto a sua.

Lara se afastou da mesa, levantou-se da cadeira e encarou o marido, que também se levantara.

– Consegui cuidar muito bem da minha vida, obrigada!

– É verdade – concordou Hunter, falando sério agora. – E pretendo agir melhor desta vez. Vou deixar registrado por escrito um fundo para você. Assim, caso alguma coisa me aconteça... de novo... você poderá se sustentar de maneira adequada. Chega de morar em choças, usar vestidos malfeitos e sapatos furados.

Então ele havia reparado nas solas dos sapatos dela. Alguma coisa escapava à atenção daquele homem? Lara foi até a porta, abriu-a e voltou-se para olhar para ele.

– Não vou ficar para a sobremesa... Não consigo comer mais nada. Boa noite, milorde.

Para seu alívio, ele não a seguiu.

– Bons sonhos – murmurou Hunter.

A boca de Lara se curvou em um sorriso forçado.

– Para você também.

Ela saiu em silêncio, fechando a porta ao passar.

Só então Hunter se moveu. Ele foi até a porta e segurou a maçaneta de metal que ela acabara de tocar, buscando por algum calor restante da pele de Lara. Hunter encostou o rosto no painel de madeira frio e brilhante e fechou os olhos. Ansiava pelo corpo dela, por sua doçura, pelas mãos de Lara em seu corpo. Queria as pernas dela abertas para recebê-lo, o pescoço se contraindo com gritos de prazer enquanto ele a satisfazia... Hunter afastou aqueles pensamentos, mas já era tarde demais, pois foi deixado com uma ereção incômoda que não cederia tão fácil.

Quanto tempo levaria para Lara aceitá-lo? De que diabos ela precisava? Se ao menos o incumbisse de alguma tarefa hercúlea para que ele se provasse digno dela. *Me diga o que fazer*, pensou Hunter, soltando um gemido baixo, *e, por Deus, eu farei dez vezes mais.*

Irritado com aquele anseio sentimental, ele se afastou da porta e foi até o aparador de mogno Chippendale, com a barra adornada com guirlandas e folhas entalhadas. Uma bandeja de prata havia sido deixada ali, com garrafas de vidro lapidado e taças de conhaque. Hunter se serviu de uma boa dose de conhaque e virou-a de uma vez.

Então abaixou a cabeça e esperou que o fogo em sua garganta se espalhasse para o peito. Ele apoiou as mãos no topo de mogno do aparador, os dedos se curvando ao redor da base... então sentiu. Uma dobradiça minúscula e quase indetectável sob a ponta de seus dedos. A curiosidade fez os nervos dele vibrarem. Hunter tirou a bandeja de prata e os copos de cima do móvel, pousou-os no chão e tateou o topo do aparador buscando por mais dobradiças e trancas. Ao sentir uma irregularidade na madeira, pressionou-a para baixo e sentiu-a ceder com um clique. O topo do aparador se soltou e ele o ergueu.

Um compartimento secreto – e o que havia ali dentro fez Hunter soltar um suspiro de alívio.

Bem naquele momento, um criado entrou na sala para retirar os pratos e servir a sobremesa.

– Agora não! – bradou Hunter. – Quero ficar sozinho.

O criado fechou a porta, sussurrando um pedido de desculpas. Hunter soltou o ar com força, pegou a pilha de diários finos, encadernados em couro, que haviam sido guardados no tampo falso, e levou-os para a poltrona perto do fogo, onde os arrumou na ordem correta.

Então começou a ler tudo, passando os olhos rapidamente pelas páginas.

À medida que assimilava o que estava elegantemente escrito nas linhas à sua frente, Hunter arrancava as páginas já lidas, duas ou três de cada vez, e as jogava no fogo da lareira. As chamas dançavam e estalavam em expectativa, ficando mais altas à medida que recebiam mais páginas. De vez em quando, Hunter parava e ficava olhando pensativo para o fogo, observando as palavras arderem e se transformarem em cinzas.

Capítulo 6

Lara entrou no salão de café da manhã e sentiu uma pontada de apreensão ao ver Hunter já presente. Ele deu um gole em uma xícara de café preto – como sempre tomara – e deixou de lado uma cópia do *Times*, enquanto se voltava para ela. O criado que estava ali serviu uma xícara de chocolate quente e um prato de morangos para Lara e partiu para a cozinha, enquanto Hunter puxava a cadeira para ela.

– Bom dia – murmurou ele, observando o rosto da esposa e reparando em suas olheiras. – Você não dormiu bem.

Lara balançou a cabeça.

– Demorei muito para pegar no sono.

– Deveria ter ido até mim – falou Hunter, a expressão inocente, a não ser por um brilho travesso nos olhos castanhos. – Eu poderia tê-la ajudado a relaxar.

– Obrigada, mas não – retrucou ela na mesma hora.

Lara levou um morango aos lábios, mas, antes que pudesse saboreá-lo, deixou escapar uma risada e abaixou o garfo.

– O que foi? – perguntou Hunter.

Ela cerrou os lábios, mas aquilo só fez com que risse mais.

– Você – disse em um arquejo. – Precisa desesperadamente de um alfaiate.

Hunter havia vestido algumas de suas roupas antigas, e fora engolido por elas – o paletó e o colete pareciam pendurados, a calça muito larga era mantida no lugar por algum milagre que Lara preferia não especular. Um sorriso apareceu no rosto dele, em resposta ao comentário da esposa, antes que respondesse em um tom melancólico:

– Gosto de ouvir sua risada, querida. Mesmo quando é às minhas custas.

– Desculpe, eu... – Lara caiu na gargalhada novamente. Ela afastou a cadeira e foi até ele, incapaz de se impedir de investigar um pouco mais. Depois de esticar o tecido folgado na lateral do corpo do marido e na cintura, comentou: – Não podemos deixar que ande por aí assim... Talvez se déssemos alguns pontos aqui e ali...

– O que você sugerir.

Hunter se inclinou na cadeira e sorriu enquanto Lara continuava a examiná-lo.

– Você está parecendo um andarilho.

– Eu *fui* um andarilho – lembrou ele. – Até voltar para casa, para você.

O olhar de Lara encontrou o dele. Os olhos escuros de Hunter cintilavam com um brilho bem-humorado. Ela prendeu a respiração quando tocou sem querer o abdômen dele e sentiu o calor da pele, que atravessava a camisa fina. E recolheu a mão depressa.

– Perdão, eu...

– Não.

Hunter segurou rapidamente o pulso dela, com um toque firme e gentil ao mesmo tempo.

E então ficaram se encarando, paralisados em um quadro silencioso. Hunter pressionou levemente o pulso dela. Seria tão fácil puxá-la para a frente, puxá-la para seu colo, mas ele se manteve imóvel. Parecia estar esperando por alguma coisa, a expressão tensa, a respiração fazendo o peito se mover em um ritmo bem mais rápido que o normal. Lara teve a sensação de que, se desse um passo na direção do marido, ele a puxaria para seus braços... Os nervos dela pareciam estalar, alarmados e empolgados diante da perspectiva. Ela fitou a boca de Hunter, lembrou-se do calor e do sabor dele... Sim, queria que o marido a beijasse... mas, antes que fosse capaz de mover os pés pesados, Hunter a soltou com um sorrisinho torto no rosto.

Lara esperou sentir alívio, mas em vez disso se viu inundada por uma sensação de desapontamento. Perturbada por aquelas reações inexplicáveis a ele, retornou ao assento e concentrou-se no prato de morangos.

– Vou partir para Londres amanhã – disse ele.

Surpresa, Lara ergueu os olhos para fitá-lo.

– Tão cedo? Mas você acabou de chegar.

– Tenho negócios a cuidar, incluindo uma reunião com o Sr. Young e com os nossos banqueiros e advogados. – Diante da expressão questionadora da esposa, ele acrescentou: – Para conseguir alguns empréstimos.

– Estamos com dívidas, então – disse Lara, a expressão séria, apesar de não estar surpresa com a notícia.

Hunter assentiu, franzindo os lábios.

– Graças à administração incompetente de Arthur.

– Mas vamos fazer mais dívidas para resolver o problema? – perguntou Lara, hesitante. – A propriedade não vai acabar em uma situação irreversível?

Ele deu um sorriso breve, para tranquilizá-la.

– Esses empréstimos são só uma forma de sairmos do atoleiro. Não se preocupe, madame... não tenho a intenção de falhar com você.

Lara permaneceu com a testa franzida, mas, quando voltou a falar, foi sobre um assunto diferente:

– Essa é a única razão para você ir a Londres? Suponho que também vá querer reencontrar alguns velhos amigos. – Ela fez uma pausa e deu um gole no chocolate para se mostrar despreocupada. – Lady Carlysle, por exemplo.

– Você não para de mencionar o nome dela – comentou Hunter. – Não é nada lisonjeiro esse seu desejo de me empurrar para os braços de outra mulher.

– Estava só perguntando.

Lara não saberia dizer o que a fez levantar o assunto. E se forçou a comer outro morango enquanto esperava pela resposta de Hunter.

– Eu lhe disse que não quero lady Carlysle – falou Hunter, sem se estender.

Lara se debateu contra uma sensação irracional de alegria ao ouvir aquilo. Sua mente argumentou que seria melhor para ela se Hunter retomasse seu *affair* com lady Carlysle, pois a pouparia das atenções indesejadas do marido.

– Seria de se esperar que você fizesse uma visita a ela, depois de passar tanto tempo longe – insistiu Lara. – Houve um tempo em que gostavam muito um do outro.

A expressão de Hunter se tornou sombria e ele afastou a cadeira da mesa.

– Se esse é o rumo que a sua conversa no café da manhã vai tomar, acho que vou arrumar outra coisa para fazer, em outro lugar.

Quando Hunter já estava se levantando, ouviram uma batida discreta na porta, e um criado mais velho, com um rosto impassível, apareceu e avisou:

– Lorde Hawksworth, há uma visita para o senhor.

Ao ver Hunter assentir, o homem lhe entregou um cartão em uma bandeja de prata.

Hunter leu o que havia nele com uma expressão impassível.

— Mande-o entrar — falou. — Vou recebê-lo aqui.

— Sim, milorde.

— Quem é? — perguntou Lara, quando o criado se afastou.

— Lonsdale.

O marido de Rachel. Lara encarou Hunter com curiosidade, perguntando-se por que a reação dele tinha sido tão desinteressada, sem entusiasmo até. Por anos, Terrell, lorde Lonsdale, havia sido um dos melhores amigos de Hunter. No entanto, naquele momento, Lara via no rosto do marido a expressão de um homem diante de um dever indesejado. Ele ficou olhando para a porta e, assim que ouviu passos se aproximando, colocou um sorriso nos lábios... mas não era um sorriso natural, e sim a expressão de um ator se preparando para representar.

Lorde Lonsdale entrou no salão, o rosto cintilando de ansiedade e alegria — o que não era comum para ele, já que era conhecido pelo mau humor. Não havia dúvida de sua alegria em rever Hunter.

— Hawksworth! — exclamou, adiantando-se para dar um abraço rápido e caloroso no amigo.

Os dois riram e se afastaram para examinar um ao outro. Embora lorde Lonsdale tivesse uma altura acima da média, ainda assim não alcançava a estatura de Hunter. Mas era um homem robusto e musculoso, e seu amor por cavalgar e caçar rivalizava com o de Hunter. De cabelos negros e pele muito clara, com os olhos azuis herdados da avó irlandesa, Lonsdale era um homem belo e envolvente... quando queria. Outras vezes, permitia que seu famoso temperamento explodisse e saísse do controle, com frequência com resultados desagradáveis. Ele sempre se desculpava depois, com um encanto e uma sinceridade que faziam com que todos o perdoassem. Lara teria gostado muito mais dele se não fosse casado com sua irmã.

— Meu Deus, homem, você está metade do tamanho que já foi! — exclamou Lonsdale, rindo. — E escuro como um selvagem.

— E você não mudou nada — retrucou Hunter com um sorriso malicioso. — Está exatamente o mesmo.

— Eu deveria ter imaginado que você desafiaria o diabo e não lhe daria o que lhe era devido. — Lonsdale ficou encarando o amigo, claramente fascinado. — Está tão diferente. Não tenho certeza se o teria reconhecido caso Rachel não tivesse me dito o que esperar.

— É bom ver você, meu velho amigo.

Lonsdale respondeu com um sorriso, mas seu olhar penetrante não se afastou do rosto de Hunter. Lara conseguia entender a razão para o prazer do cunhado subitamente arrefecer. Lonsdale não era tolo, e estava sendo confrontado com o mesmo dilema que todos tiveram que encarar. Se aquele homem realmente era Hunter, ele estava muito mudado... e, se fosse um estranho, era uma réplica assustadoramente convincente.

– Velho amigo – repetiu Lonsdale com cautela.

Como se sentisse o desejo ansioso do homem por uma prova, Hunter deixou escapar uma risada grosseira que fez Lara se encolher.

– Vamos tomar um drinque – disse ele para o amigo. – Não me importa que ainda seja cedo. Eu me pergunto se restou alguma garrafa de Martell 97, ou se o desgraçado do meu tio ladrão bebeu tudo até a última gota.

Lonsdale se tranquilizou na mesma hora.

– Sim, o Martell – disse com uma risada feliz. – Você se lembra de como eu gosto desse conhaque.

– Eu me lembro de uma certa noite, no Running Footman, quando o seu apreço pelo Martell quase nos deixou nocauteados.

Lonsdale quase perdeu o fôlego de tanto rir.

– Fiquei bêbado como um gambá! E louco por aquela meretriz de vestido vermelho...

Hunter o interrompeu com um pigarro de alerta.

– Vamos deixar essas reminiscências para um momento em que minha esposa não esteja presente, sim?

Só então Lonsdale reparou na presença de Lara, e se apressou a pedir desculpas.

– Perdão, Larissa. Fiquei tão chocado ao ver Hawksworth, que acho que acabei não percebendo mais nada ao meu redor.

– Perfeitamente compreensível – disse Lara, com uma tentativa débil de sorriso.

Ver aqueles dois juntos lhe trouxe uma infinidade de lembranças infelizes. Parecia que eles encorajavam as piores características um do outro: egocentrismo e uma noção de superioridade masculina que Lara achava insuportáveis. Ela lançou um olhar desconfortável para Hunter. Se ele não era o marido dela, sem dúvida tinha uma habilidade camaleônica de se tornar o que quer que os outros esperavam dele.

Lonsdale fitou-a com um sorriso enganadoramente solícito.

– Minha cara cunhada... diga-me, como é ter o falecido marido de volta em casa?

Havia um brilho zombeteiro em seus olhos azuis. Ele obviamente sabia do casamento sem amor de Lara e encorajara as infidelidades de Hunter.

Lara respondeu sem olhar para nenhum dos dois.

– Estou muito satisfeita, é claro.

– É claro – debochou Lonsdale.

Hunter riu com ele, e o divertimento dos dois homens às custas dela deixou Lara tensa e ressentida.

Quando, porém, pegou Hunter olhando para Lonsdale em um momento em que baixara a guarda, teve a impressão de que o marido não gostava muito do outro homem. O que, em nome de Deus, estava acontecendo?

Confusa, Lara permaneceu à mesa de café da manhã, brincando com o resto da refeição, enquanto os dois homens saíam. Hunter com certeza a levaria à loucura. Deveria confiar na evidência diante de seus olhos, ou nos seus sentimentos que mudavam o tempo todo? Era tudo muito contraditório. Ela pegou a xícara que Hunter usara e tocou onde a mão dele havia tocado, curvando os dedos ao redor da porcelana delicada.

Quem é esse homem?, pensou ela, extremamente frustrada.

༺༻

Como havia avisado, Hunter partiu cedo no dia seguinte. Mas antes foi até o quarto de Lara quando ela estava acordando, com a luz do sol da manhã entrando pela fresta entre as cortinas fechadas e chegando ao travesseiro da esposa. Lara levou um susto ao perceber que não estava sozinha no quarto e puxou rapidamente as cobertas até o queixo.

– Hunter – disse, a voz rouca do sono.

E afundou mais no travesseiro quando ele se sentou na beira da cama.

Um sorriso surgiu no rosto moreno.

– Eu não poderia partir sem ver você uma última vez.

– Quanto tempo ficará fora?

Ela o encarou, desconfortável, e não ousou se mover enquanto Hunter estendia a mão para tocar na trança negra sobre o travesseiro.

– Não mais do que uma semana, eu espero. – Ele acariciou a trança com a palma da mão, como se estivesse saboreando a textura dos fios sedosos contra a pele, e voltou a pousá-la no travesseiro com cuidado. – Parece tão confortável e quentinha aí – murmurou Hunter. – Gostaria de poder me juntar a você.

A ideia do marido entrando embaixo das cobertas com ela fez o coração de Lara se contrair em alarme.

– Bem, desejo uma boa viagem – falou, ofegante. – Adeus.

Hunter sorriu diante daquela ansiedade para que ele partisse.

– Não vai me dar nem um beijo de despedida? – Ele se inclinou na direção de Lara, sorrindo para o rosto espantado dela, e esperou por uma resposta. Como Lara permaneceu em silêncio, Hunter riu baixinho, e ela sentiu o aroma de café em seu hálito. – Está certo. Vamos colocar mais esse na conta. Adeus, meu bem.

Lara sentiu o peso do corpo dele deixar a cama, e continuou com as cobertas firmemente presas sob o queixo até a porta ser fechada. Poucos minutos depois, ela se levantou rapidamente da cama e foi até a janela. A carruagem de Hawksworth, com suas duas parelhas que combinavam perfeitamente e as cores verde e dourado características, afastou-se pelo caminho arborizado.

Lara experimentou uma estranha mistura de sentimentos: alívio com a partida dele, mas também um toque de tristeza. Da última vez que Hunter partira, ela de algum modo soubera que nunca mais voltaria a vê-lo. Como ele havia conseguido voltar para casa?

Capítulo 7

Há poucos metros de distância da próspera área de comércio da Strand, havia uma série de ruelas e pátios que levavam aos cortiços do submundo de Londres. Era uma área densamente povoada por uma classe de pessoas que não tinham casa, meios regulares de ganhar a vida, um casamento respeitável nem vinham de uma família de prestígio, nem nada próximo da moralidade. As ruas fediam a esterco e eram infestadas de ratos, suas formas escuras entrando e saindo dos prédios com tranquilidade.

A noite caía rapidamente e os últimos parcos raios de sol desapareciam atrás daquelas estruturas caindo aos pedaços. Com uma expressão soturna no rosto, Hunter abriu caminho entre prostitutas, ladrões e pedintes, até a rua sinuosa levá-lo ao mercado que procurava. Era um lugar fervilhante, com carcaças e outros bens roubados expostos à venda. Vendedores apregoavam frutas e legumes murchos que pegavam de carrinhos de mão e de barracas simples.

Uma breve lembrança o atingiu: andar pelo mercado indiano, que era tão sórdido quanto aquele, só que com cheiros diferentes – o aroma dos grãos de pimenta e especiarias, o odor fecundo das mangas podres, a doçura da papoula e do ópio, tudo misturado à pungência peculiar característica do Oriente. Não sentia falta de Calcutá, mas se lembrava com nostalgia da área rural indiana, as estradas de terra largas ladeadas por faixas de capim-elefante, por florestas impressionantes e templos tranquilos, transmitindo a sensação de uma calma lânguida que permeava todos os aspectos da vida ali.

Os indianos consideravam os ingleses uma raça suja, que comia carne de vaca, bebia cerveja e se entregava à luxúria e aos desejos materialistas. Hunter lançou um olhar irônico à cena ao seu redor e não conseguiu conter um rápido sorriso. Os indianos estavam certos.

Uma velha bêbada puxou a manga de Hunter, implorando por um trocado. Ele se desvencilhou dela com impaciência, ciente de que, se mostrasse qualquer sinal de pena, todos os pedintes dos arredores se atirariam em cima dele. Para não mencionar os batedores de carteiras, que estavam reunidos em grupos, os olhos fixos em Hunter como chacais.

Por necessidade, o mercado só abria sob a proteção da noite, embora qualquer policial precisasse ser louco para se aventurar ali. A área era iluminada por lampiões a gás e lamparinas de sebo, que soltavam muita fumaça e deixavam o ar denso e penetrante. Hunter cerrou os olhos contra aquela névoa adstringente e parou perto de um homem vestido com roupas estranhas, sentado em um banquinho bambo. O homem de pele escura, que parecia ser da Polinésia Francesa, usava um longo paletó azul de veludo, com botões entalhados em osso. Havia um desenho estranho em seu rosto, um pássaro exótico em pleno voo.

Seus olhares se encontraram, e Hunter indicou a marca no rosto do homem.

– Você faz isso? – perguntou, e o homem assentiu.

– Chama-se *tatouage* – retrucou ele em um sotaque francês.

Hunter levou a mão ao bolso do paletó e tirou um pedaço de papel... o último traço remanescente dos diários.

– Consegue copiar isso? – perguntou bruscamente.

O francês pegou o desenho e o examinou com atenção.

– *Bien sur...* é um desenho simples. Não vai demorar.

Ele pegou o banquinho e saiu andando com ele na mão, enquanto gesticulava para que Hunter o seguisse. Os dois foram do mercado até um porão em uma rua lateral, iluminado por velas derretidas que enchiam o lugar com um forte brilho laranja. Dois casais estavam ocupados em camas bambas de madeira. Algumas prostitutas de idades variadas se demoravam do lado de fora do porão, atentas a clientes em potencial.

– Saiam – disse o francês bruscamente. – Tenho um cliente. – As prostitutas reclamaram e riram, afastando-se da porta. O francês lançou um olhar vagamente contrito a Hunter, enquanto os casais lá dentro terminavam o que estavam fazendo. – Este lugar é meu – falou o homem.

– Artista e cafetão – comentou Hunter. – Um homem de muitos talentos.

O francês fez uma pausa, claramente tentando decidir se aceitava o comentário com bom humor ou se deveria se sentir ofendido, e acabou rindo.

Ele entrou com Hunter no porão e foi até uma mesa em um canto, onde dispôs vários equipamentos e encheu pratos com tinta.

– Onde você gostaria que eu fizesse o desenho? – perguntou o homem.

– Aqui.

Hunter apontou para a parte interna do braço.

O homem ergueu as sobrancelhas, mas assentiu de forma profissional.

– Tire a camisa, *s'il vous plaît*.

Um grupo de quatro ou cinco prostitutas se demorou no porão, ignorando a ordem brusca do homem para que partissem.

– Que belo demônio... – comentou uma moça com cabelos de um vermelho berrante, lançando um sorriso simpático para Hunter, cheio de dentes em péssimo estado. – Gostaria de se deitar comigo depois que Froggie terminar?

– Não, obrigado – respondeu Hunter com tranquilidade, embora sentisse repulsa por dentro. – Sou um homem casado.

Aquele comentário provocou gritos de prazer e apreciação.

– Ah, ele é um amor!

– Eu me deitaria com você *de graça* – ofereceu uma loura de seios grandes, rindo.

Para desconforto de Hunter, as prostitutas permaneceram ali para observá-lo despir o paletó, o colete e a camisa. Assim que a camisa larga foi tirada, elas explodiram em gritinhos de admiração.

– Mas é um belo pedaço de carne, meninas! – gritou uma delas, e se adiantou para tocar o braço nu de Hunter. – Minha nossa, olhem só para esses músculos! Parece um touro, isso sim!

– Com um abdômen belo e firme – disse outra, cutucando a barriga lisa dele.

– O que é isso? – A ruiva havia encontrado uma cicatriz no ombro de Hunter, outra na lateral do torso e mais uma, em forma de estrela, na parte de baixo das costas. Ela deixou escapar um murmúrio carinhoso e examinou as marcas com curiosidade. – Estou vendo que já encarou um pouco de ação na vida, não é mesmo? – perguntou, com um sorriso de aprovação.

Embora Hunter mantivesse as feições despidas de qualquer emoção, sentiu-se ruborizar. Encantadas com o óbvio desconforto dele, as prostitutas continuaram a rir e a provocá-lo, até o artista da *tatouage* terminar a preparação para o trabalho e mandar que saíssem.

– Não consigo trabalhar com esse barulho – reclamou o francês. – Fora, meninas, e não voltem até eu terminar.

– Mas para onde vou levar meus clientes de pau duro? – perguntou uma delas, em tom queixoso.

– Para o muro da ruela – foi a resposta em tom decidido, e todas saíram em fila, emburradas.

O artista olhou para Hunter, avaliando-o.

– Talvez se sinta mais confortável deitado na cama enquanto eu trabalho, *monsieur*.

Hunter olhou para a cama manchada de sêmen e balançou a cabeça, enojado. Ele se sentou no banco e levantou o braço, apoiando os ombros contra a parede.

– *D'accord* – concordou o francês. – Mas já lhe aviso que, caso se mova ou se encolha de dor, o desenho sairá malfeito.

– Não vou me mover.

Hunter observou enquanto o homem se aproximava dele com dois instrumentos de marfim, um deles com uma agulha curta na ponta. Depois de examinar o desenho no papel que Hunter lhe dera, o francês mergulhou a agulha em um prato com tinta preta, encostou-a na pele de Hunter e fez pequenas perfurações superficiais usando o outro instrumento.

Hunter enrijeceu o corpo ao sentir a picada. O artista de *tatouage* mergulhou mais uma vez a agulha e voltou a batê-la na pele dele, daquela vez formando uma longa cadeia de perfurações. A repetição da dor foi o que logo se provou excruciante. Cada picada por si só não era nada, mas a sequência interminável delas, acompanhadas pelo barulho enlouquecedor dos instrumentos de marfim, fazia os nervos dele guincharem em protesto. Hunter sentiu o suor se acumulando em sua testa, no abdômen, até mesmo nos tornozelos. E logo tinha a sensação de que seu braço estava em brasa. Então, procurou se concentrar em respirar pausadamente, inspirando e expirando, forçando-se a aceitar a ardência em vez de lutar contra ela.

O francês fez uma pausa, dando a ele um momento de descanso.

– A dor faz a maioria dos homens chorar, não importa quanto se esforcem para se conter – comentou. – Nunca vi ninguém suportá-la tão bem.

– Só acabe logo com isso – resmungou Hunter.

O francês deu de ombros e pegou os instrumentos.

– *Le scorpion* é um desenho pouco comum – disse ele, retomando o clique-clique delicado da agulha. – O que ele significa para você?

– Tudo – respondeu Hunter, cerrando os dentes até seu maxilar doer.

O artista fez outra pausa quando a agulha atingiu um nervo sensível, fazendo Hunter se crispar.

– Por favor, permaneça imóvel, *monsieur*.

Hunter permaneceu firme e de olhos secos. Ele pensou no futuro que se estendia diante dele – de Lara – e o trabalho da agulha se tornou até bem-vindo. Para o que pretendia, aquele era um preço pequeno a pagar.

Capítulo 8

Seguindo as instruções de Hunter, Lara contratou os serviços de um decorador de interiores, o Sr. Smith, para renovar toda a parte interna do castelo Hawksworth. Ela mostrou toda a casa a ele, acompanhada pelo Sr. Young, o administrador da propriedade.

– Como pode ver, Sr. Smith – disse Lara, com uma risadinha de desalento –, o que eu lhe disse sobre este ser o maior desafio da sua carreira não estava muito longe da verdade.

Smith, um homem corpulento, com longos cabelos grisalhos e brilhosos, grunhiu de forma evasiva, e fez anotações em um caderninho com páginas de bordas douradas. Embora seu nome verdadeiro fosse Sr. Hugh Smith, ele era conhecido como Smith Potencial, e recebera o apelido por causa do seu famoso hábito de dizer "Este lugar tem um potencial singular". Até ali, Lara vinha esperando em vão que a frase mágica aparecesse.

Ela o levara para conhecer a sala de jantar egípcia, com seus armários em forma de sarcófago; o saguão de entrada em estilo barroco; os salões decorados com inspiração chinesa, cheios de bambus falsos entalhados; e o salão de baile em estilo marroquino, com as estátuas de mármore negro usando togas cor-de-rosa. A cada novo cômodo que via, o semblante de Smith Potencial se tornava mais sombrio, e seu silêncio se aprofundava.

– O senhor acha que tem salvação? – perguntou Lara, em uma tentativa pífia de fazer graça. – Ou devemos só atear fogo no lugar e começar do zero?

O Sr. Smith se voltou para ela.

– Milady, o absoluto mau gosto deste lugar não tem rivais em nenhuma das residências que já tive o azar de conhecer.

O Sr. Young intercedeu, procurando ser diplomático.

– Permita-me, senhor, informar que lady Hawksworth tem um gosto excelente, e não teve nada a ver com essa decoração.

– Vamos torcer para que não – murmurou Smith, e suspirou. – Preciso dar mais uma olhada naquele salão de baile. Depois podemos ir ao próximo andar.

Ele se afastou, balançando a cabeça em uma indignação régia.

Lara levou a mão à boca, para abafar uma risada, ao imaginar a expressão do homem quando atravessasse o batente da porta do quarto cheio de espelhos. Ah, Lara devia ter pedido aos criados que removessem ao menos o do teto antes que ele o visse!

Ao vê-la enrubescer, o Sr. Young lhe dirigiu um sorriso solidário.

– Lorde e lady Arthur sem dúvida deixaram sua marca, não é mesmo?

Lara assentiu, os olhos cintilando.

– Temo não podermos arcar com os custos de mudar tudo... mas como alguém pode viver em um horror desses? – perguntou-se ela.

– Acredito que não teremos que nos preocupar com as despesas por muito tempo – disse o Sr. Young em um tom tranquilizador. – O conde conversou comigo sobre alguns de seus planos, e fiquei bastante impressionado. Se certos bens forem reorganizados, se for feito um empréstimo muito necessário e alguns investimentos inteligentes, acho que a propriedade acabará se mostrando mais próspera do que nunca.

O bom humor de Lara deu lugar à curiosidade ao encarar o administrador.

– O senhor está achando o conde parecido com o que era antes?

– Sim... e não. Na minha humilde opinião, ele melhorou. Me parece que Hawksworth tem hoje um senso maior de responsabilidade, e uma perspicácia financeira que não tinha antes. Ele nunca demonstrou muito interesse nos negócios, a senhora sabe. Ao menos não tanto quanto se mostrava interessado na caça às raposas e em atirar em gansos.

– Eu sei – disse Lara, revirando os olhos. – Mas acabo me perguntando a que se deve essa mudança de caráter. O senhor acha que é permanente?

– Acredito que seja natural, depois de tudo pelo que ele passou – continuou o Sr. Young em um tom prático. – Depois de ser lembrado de forma tão contundente da própria mortalidade... de ver o que aconteceu com a família e com a propriedade em sua ausência... poder retomar a vida é um grande presente. Então creio, sim, que a mudança seja permanente. O conde agora percebe como todos nós precisamos dele.

Em vez de retrucar que *ela* não precisava da presença de Hunter em sua vida, Lara preferiu apenas assentir brevemente.

– Senhor Young... o senhor tem alguma dúvida quanto à identidade dele?

– Não, nenhuma – disse ele, parecendo surpreso com a ideia. – Não me diga que a senhora tem alguma dúvida?

Antes que ela pudesse responder, Smith Potencial se juntou a eles no grande salão.

– Bem – falou, e soltou um enorme suspiro –, vamos seguir vendo o resto.

– Senhor Smith – comentou Lara, o tom irônico –, está parecendo um tanto chocado.

– Eu estava chocado uma hora atrás. Agora estou horrorizado – disse ele, oferecendo o braço a ela. – Vamos continuar?

O Sr. Smith e dois de seus assistentes permaneceram na casa pelo resto da semana, fazendo esboços, confabulando, espalhando livros e amostras de tecido pelo chão. No meio de todo aquele tumulto, Lara encontrou tempo para visitar seus amigos em Market Hill e, mais importante, para ir até o orfanato. Todos os problemas e preocupações recuaram para o fundo da sua mente enquanto ela assistia à aula de botânica de seis crianças que desenhavam plantas no jardim, sob a supervisão de uma professora, a Srta. Chapman. Lara sentiu que sorria ao caminhar na direção das crianças, sem se importar com a grama e a lama que manchavam a bainha da saia cinza que usava.

As crianças correram para ela na mesma hora, abandonando lápis e cadernos de desenho, e chamando-a com animação. Lara riu, agachou-se e os abraçou.

– Tom, Meggie, Maisie, Paddy, Rob...

Ela fez uma pausa para desarrumar o cabelo do último menino.

– E você, Charlie... tem se comportado bem?

– Tenho, sim – disse ele, baixando a cabeça, com um sorriso travesso no rosto.

– Ele se esforçou muito, lady Hawksworth – disse a professora. – Não chega a ser um anjo, mas chegou perto.

Lara sorriu e abraçou Charlie, apesar dos protestos dele, que tentava se desvencilhar. Depois de examinar os progressos das crianças nos desenhos, ela se afastou para conversar com a Srta. Chapman. A professora, uma mulher pequena, de cabelos claros, que devia ter mais ou menos a idade de Lara, fitou-a com uma expressão carinhosa nos olhos azuis.

– Obrigada pelo material de artes que mandou, lady Hawksworth. Como pode ver, estamos fazendo bom uso dele.

– Fico feliz – respondeu Lara, e balançou a cabeça, preocupada. – Fiquei em dúvida se seria sábio comprar tinta, papel e livros, quando roupas e comida são sempre tão necessárias.

– Acho que livros são tão necessários quanto comida – disse a Srta. Chapman, que em seguida inclinou a cabeça e fitou-a com curiosidade. – Já conheceu o menino novo, lady Hawksworth?

– Menino novo? – repetiu Lara, espantada. – Eu não sabia... Como e quando...?

– Ele chegou na noite passada, o pobrezinho.

– Quem o mandou?

– Acho que foi o médico da prisão Holbeach. Ele mandou o menino para cá assim que o pai dele foi enforcado. Não sabemos bem o que fazer. Não temos nem uma única cama disponível.

– O pai dele foi enforcado? – perguntou Lara, a testa franzida. – Por que crime?

– Não fui informada dos detalhes – disse a Srta. Chapman, baixando a voz. – O menino estava morando com o pai na prisão. É evidente que não havia outro lugar para ele ficar. Até o reformatório local se recusou a recebê-lo.

Uma sensação estranha e angustiante dominou Lara enquanto ela digeria as informações. Uma criança inocente, vivendo na brutalidade de uma prisão. Que pessoa em sã consciência permitiria uma coisa daquela?

– Quantos anos ele tem? – perguntou, em um murmúrio.

– Ele parece ter quatro ou cinco anos, embora crianças nessas circunstâncias costumem ser pequenas para a idade.

– Preciso vê-lo.

A Srta. Chapman deu um sorriso encorajador.

– Talvez a senhora tenha melhor sorte do que o restante de nós. Até agora, o menino não falou uma palavra com ninguém. Ele se comportou muito mal quando tentamos lhe dar um banho.

– Ah, Deus.

Lara deixou a aula de botânica, perturbada, e seguiu em direção à antiga mansão. Estava relativamente silencioso ali dentro, já que as crianças estavam envolvidas em várias aulas e atividades. A cozinheira, Sra. Davies, estava ocupada picando legumes e colocando-os na panela em que preparava um ensopado de carneiro. Ninguém parecia saber o paradeiro da criança.

– Ele é uma criatura estranha – comentou a Srta. Thornton, a diretora, saindo de uma das salas de aula assim que percebeu a presença de Lara. – É uma tarefa impossível saber onde ele está. Só sei que prefere ficar dentro de casa. Parece ter medo de ficar ao ar livre. O que não é nada comum em uma criança.

– Há como acomodá-lo aqui de alguma forma? – perguntou Lara, preocupada.

A Srta. Thornton balançou a cabeça com firmeza.

– Ele precisou passar a noite em uma cama improvisada em uma das salas de aula, e duvido que tenha pregado o olho – disse ela, suspirando. – Teremos que mandá-lo para outro lugar. Mas a pergunta é: quem vai aceitá-lo?

– Não sei – respondeu Lara, perturbada. – Vou pensar a respeito. Nesse meio-tempo, se importaria se eu procurasse por ele?

A Srta. Thornton fitou-a, em dúvida.

– Gostaria que eu a ajudasse, lady Hawksworth?

– Não, por favor, siga com as suas tarefas de sempre. Acho que consigo encontrá-lo sozinha.

Lara procurou metodicamente por toda a casa, cômodo por cômodo, imaginando que o menino escolheria algum canto isolado para se esconder, longe da agitação das outras crianças.

Finalmente o encontrou no canto de um salão convertido em sala de aula, enrodilhado embaixo de uma escrivaninha, como se o espaço apertado lhe garantisse alguma espécie de segurança. Lara o viu encolher ainda mais o corpo assim que ela entrou na sala. Em silêncio, o garotinho abraçou os joelhos ossudos e ficou olhando para ela. Ele não passava de um montinho de trapos, com um amontado de cabelos longos, negros e sujos.

– Aí está você – disse Lara baixinho, ajoelhando-se diante dele. – Parece um pouco perdido, querido. Quer se sentar comigo?

O menino hesitou, fitando-a, os olhos de um azul intenso com olheiras escuras de cansaço.

– Pode me dizer o seu nome?

Lara se sentou e sorriu para ele, enquanto o menino permanecia imóvel à sua frente. Ela jamais imaginara que os olhos de uma criança pudessem mostrar tanta mágoa e desconfiança. Quando percebeu que uma das mãos dele estava enfiada em um bolso rasgado, segurando alguma coisa de forma protetora, Lara deu um sorriso curioso.

– O que você tem aí? – perguntou, imaginando que seria um brinquedo pequeno, uma bolinha, ou algum outro objeto de que os meninos gostavam.

Ele tirou lentamente um corpinho minúsculo, peludo e cinza do bolso. Um rato vivo, que espiava acima dos dedos do menino, com olhos escuros e cintilantes.

Lara teve que conter um gritinho ao ver o rato.

– Ah – disse, a voz fraca. – Isso é muito... interessante. Você o encontrou aqui?

O menino balançou a cabeça.

– Ele veio com *eu* – disse ele, passando o dedinho sujo carinhosamente pela cabeça do rato, entre as orelhas. – Ele gosta quando *mim* faz carinho na cabeça dele, assim. – O menino pareceu ficar mais ousado ao perceber que Lara lhe dava atenção, e continuou, em um tom mais cordial. – Fazemos *todo* juntos, o Ratinho e *mim*.

– Ratinho? Esse é o nome dele?

Então o menino considerava o roedor um animal de estimação... um amigo. Lara sentiu a garganta apertada com uma mistura de pena e vontade de rir.

– Quer fazer carinho no Ratinho? – perguntou o menino e estendeu para ela a criatura que se debatia.

Lara não conseguiu se forçar a tocar o bicho.

– Obrigada, mas não.

– *Tá* certo.

Ele enfiou o rato de volta no bolso, e deu uma palmadinha carinhosa no tecido.

Lara sentia um aperto doce e estranho no peito enquanto o observava. A pobre criança não tinha nada – nenhuma família, ou amigos, nenhuma perspectiva de futuro –, mas a seu próprio modo cuidava de alguém... de algo. Ainda que fosse apenas um rato de prisão.

– A senhora é bonita – falou o menino, generoso, e surpreendeu Lara, subindo no colo dela.

Surpresa, Lara hesitou por um instante, antes de reagir e passar os braços ao redor dele. O menino era leve e muito magro, rijo e seco como um gato.

Suas roupas e seu corpo exalavam um cheiro azedo, e passou pela mente de Lara a terrível ideia de que ele devia estar infestado de pragas além do ratinho de estimação. Mas a criança se apoiou contra o braço dela, inclinou a cabeça para fitá-la, e Lara se pegou acariciando seu cabelo escuro e sujo. Ela se perguntou há quanto tempo ele não recebia um abraço maternal. Um menino tão pequeno, e estava... absolutamente sozinho no mundo.

– Qual é o seu nome? – perguntou.

O menino não respondeu, apenas semicerrou os olhos, parecendo relaxar, a não ser pelos dedos que seguravam com firmeza a manga do vestido dela.

– Meu Deus, você precisa de um banho – disse Lara, enquanto continuava a acariciar o cabelo dele. – Deve haver um belo menino por baixo de toda essa sujeira.

Lara continuou a abraçá-lo e a murmurar baixinho, até sentir que ele assentia com a cabeça junto ao seu ombro. Ela o afastou, levantou-se e gesticulou para que ele a acompanhasse.

– Vou levá-lo até a Srta. Thornton – disse. – Ela é uma mulher muito bondosa, e você deve prometer que vai obedecê-la. Vamos encontrar um lar para você, meu bem. Eu prometo.

Ele seguiu obedientemente até o escritório da Srta. Thornton, andando ao lado de Lara, ainda agarrando a saia dela. Os dois chegaram à saleta e encontraram a Srta. Thornton diante da mesinha.

A diretora sorriu ao vê-los.

– A senhora tem mesmo muito jeito com crianças, lady Hawksworth. Eu deveria ter imaginado que conseguiria encontrá-lo – disse ela, aproximando-se do menino e pegando-o pelo pulso. – Venha comigo, jovem senhor. Já perturbou demais essa dama.

O menino se aconchegou mais a Lara e mostrou os dentes para a Srta. Thornton, como um animal selvagem.

– Não – disse ele, bravo.

A diretora o encarou, surpresa.

– Ora. Parece que ele consegue falar, afinal – disse ela, e voltou a tentar puxá-lo para si. – Não há necessidade de se comportar desse jeito, rapazinho. Ninguém vai lhe fazer mal.

– Não, *não*...

Ele caiu no choro e se agarrou às pernas e ao quadril de Lara.

Aflita, ela se abaixou na direção dele e acariciou as costas estreitas.

– Meu amorzinho, estarei de volta amanhã, mas você precisa ficar aqui.

Enquanto o menino continuava a uivar, agarrado a Lara, a Srta. Thornton deixou a sala e voltou com outra professora.

– É uma mulher impressionante, lady Hawksworth – disse ela, e voltou a tentar afastá-lo de Lara, com a ajuda da outra mulher. – Só a senhora mesmo para chamar uma criança dessas de "amorzinho".

– Ele não é um mau menino – disse Lara, tentando em vão se desvencilhar da criança que chorava.

As professoras conseguiram puxá-lo, e ele gritou de raiva e desespero. Lara ficou olhando, petrificada, para o menino que soluçava, rosnava e se contorcia como o filhote de um animal selvagem.

– Não se preocupe – falou a Srta. Thornton. – Eu lhe disse que ele era estranho e anormal. Abençoada seja, milady. A senhora já teve muito com que lidar ultimamente; não precisa assistir a uma cena dessas.

– Está tudo bem. Eu...

Lara se pegou sem voz, dominada pela ansiedade, enquanto via as duas arrastarem o menino tão pequeno para fora da sala. Uma das professoras o repreendia baixinho, segurando o braço dele para impedir que escapasse.

– Vamos tomar conta dele – disse a Srta. Thornton a Lara. – Ele vai ficar muito bem.

– *Nããão!* – urrou o menino mais uma vez.

Enquanto ele se debatia, Lara percebeu um movimento rápido e viu que o rato tinha se esgueirado para fora do bolso do menino e aterrissado no chão. Ao verem o roedor correndo pelo piso de madeira encerada, as professoras soltaram um gritinho em uníssono e soltaram a criança.

– Ratinho! – gritou ele, e então se ajoelhou e começou a procurar o bicho fujão. – Ratinho, volta!

De algum modo, o rato acabou encontrando um buraco na base da parede, entrou por ali e desapareceu. O menino ficou olhando perplexo para o buraco minúsculo e começou a chorar, desconsolado.

Lara olhou para a criança em lágrimas, para as professoras em pânico, e para o rosto tenso da Srta. Thornton. Então se ouviu dizer em um impulso:

– Me deixem ficar com o menino. E-eu quero ele.

– Lady Hawksworth? – falou a Srta. Thornton, o tom cauteloso, como se Lara tivesse perdido o juízo.

Lara continuou rapidamente:

– Vou levá-lo comigo por enquanto. Vou encontrar um lugar para ele.

– Mas com certeza a senhora não está dizendo...

– Sim, estou.

O menino voltou para a segurança da saia de Lara, o peito subindo e descendo rapidamente com a agitação.

– Quero o Ratinho – falou, fungando.

Ela pousou a mão nas costas dele.

– O Ratinho tem que ficar aqui – disse Lara baixinho. – Ele vai ficar bem, eu prometo. Você quer ficar aqui também, ou prefere ir comigo?

O menino agarrou a mão dela com força em resposta.

Lara olhou de relance para a diretora, com um sorriso cansado.

– Vou cuidar bem dele, Srta. Thornton.

– Disso, eu não tenho dúvidas – respondeu a diretora. – Só espero que ele não seja uma inconveniência grande demais para a senhora, milady.

Ela se inclinou e fitou o rosto vermelho do menino com uma expressão severa.

– Espero que saiba a sorte que está tendo, jovem senhor Cannon. Se eu fosse você, me esforçaria muito, muito mesmo, para agradar lady Hawksworth.

– Cannon? – repetiu Lara. – Esse é o nome dele?

– É o sobrenome, sim. Mas ele não nos disse seu primeiro nome.

A mãozinha puxou a de Lara e um par de olhos muito azuis, ainda marejados, fitou os dela.

– É Johnny – disse ele com clareza.

– Johnny – repetiu Lara, e apertou os dedos do menino com carinho.

– Lady Hawksworth – alertou a diretora –, na minha experiência, é melhor não oferecer muito a uma criança nessa situação, ou ela vai crescer esperando por isso. Sei que pareço cruel, mas o mundo não é gentil com órfãos pobres... É melhor que ele cresça sabendo o seu lugar no mundo.

– Compreendo – falou Lara, o sorriso se apagando. – Obrigada, Srta. Thornton.

Os criados do castelo Hawksworth ficaram claramente perplexos ao verem o pequeno hóspede em farrapos que chegou com Lara, sem soltar a saia dela nem por um instante. O menino parecia alheio à grandeza exaustiva que o cercava. Toda a sua atenção estava concentrada em Lara.

– Johnny é um pouco tímido – murmurou Lara para a camareira, Naomi, ao ver serem rapidamente rejeitadas suas tentativas de se aproximar do menino. – Vai demorar um pouquinho para ele se acostumar com todos nós.

Naomi fitou Johnny com uma expressão desconfiada no rosto redondo.

– Ele parece ter sido criado na floresta, milady.

Lara pensou consigo mesma que a floresta era um lugar muito melhor do que o ambiente cheio de doenças e perigos onde Johnny havia vivido recentemente. Ela passou os dedos com suavidade pelo cabelo emaranhado da criança.

– Naomi, quero que você me ajude a dar banho nele.

– Sim, milady – murmurou a camareira, embora parecesse abalada diante da perspectiva.

Enquanto uma horda de criadas se esforçava para encher a banheira pessoal de Lara com baldes que carregavam escada acima, ela mandou buscar um prato de biscoito de gengibre e um copo de leite. O menino tomou até a última gota do leite e comeu até a última migalha do biscoito, como se não comesse havia dias. Quando seu apetite finalmente foi saciado, Lara e Naomi o levaram até o quarto de vestir e despiram seus trapos.

A parte difícil foi convencer Johnny a entrar na água, que ele via com profunda desconfiança. O menino ficou parado, nu, ao lado da banheira, o corpinho tão delicado que chegava a ser frágil.

– Não quero – disse ele, obstinado.

– Mas você precisa tomar banho – falou Lara, tentando conter uma risada. – Está muito sujo.

– O meu pai diz que banho faz a pessoa morrer de febre.

– O seu pai estava errado – explicou Lara. – Eu tomo banhos o tempo todo, e é uma delícia se sentir limpo. Entre na água enquanto ainda está quente, Johnny.

– Não – teimou o menino.

– Você precisa tomar banho – insistiu Lara. – Todos que moram no castelo Hawksworth devem tomar banho regularmente. Não é mesmo, Naomi?

A criada assentiu enfaticamente.

Depois de muita adulação e persuasão, conseguiram colocá-lo na banheira. O menino ficou sentado muito rígido, todos os ossinhos da coluna protuberantes. Lara cantarolou uma música para entretê-lo, enquanto elas o lavavam da cabeça aos pés. A água ficou cinza à medida que o enxaguavam.

– Veja esse ninho de rato – comentou Naomi, tocando os nós do cabelo molhado e embaraçado. – Vamos ter que cortar.

– Como a pele dele é clara! – comentou Lara, impressionada com a diferença. – Você é branquinho como um floco de neve, Johnny.

Ele observou, interessado, os próprios braços magrinhos e o peito.

– Saiu muita pele – comentou.

– Não foi pele – esclareceu Lara, rindo. – Foi só sujeira.

Johnny obedeceu às instruções de Lara, levantou-se e permitiu que ela o tirasse da banheira. Ela o envolveu em uma toalha grossa, secando a água que escorria por seu corpo. Enquanto isso, Johnny se aproximou e tentou pousar a cabeça em seu ombro, encharcando o vestido de Lara.

Ela o abraçou com força.

– Você se saiu bem, Johnny – disse. – Se saiu muito bem mesmo no banho.

– O que devo fazer com isso, milady? – perguntou Naomi, enquanto cutucava, hesitante, o montinho de roupas sujas no chão. – Acho que vão se desfazer se eu tentar lavá-las.

– Queime tudo – disse Lara.

Seu olhar encontrou o da criada e as duas assentiram, concordando. Ela pegou uma camisa limpa e uma calça de brim, que tinham pegado emprestadas com um cavalariço. Embora fosse a única roupa disponível naquele momento, ficou grande demais em Johnny.

– Bem, isso vai ter que servir por enquanto – comentou Lara.

Ela envolveu a cintura do menino com uma coleira roubada de um dos cães da casa, para impedir que a calça caísse. Ela fez cócegas em um dos pés descalços de Johnny, que levou um susto e soltou uma gargalhada.

– Teremos que mandar fazer sapatos para você, e roupas adequadas. Na verdade... – Lara franziu a testa quando lembrou subitamente que havia marcado uma visita à modista naquela semana... Deus, não era naquele dia, era?

– Ora, ora, você sempre consegue me surpreender – disse a voz da irmã de Lara da porta, interrompendo seus pensamentos.

Lara levantou os olhos e sorriu ao ver Rachel.

– Ah, meu Deus. Esqueci que havia convidado você para me ajudar a escolher os tecidos. Não a deixei esperando, deixei?

Rachel balançou a cabeça.

– De jeito nenhum. Não se preocupe, eu me adiantei um pouco. A modista ainda não chegou.

– Graças a Deus – disse Lara, afastando um cacho úmido da testa. – Não costumo ser tão desatenta, mas andei ocupada.

– Estou vendo.

Rachel se adiantou no quarto, sorrindo para o menino de cabelos revoltos. Johnny reagiu à inspeção dela com um espanto silencioso.

Lara duvidava que a criança já tivesse visto uma mulher como Rachel, ao menos não tão de perto. Rachel estava especialmente bela naquele dia, o cabelo escuro penteado em cachos cintilantes, preso para o alto, o que destacava o pescoço elegante como o de um cisne. Ela usava um vestido de musselina bege, todo bordado com uma estampa de minúsculos botões de rosa e folhas verdes, e tinha na cabeça uma touca enfeitada com rosas e fitas cor-de-rosa. Sorrindo de orgulho, Lara se perguntou se haveria outra mulher na Inglaterra capaz de rivalizar com a beleza delicada da irmã.

– Larissa, você está um horror! – exclamou Rachel, rindo. – Posso ver que andou mexendo com terra com aquelas crianças do orfanato. Como essa pode ser a mesma moça que costumava ser tão preocupada com a própria aparência, meu Deus...?

Lara abaixou os olhos, consternada, para o vestido escuro que usava, agora muito molhado, e tentou sem sucesso prender as mechas soltas do cabelo muito liso.

– As crianças não se importam com minha aparência – retrucou ela, com um sorriso. – Isso é tudo o que me importa.

Ela sentou Johnny em um banco e passou uma toalha ao redor dos seus ombros.

– Fique quietinho, Johnny, enquanto corto seu cabelo.

– Não!

– Sim – falou Lara com firmeza. – E, se você se comportar, mandarei fazer um quepe para você, com botões de metal na frente. Não seria bom?

– *Tá* bem.

O menino se sentou resignado na frente dela.

Lara começou a cortar o cabelo dele, passando a tesoura com cuidado através dos fios embaraçados. Seu progresso foi lento, já que ela precisava parar com frequência para tranquilizar Johnny, que se encolhia a cada movimento da tesoura.

– Ah, deixe que eu faça isso, Lara – falou Rachel após alguns minutos. – Eu sempre fui melhor nisso. Lembre-se de que o papai costumava me deixar cortar o cabelo dele, antes de ficar careca.

Lara riu e entregou o menino nas mãos talentosas da irmã. Então se afastou e ficou olhando enquanto grandes tufos de cabelo caíam no chão.

– É lindo – murmurou Rachel, moldando cuidadosamente o cabelo à cabeça do menino. – Negro como tinta, uma leve sugestão de cachos. Ele é um belo rapazinho, não é mesmo? Aguente firme, camarada... Terminarei em um instante.

A irmã estava certa, percebeu Lara, surpresa. Johnny *era* bonito, com feições fortes, um nariz ousado, o cabelo negro brilhante e olhos de um azul vívido. Ele tentou retribuir o sorriso de Lara enquanto permanecia sentado muito ereto no banco, mas sua boca se abriu em um bocejo incontrolável, e ele oscilou ligeiramente.

– Diabinho! – exclamou Rachel. – Você não pode se mover. Quase arranquei sua orelha fora!

– Ele está cansado – disse Lara, e se adiantou para tirar a toalha que estava ao redor do menino e erguê-lo do banco. – Já basta por ora, Rachel. – Ela levou Johnny até um sofá de mogno que havia ali perto, com linhas fluidas e o estofamento macio de veludo. – Naomi, obrigada por nos ajudar. Você pode ir agora.

– Sim, milady – disse a camareira, que se inclinou em uma cortesia rápida e deixou o quarto.

A criança se aconchegou à lateral do corpo de Lara. Parecia estranhamente natural ter aquele peso leve descansando junto a ela, a cabeça acomodada na curva do seu ombro.

– Durma um pouco, Johnny. – Ela acariciou a cabeça dele, sentindo o cabelo macio e sedoso sob as pontas dos dedos. – Vou estar aqui quando você acordar.

– Promete?

– Prometo, sim.

Aquilo era tudo o que o menino precisava ouvir. Ele se aconchegou mais e seu corpinho ficou frouxo, a respiração mais profunda e serena.

Rachel se acomodou em uma cadeira que havia perto, o olhar fixo no rosto da irmã, com uma expressão admirada.

– Quem é ele, Larissa? Por que você o trouxe para cá?

– Ele é órfão – respondeu Lara, pousando a mão nas costas de Johnny. – Não havia espaço para ele em lugar nenhum. Johnny foi mandado embora da prisão Holbeach, onde o pai foi enforcado.

– O filho de um prisioneiro condenado! – exclamou Rachel, fazendo o menino se agitar no sono.

– Fale baixo, Rachel – disse Lara, franzindo a testa em reprovação. – Não é culpa dele.

Ela se inclinou protetoramente sobre o menino, e acariciou suas costas até ele relaxar de novo. Diante da cena, Rachel balançou a cabeça, perplexa.

– Mesmo vendo o modo como você costuma agir com crianças, eu não teria esperado por isso. Trazê-lo para a sua casa... O que lorde Hunter vai dizer?

– Não sei. Tenho certeza de que Hunter não vai aprovar, mas há algo neste menino que me faz querer mantê-lo em segurança.

– Lara, você se sente assim em relação a toda criança que encontra.

– Sim, mas este aqui é especial. – Em busca de uma explicação racional, Lara se sentia sem jeito e com dificuldade de encontrar palavras. – Na primeira vez que o vi, Johnny estava com um ratinho no bolso. Tinha trazido o bicho da prisão.

– Um rato – repetiu Rachel, estremecendo subitamente. – Vivo ou morto?

– Vivo e ligeiro – respondeu Lara, com um sorriso triste. – Johnny estava tomando conta dele. Isso não é impressionante? Mesmo vivendo trancado naquela prisão, testemunhando horrores que eu e você jamais conseguiríamos imaginar... ele encontrou uma criaturinha para amar e cuidar.

Rachel balançou a cabeça e sorriu, enquanto fitava a irmã.

– Então aí está o motivo da atração. Vocês dois compartilham esse hábito de colecionar desgarrados. São almas irmãs.

Lara ficou olhando para a criança adormecida, sentindo-se dominada por uma imensa ternura. Aquele menino confiara nela, e Lara preferiria morrer a desapontá-lo.

– Sei que não posso resgatar todas as crianças do mundo – disse. – Mas posso salvar algumas. Posso salvar esta.

– O que está planejando fazer com ele?

– Ainda não tracei um plano.

– Com certeza não está considerando a ideia de ficar com ele, não é?

O silêncio defensivo de Lara foi resposta suficiente.

Rachel se sentou ao lado dela e falou, preocupada:

– Minha querida, eu nunca cheguei a conhecer Hunter muito bem... e conheço ainda menos agora... mas sei como ele a fez sofrer quando você não conseguiu conceber. O conde quer um filho dele, um *herdeiro*... não uma criança que nasceu na sarjeta e veio de uma prisão.

– *Rachel* – murmurou Lara, espantada.

A irmã pareceu envergonhada, mas determinada.

– Você pode não gostar da minha escolha de palavras, mas preciso ser franca. Você se acostumou a fazer escolhas sem a interferência de um homem. Agora Hunter está de volta, e as coisas são diferentes. Uma esposa deve acatar as decisões do marido.

Lara ergueu o queixo, em uma atitude obstinada.

– Não estou tentando oferecer este menino como substituto pelos filhos que não posso ter.

– Bem, mas de que outra forma Hunter vai ver a situação?

– Do modo como eu vejo... que se trata de um menininho que precisa da nossa ajuda.

– Minha querida. – Os lábios de Rachel se curvaram em um sorriso triste. – Não quero que você se desaponte. Acho que não é inteligente arrumar problemas entre você e Hunter tão pouco tempo depois da volta dele. Um casamento em paz é a maior bênção de todas.

Lara percebeu a expressão de desolação no rosto da irmã. Ao fitá-la com mais atenção, reparou também nas linhas tensas ao redor dos olhos e na testa, e na postura rígida.

– Rachel, o que aconteceu? Mais problemas entre você e lorde Lonsdale?

A irmã balançou a cabeça, parecendo desconfortável.

– Não exatamente, é só que... ultimamente Terrell vem se aborrecendo por qualquer coisa. Ele está entediado e infeliz, e quando se permite beber algo mais forte fica muito agitado.

– Agitado – perguntou Lara em voz baixa –, ou agressivo?

Rachel ficou em silêncio, os olhos baixos. Parecia estar tomando uma decisão desagradável. Depois de uma longa pausa, ela afastou a renda branca que cobria o decote do vestido.

Lara ficou olhando sem acreditar para o colo da irmã, onde dois hematomas e a marca de quatro dedos se destacavam contra a pele muito clara. Lorde Lonsdale fizera aquilo a ela... mas por quê? Rachel era a pessoa mais amável e bondosa das criaturas, sempre atenta aos seus deveres. Vivia para garantir o conforto do marido e de todos que a cercavam.

Lara se sentiu tremer de fúria, e lágrimas de raiva escorriam de seus olhos.

– Rachel, esse homem é um monstro! – bradou.

Rachel se apressou a colocar a renda de volta no lugar, escondendo os hematomas.

– Larissa, não, não... Eu não mostrei isso para fazer você odiar Terrell. Não sei por que mostrei... Na verdade, foi culpa minha. Eu reclamei por ele estar apostando e o inflamei até ele explodir. Preciso tentar ser uma esposa melhor. Terrell precisa de algo que não sou capaz de dar. Se ao menos eu conseguisse entendê-lo melhor...

– Quando Hunter voltar, vou fazer com que ele converse com lorde Lonsdale – disse Lara, ignorando os protestos da irmã.

– Não! A menos que você queira que isso aconteça de novo... ou algo ainda pior.

Lara ficou sentada ali, em um silêncio infeliz, lutando contra as lágrimas. Ela e Rachel tinham sido criadas para acreditar que os homens eram seus protetores, que um marido era a metade superior e mais sábia de um casamento. Em sua antiga vida resguardada e inocente, ela jamais teria imaginado que um homem fosse capaz de agredir fisicamente a esposa, ou de machucá-la de alguma forma. Por que, entre todas as pessoas, aquilo estava acontecendo com Rachel, a mulher mais doce e mais gentil que Lara já conhecera? E como Rachel podia alegar que a agressão era culpa dela?

– Rachel – conseguiu dizer Lara, a voz ainda abalada –, você não fez nada para merecer isso. E lorde Lonsdale provou que a palavra dele não tem valor. Ele vai continuar a ser violento com você a menos que alguém intervenha.

– Você não deve contar a lorde Hawksworth – implorou Rachel. – Eu me sentiria humilhada demais. Além disso, se o seu marido tomar a questão para si, acho que Terrell negaria tudo e encontraria outra forma de me punir mais tarde. Por favor, preciso que você mantenha isso em segredo.

– Então eu insisto que você conte ao papai e à mamãe.

Rachel balançou a cabeça, desolada.

– O que você acha que eles poderiam fazer? A mamãe choraria e me imploraria para que eu me esforçasse mais em agradar Terrell. O papai apenas ficaria emburrado em seu gabinete. Você sabe como eles são.

– Então não vou fazer nada? – perguntou Lara, em um protesto angustiado.

Rachel pousou a mão com gentileza sobre a da irmã.

– Eu amo Terrell – disse baixinho. – Quero ficar com ele. Na maior parte do tempo ele é muito gentil comigo. Só às vezes, quando ele não consegue controlar o próprio temperamento, é que as coisas ficam um pouco... difíceis. Mas esses momentos sempre passam rápido.

– Como você pode ficar com alguém que a machuca? Lorde Lonsdale é um homem cruel, egoísta...

– Não. – Rachel recolheu a mão e a expressão em seu lindo rosto tornou-se fria. – Não diga mais nem uma palavra contra ele, Larissa. Sinto muito. Eu não deveria ter colocado esse fardo nas suas costas.

Uma criada apareceu para anunciar que a modista havia chegado, e as duas irmãs se prepararam para encontrá-la na sala do andar de baixo. Rachel deixou o quarto primeiro e Lara se demorou um pouco mais, acomodando a criança adormecida. Ela cobriu Johnny até o pescoço com um xale bordado e acariciou o cabelo macio e recém-cortado.

– Descanse aqui, por enquanto – sussurrou, ajoelhando-se ao lado do sofá e fitando o rostinho dele, tão tranquilo no sono.

Johnny parecia absurdamente indefeso, à mercê de um mundo grande e negligente demais. Enquanto pensava no drama do menino à sua frente, no da irmã e nos vários problemas de todos os amigos de Market Hill, Lara fechou os olhos por um segundo.

– Pai amado que estás no Céu – clamou baixinho. – Há tantos que precisam de Tua graça e proteção. Peço que me ajudes a saber o que fazer por eles. Amém.

Capítulo 9

Era dia de lavar roupas, uma tarefa gigantesca que acontecia uma vez por semana e absorvia totalmente metade da criadagem. Como costumava fazer desde os primeiros dias do seu casamento, Lara supervisionava e participava da lavagem, da secagem e dos consertos que precisavam ser feitos. Em uma casa grande como o castelo Hawksworth, era necessário costurar etiquetas de pano em todas as fronhas, colchões de penas, lençóis e mantas para determinar o cômodo ao qual pertenciam. Peças já muito gastas ou estragadas eram guardadas em uma bolsa de trapos para serem vendidas ao trapeiro, e o lucro era dividido entre os criados.

– Que Deus a abençoe, milady – disse uma das criadas, enquanto elas dobravam a roupa de cama recém-lavada. – Todos sentimos falta do dinheiro extra que costumávamos conseguir com o trapeiro. Lady Arthur ficava com cada centavo para si.

– Bem, asseguro que agora tudo vai voltar a ser como antes – retrucou Lara.

– Graças a Deus – falou a criada, com fervor, e foi recolher outra cesta de roupa.

Lara franziu a testa e começou a apertar melhor os laços frouxos do avental que usava. O ar na lavanderia estava úmido, o vapor subindo dos enormes tanques de ferro onde as roupas de cama tinham sido colocadas de molho. Ela imaginou que deveria estar feliz por ter retornado aos seus deveres como senhora da casa. Sempre sentira satisfação em manter o castelo de Hawksworth organizado e administrado com eficiência. No entanto, parecia que esses prazeres haviam começado a perder a cor.

Antes da "viuvez", Lara estava sempre ocupada demais sendo a senhora do castelo para reparar muito no que acontecia fora dos limites da propriedade.

Agora, o tempo passado no orfanato parecia muito mais importante do que qualquer coisa que ela pudesse realizar em casa.

As fitas do avental escaparam dos dedos de Lara, e ela começou a tatear para pegá-las novamente quando alguém se aproximou por trás. Antes que Lara pudesse se virar, sentiu dedos masculinos quentes se entrelaçarem brevemente aos seus. Ela ficou imóvel, o peito se elevando por causa do coração acelerado. Reconheceria o toque daquelas mãos até o dia de sua morte.

Hawksworth amarrou o avental ao redor da cintura da esposa com um cuidado meticuloso. Lara sentiu o hálito quente soprando suavemente em seus cabelos. Embora Hunter não a puxasse para junto de si, ela podia sentir aquele corpo forte e alto pairando atrás dela.

— O que você está fazendo aqui? — perguntou Lara, a voz fraca.

— Eu moro aqui — informou ele, a voz como uma carícia aveludada descendo pela coluna dela.

— Você sabe que estou me referindo à lavanderia. Você nunca tinha posto os pés nesta área da casa até hoje.

— Eu não aguentei a ideia de esperar para ver você.

Pelo canto do olho, Lara viu duas criadas pararem à porta, sem saber como agir, ao verem o senhor do castelo.

— Podem entrar, meninas — disse Lara em voz alta, acenando para que voltassem às suas tarefas.

Mas as duas deram risadinhas e desapareceram — ao que parecia, tinham resolvido que a patroa precisava de alguns momentos a sós com o marido.

— Você deveria ter me dado algum tempo para eu me arrumar — protestou Lara quando o marido a virou para encará-lo.

Ela estava desalinhada e com o rosto vermelho, o cabelo colado à pele úmida de suor, o corpo engolido pelo avental enorme.

— Eu teria pelo menos trocado o vestido e penteado o...

A voz de Lara morreu quando ela fitou o marido.

Hawksworth estava absurdamente belo, os olhos escuros dançando com um brilho cor de canela, o cabelo clareado pelo sol penteado com cuidado para trás. Ele usava roupas impecáveis que mostravam — não, exibiam — a força do seu corpo. A calça bege justa seguia lindamente o desenho das pernas musculosas e enfatizava seus dotes masculinos de uma forma que fez Lara enrubescer fortemente. Hawksworth usava uma camisa e uma gravata muito alvas, com um colete em uma estampa elegante, e um paletó azul-escuro primoroso completava o traje. O tom bronzeado de sua pele só tornava a beleza mais impressionante. Lara não tinha dúvida de que a mera visão de Hunter provocaria vertigens em muitas mulheres.

Na verdade, ela mesma sentia uma profunda agitação por dentro. Que, sem dúvida, devia-se ao modo como o marido a fitava – não era um olhar gentil e respeitoso, mas sim do tipo que ela imaginava que um homem dirigiria a uma prostituta. Como Hunter conseguia a proeza de provocar nela a sensação de estar nua diante dele, quando estava coberta por várias camadas de roupas e por um avental do tamanho de uma tenda?

– Teve uma estada agradável em Londres? – perguntou Lara, tentando se recompor.

– Não exatamente – disse ele, segurando-a com mais firmeza pela cintura quando ela tentou se afastar. – Mas foi produtivo.

– Meu tempo aqui também foi produtivo – disse ela. – Preciso conversar com você sobre algumas coisas mais tarde.

– Fale agora.

Hawksworth passou o braço ao redor dela e começou a guiá-la para fora da lavanderia.

– Preciso ajudar com as roupas...

– Deixe que os criados tomem conta disso.

Hawksworth desceu os dois degraus que levavam ao caminho que ligava a lavanderia à casa principal.

– Prefiro conversar durante o jantar – disse Lara, parando no topo dos degraus para que o rosto deles ficasse no mesmo nível. – Depois que você tomar algumas taças de vinho.

Ele riu, estendeu a mão e fez Lara arquejar ao erguê-la e colocá-la na trilha que levava à casa.

– Más notícias?

– Não são más – falou ela, incapaz de afastar os olhos da boca larga e expressiva do marido. – Mas eu gostaria de fazer algumas mudanças significativas por aqui, e você talvez não aprove a ideia.

– Mudanças – repetiu ele, e os dentes cintilaram em um sorriso irônico. – Ora, estou sempre aberto a negociar.

– Não tenho nada com que negociar.

Hawksworth parou antes que eles chegassem à casa e puxou-a para um canto mais afastado, junto à sebe que cercava a horta. O ar cheirava a ervas e a flores aquecidas pelo sol.

– Para ter acesso ao que você tem, minha doce esposa, eu colocaria o mundo aos seus pés.

Ao se dar conta das intenções dele, Lara tentou se desvencilhar, mas isso só serviu para que se visse presa com mais firmeza junto ao corpo do marido. O torso dele era firme como aço, os músculos se destacando através das camadas de roupas que os separavam. E ela sentiu junto ao ventre a pressão quente e vibrante da carne masculina, imediatamente excitada pela proximidade com seu corpo.

– Milorde – disse Lara em um arquejo –, Hunter... não ouse...

– Você não está tão chocada quanto finge estar. Afinal, é uma mulher casada.

– Passei muito tempo sem ser. – Ela empurrou em vão o peito do marido. – Ora, me solte agora mesmo!

Hawksworth sorriu e apenas a abraçou com mais força.

– Primeiro me beije.

– Por que eu deveria? – retrucou ela, o tom gelado.

– Não toquei em uma única mulher em Londres – disse ele. – Só pensei em você.

– E espera uma recompensa por isso? Fiz o melhor que pude para encorajá-lo a arrumar uma amante.

Hunter pressionou o quadril contra o dela, como se Lara já não estivesse consciente de seu membro rígido de desejo.

– Mas é só você que eu quero.

– Nunca lhe disseram que não se pode ter tudo o que quer?

Aquilo provocou um rápido sorriso.

– Não que eu me lembre.

Apesar da força primitiva, Hawksworth parecia um menino travesso, e Lara se deu conta de que não era medo que estava fazendo o seu pulso acelerar daquela forma. Ela se viu dominada por uma onda de empolgação, ao descobrir pela primeira vez o poder de manter um homem excitado em expectativa. Lara negou deliberadamente o que ele queria, mantendo os braços entre os dois e virando o rosto para o lado.

– O que eu vou ganhar se beijar você? – ela se ouviu perguntar e mal reconheceu o tom baixo e provocante da própria voz.

A pergunta abalou o autocontrole de Hunter o bastante para deixar claro que ele a desejava com muita intensidade, apesar do jeito brincalhão. Seus braços se tornaram rígidos como aço, o corpo excitado.

– Me diga o seu preço – murmurou. – Dentro de limites razoáveis.

– Tenho quase certeza de que você não vai considerar meu pedido razoável – falou Lara, em tom de lamento.

Hawksworth enfiou os dedos no cabelo desalinhado da esposa e inclinou a cabeça dela para trás.

– Primeiro me beije. Mais tarde conversaremos sobre ser "razoável".

– *Um* beijo? – perguntou Lara, o tom cauteloso.

Ele assentiu, a respiração irregular ao ver a esposa esticar os braços. Ela passou as mãos ao redor do pescoço dele e puxou sua cabeça para baixo, sentindo os lábios se suavizarem em expectativa.

– Lara! Lara! – chamou uma pequena figura que se aproximou deles correndo.

Lara se desvencilhou para encarar Johnny. Ele se agarrou a ela, ansioso, as mãozinhas segurando com força sua saia.

– O que foi? – perguntou Lara.

Ela se ajoelhou ao lado dele e acariciou as costas estreitas do menino, que a abraçava com força.

Depois de alguns instantes sendo consolado, Johnny ergueu a cabeça e encarou Hawksworth com um misto de desconfiança e descontentamento.

– Ele estava machucando você!

Lara cerrou os lábios para conter a súbita vontade de rir.

– Não, meu bem. Esse é lorde Hawksworth. Eu estava apenas dando boas-vindas a ele. Está tudo bem.

O menino claramente não se deixou convencer e continuou a olhar irritado para o intruso.

Hawksworth não se dignou nem a olhar para a criança, mas fitou Lara com todo o aborrecimento de um tigre faminto que fora privado de sua presa.

– Deduzo que essa seja uma das "mudanças" que você mencionou.

– Sim. – Lara sentiu que seria um erro mostrar qualquer sinal de dúvida, por isso se virou para encará-lo e respondeu com o máximo de firmeza possível. – Gostaria de ter podido explicar antes de você conhecê-lo... mas pretendo que Johnny more conosco de agora em diante.

A paixão e o calor desapareceram dos olhos de Hawksworth, e sua expressão subitamente se tornou impenetrável.

– Um moleque do orfanato?

Lara sentiu a mãozinha de Johnny na dela e apertou-a para tranquilizar o menino, sem tirar os olhos de Hawksworth em nenhum momento.

– Explicarei tudo mais tarde, em particular.

– Sim, você explicará – concordou Hawksworth, em um tom que a deixou gelada por dentro.

∽

Lara deixou Johnny aos cuidados do jardineiro idoso, o Sr. Moody, que estava cortando flores na estufa e arrumando-as em urnas e vasos para os vários cômodos do castelo. Ela sorriu ao ver a criança arrumando seu próprio buquê, enfiando flores em uma canequinha quebrada.

– Muito bem, rapaz – elogiou o jardineiro. Ele tirou com cuidado os espinhos de uma rosa em miniatura e a entregou para o menino. – Você tem um bom olho para cores. Vou ensinar como fazer um belo ramalhete para lady Hawksworth, então o colocaremos em um tubinho de vidro para que as flores se mantenham frescas.

Johnny balançou a cabeça ao ver a rosa branca.

– Essa não – falou timidamente. – Ela quer uma flor cor-de-rosa.

Lara parou à porta, surpresa e satisfeita. Até ali, o Sr. Moody era a única pessoa, além dela mesma, com quem o menino falara.

– É mesmo? – O rosto do jardineiro, marcado por rugas de idade, suavizou-se com um sorriso. Ele indicou os caramanchões de rosas de estufa próximos. – Então vá até lá e encontre o melhor botão, e vou cortá-lo para você.

Lara ficou impressionada com a força de seus sentimentos por Johnny. Era como se uma forte corrente de emoções, que passara anos represada, subitamente se permitisse fluir solta. Em seu ressentimento e vergonha por não ter conseguido dar um herdeiro a Hawksworth, ela nunca se dera conta de seu próprio anseio por um filho. Alguém que pudesse aceitar e retribuir um amor sem limites ou condições – alguém que precisasse dela. Lara esperava que Hawksworth não a proibisse de manter Johnny ali. Estava determinada a desafiá-lo e a qualquer outra pessoa que tentasse separá-la do menino.

Suando no vestido de musselina cinza de gola alta, ela subiu a escada até a suíte que ocupava e fechou a porta. Precisava se trocar, colocar um vestido mais leve e fresco, e tirar aquelas meias de lã que estavam lhe dando coceiras. Lara desamarrou o avental, deixou-o no chão e se sentou para descalçar os sapatos de couro, usados nos serviços do dia a dia. Um suspiro de alívio escapou de seus lábios enquanto ela mexia os dedos, agora livres do estorvo que os limitava. Em seguida, dedicou-se a desabotoar os punhos do vestido e a gola, na nuca. Mas, infelizmente, o vestido era abotoado atrás, e ela não conseguiria abri-lo sem ajuda. Lara abanou o rosto suado e foi até o puxador da campainha, perto da cama, com a intenção de chamar Naomi.

– Não – disse Hawksworth em voz baixa, assustando-a. – Eu ajudo você.

O coração de Lara batia disparado, e ela se virou para um dos cantos do quarto. Hawksworth estava sentado em uma cadeira Hepplewhite, com o encosto em forma de escudo.

– Meu bom Deus – falou ela, em um arquejo. – Por que você não me disse que estava aqui?

– Acabei de fazer isso.

Hawksworth tinha despido o paletó e o colete, e a camisa fina de linho pendia, fluida, delineando os ombros largos e o torso esguio. Quando ele se aproximou, Lara sentiu o cheiro da sua pele misturado ao aroma salgado da transpiração, ao toque da colônia e ao leve, mas agradável, cheiro de cavalos.

Ela tentou ignorar a profunda atração que sentiu pelo marido, cruzou os braços e o fitou com toda a dignidade.

– Agradeceria se você saísse do quarto. Vou trocar de vestido.

– Estou oferecendo os meus serviços no lugar da sua camareira.

Ela balançou a cabeça.

– Obrigada, mas prefiro a Naomi.

– Tem medo de que eu a viole se a vir despida? – zombou ele. – Tentarei me controlar. Vire-se.

Lara sentiu o corpo enrijecer enquanto ele a virava de costas. Hawksworth começou, então, a abrir os ganchinhos que fechavam o vestido com uma lentidão enlouquecedora. O ar tocou a pele excessivamente quente dela, fazendo-a estremecer. O vestido pesado foi se soltando aos poucos, até Lara precisar segurar o corpete junto ao corpo para evitar que ele deslizasse até o chão.

– Obrigada – disse. – Muito prestativo de sua parte. Posso fazer o resto sozinha.

Hawksworth ignorou o pedido feito em um tom forçado, enfiou a mão por dentro das costas do vestido e soltou os ganchos que prendiam o espartilho leve que ela usava. Lara oscilou e fechou os olhos.

– Já basta... – disse ela, a voz abalada.

Mas ele continuou, soltando o vestido das mãos dela, abaixando-o até o quadril e deixando que caísse no chão, em um monte úmido. O espartilho foi o próximo, e Lara se viu usando apenas a camisa, os calções de baixo e as meias. As palmas de Hawksworth pairaram acima dos ombros e dos braços dela, sem tocá-la, provocando arrepios nos pelos finos dos braços de Lara. Ela cravou os dedos dos pés no tapete.

Lara não se sentia daquele jeito desde que era uma jovem assustada, na noite de núpcias, sem saber o que se esperava dela, sem ter ideia do que o marido pretendia fazer.

Ainda parado atrás dela, Hawksworth estendeu a mão até a frente da camisa de baixo para alcançar os botões de madrepérola que a fechavam. Para um homem que Lara já considerara desajeitado, ele abriu os botões minúsculos com surpreendente destreza. A camisa de baixo se abriu com a ajuda de Hawksworth, e o ar fresco atingiu o colo de Lara. A cambraia delicada mal cobria seus mamilos.

– Quer que eu pare agora? – perguntou ele.

Sim, Lara quis dizer, mas não saiu som algum de sua boca indisciplinada. Ela permaneceu paralisada de curiosidade enquanto ele soltava seu cabelo, afastando as mechas que tinham se prendido ao rosto úmido de suor. Hawksworth deixou os dedos correrem pelos fios escuros e sedosos e acariciou bem de leve o couro cabeludo dela, o toque tão relaxante e agradável que Lara sentiu um gemido de prazer subir pela garganta. Ela arqueou as costas, e teve que se esforçar para resistir à imensa tentação de se apoiar nele e convidá-lo a seguir adiante.

Hawksworth acariciou a nuca de Lara, massageando os músculos tensos e doloridos por causa das tarefas da manhã, aliviando a dor e dando prazer ao mesmo tempo. Ele falou junto ao ouvido dela, fazendo-a estremecer:

– Você confia em mim, Lara?

Ela balançou a cabeça, ainda incapaz de falar.

Hawksworth riu baixinho.

– Também não confio em mim mesmo. Você é linda demais e a desejo desesperadamente.

Ele permaneceu muito perto dela, mas o único lugar que estava tocando era a nuca da esposa, os dedos pressionando os músculos doloridos com imensa gentileza. Ela mais intuiu do que sentiu que o marido estava excitado de novo. A ideia deveria tê-la feito recuar, mas por algum motivo Lara apenas permaneceu parada docilmente sob o toque dele. Ela se sentia embriagada, zonza, e pensamentos ousados passavam em sua mente. Se ao menos ele a beijasse de novo daquele jeito, com a boca firme e deliciosa...

Um saboroso desejo se espalhou por seus seios, até os mamilos rígidos. Lara mordeu o lábio enquanto tentava se conter para não pegar os dedos do marido e guiá-los por todo o seu corpo. Envergonhada, ela se manteve imóvel e rezou para que Hawksworth não conseguisse adivinhar seus pensamentos. E não se deu conta de que estava prendendo a respiração até o ar sair por seus lábios em um breve arquejo.

– Lara... – murmurou ele.

Seu coração quase parou quando ele ergueu até a cintura a bainha de sua camisa de baixo, que chegava à altura do joelho.

Lara começou a tremer e sentiu as pernas fracas, até que se viu obrigada a se apoiar nele para permanecer de pé. O peito de Hawksworth era como um muro de pedras. Seu sexo pareceu enorme e rígido quando se encostou à curva macia das nádegas dela.

Hawksworth soltou o laço que mantinha o calção de baixo no lugar, e a peça escorregou até os tornozelos dela. Lara percebeu a respiração ofegante do marido, sentiu o tremor na mão dele quando ele a pousou por um momento estonteante em seu quadril nu. Então Hawksworth soltou a bainha da camisa de baixo, deixando que a cobrisse mais uma vez.

Hawksworth ergueu-a no colo com absurda facilidade, e Lara engoliu em seco ao se dar conta da força do marido. Ela manteve o pescoço esticado, recusando-se a descansar a cabeça no ombro dele, teimosamente em silêncio, enquanto Hunter a carregava até o outro lado do quarto. Uma pergunta passou pela mente de Lara, deixando-a em pânico – ele pretendia fazer amor com ela? *Deixe que ele faça*, pensou Lara, subitamente. *Deixe que Hunter faça exatamente o que fez todas aquelas vezes antes. Deixe que ele prove que é tão terrível quanto você se lembra...* assim, ela estaria livre. Consumado o ato, ela voltaria a encarar o marido com a mesma indiferença permanente de antes, e ele não teria mais poder sobre ela.

No entanto, para surpresa de Lara, Hawksworth não a levou para a cama, mas para a cadeira diante da penteadeira. Ele a sentou ali e se ajoelhou aos pés delas, as coxas fortes abertas para se equilibrar. Zonza, Lara encarou o belo rosto tão próximo ao dela. Sons de fora penetravam na quietude do quarto... o soar abafado da campainha dos criados, o mastigar baixo dos animais pastando na relva, o latido de um cão, a agitação dos criados cuidando de suas tarefas diárias. Parecia impossível haver um mundo tão agitado girando ao redor deles. Era como se só existisse aquele quarto e os dois ali dentro.

O olhar de Hawksworth permaneceu fixo no rosto da esposa enquanto ele a tocava, o dedo subindo lenta e deliciosamente pelo tornozelo ainda coberto pelas meias. Lara começou a tremer e sentiu as pernas tensas quando o marido ergueu sua camisa de baixo até a altura das coxas. Ele encontrou a liga da meia e a soltou, e Lara não conseguiu conter um soluço de alarme. Hunter abaixou a meia quente demais, os dedos roçando a parte interna da coxa, o joelho, a panturrilha, provocando um choque delicioso cada vez que tocava a pele sensível. Ele voltou a atenção, então, para a outra perna, despindo a meia e deixando-a cair no chão.

Lara se viu sentada, seminua, diante dele, os dedos segurando com força as bordas do assento. Ela se lembrou de como as coisas costumavam ser entre eles, se lembrou do hálito rançoso do marido quando ele voltava para casa depois de uma noite de bebedeira, de como Hunter subia em cima dela com poucas preliminares e a penetrava. Era doloroso, embaraçoso... e pior ainda era o modo como ela se sentia depois, como se tivesse sido usada e descartada. Seguindo os conselhos práticos da mãe, Lara sempre permanecia deitada de costas por vários minutos depois que Hawksworth saía de cima dela, para dar à semente dele o máximo de chance de criar raízes.

Secretamente, Lara sempre ficava satisfeita quando aquilo não acontecia. Não gostava da ideia de gestar um filho dele em seu ventre, dominando o corpo dela, dando a Hawksworth a oportunidade de apontá-la como exemplo de sua incrível virilidade.

Por que ele nunca a tocara como estava fazendo naquele momento?

A ponta do dedo de Hawksworth roçou o alto de uma das pernas de Lara, onde as ligas haviam irritado a pele, deixando marcas vermelhas. Ele estendeu a mão para o pote de vidro azul que estava em cima da penteadeira e que continha uma mistura de extratos de pepino e rosas.

– É isso que você usa na sua pele? – perguntou em voz baixa.

– É – respondeu Lara, a voz débil.

Ele abriu o pote e um aroma fresco e floral se espalhou pelo ar. Depois de pegar uma pequena quantidade do creme, Hawksworth esfregou-o entre as palmas das mãos e passou-as pelas pernas da esposa.

– Ah... – Os músculos de Lara se contraíram em reação, e ela ajeitou o corpo na cadeira.

Hawksworth estava concentrado na tarefa de cuidar da pele irritada dela. O olhar de Lara acompanhava as mãos longas e bronzeadas se movendo gentilmente por suas pernas. A bainha da camisa de baixo estava enrolada para cima, e ela abaixou-a, tentando manter um último resquício de modéstia. Mas foi inútil. As mãos do marido deslizavam ritmicamente, subindo cada vez mais, fazendo Lara prender a respiração sempre que ele tocava a parte interna de suas coxas. Ela não estava compreendendo as reações do próprio corpo, a ânsia que sentia de se abrir e pressionar-se contra ele, o súbito calor e o latejar em suas partes mais íntimas. Os dedos de Hawksworth chegaram ao alto das pernas dela e roçaram de leve o ninho de pelos escuros sob a camisa de baixo.

Lara arquejou e segurou os pulsos dele. Sentia um calor gostoso no ventre, os primeiros sinais de uma umidade peculiar.

– Pare – sussurrou, a voz trêmula. – Pare...

Hawksworth não pareceu ouvi-la a princípio, o olhar fixo na sombra dos pelos sob a cambraia fina. As mãos dele ficaram tensas sobre a pele dela.

Pare. Ela havia pedido o impossível, mas de algum modo Hunter se obrigou a atendê-la. Ele fechou os olhos, antes que a visão da esposa à sua frente o fizesse perder o controle... a pele macia e branca, os pelos escuros que pareciam incitar seus dedos a mergulharem por baixo da camisa. Lara não teria como entender o desespero com que ele desejava tocar, saborear, morder, devorar, sugar e beijar cada centímetro do corpo dela. Seus músculos estavam rígidos como aço, para não mencionar a ereção que se rebelava sob o tecido da calça. Hunter estava perto de explodir.

Quando finalmente conseguiu se mover, Hunter relaxou as mãos que ela segurava e se levantou. Sem prestar muita atenção aonde estava indo, ele caminhou até o outro lado do quarto, quase atravessando a parede. Então pousou as mãos na parede e se concentrou em resgatar o autocontrole em frangalhos.

– Cubra-se – disse ele bruscamente, mantendo os olhos fixos no papel de parede berrante diante dele. – Ou não me responsabilizo pelos meus atos.

Ele a ouviu se mover como um coelho assustado, procurando alguma coisa para vestir no guarda-roupa. Enquanto Lara se vestia, Hawksworth respirava pausadamente para se controlar. O perfume da pele sedosa dela permanecia em suas mãos. Ele queria voltar para onde Lara estava e esfregar os dedos cheirando a rosas nos seios dela e entre suas coxas.

– Obrigada – disse ela.

– Pelo quê? – perguntou Hawksworth, ainda olhando fixamente para a parede à sua frente.

– Você poderia ter feito valer seus direitos sem se preocupar com o que eu desejava.

Hunter se virou e apoiou as costas contra a parede, cruzando os braços sobre o peito firme. Lara tinha vestido um roupão branco modesto, com várias pregas intrincadas. Era uma peça de roupa sem forma e que lhe cobria todo o corpo, mas que não serviu muito para aplacar o desejo dele. Lara estava tão adorável, com um rubor delicado colorindo seu rosto... Hunter dirigiu a ela um sorriso descuidado.

– Quando eu fizer amor com você, garanto que estará mais do que disposta. Você vai implorar para que eu continue.

Lara deu um riso nervoso.

– Você é mais arrogante do que as palavras podem descrever!

– Você vai implorar – repetiu ele. – E vai amar cada instante.

Uma breve expressão de alarme passou pelo rosto de Lara, mas ela logo conseguiu fitá-lo com um desdém frio.

– Se lhe faz bem pensar assim...

Hunter observou Lara ir até a penteadeira e se sentar diante do espelho para pentear os cabelos longos e sedosos. Ela trançou as mechas escuras e prendeu-as em um coque perto do topo da cabeça, parecendo recomposta enfim. No entanto, ainda havia um traço de constrangimento que mantinha sua testa franzida, fazendo-a parecer perturbada. Qualquer homem teria dado sua fortuna para ter a oportunidade de confortá-la.

– Agora me fale sobre o menino – pediu Hunter.

Os movimentos ágeis dos dedos de Lara vacilaram.

– Johnny foi mandado para o orfanato pela prisão Holbeach. O pai dele estava preso lá. Eu trouxe o menino para cá porque não havia espaço para ele no orfanato, nenhuma cama vaga.

– E você pretende que ele viva conosco? Como o quê? Um criado? Um filho adotivo?

– Não precisamos adotá-lo se você não quiser – respondeu Lara, o tom cuidadosamente neutro. – Mas, com todos os meios de que dispomos, achei que seria possível criá-lo como... parte da família.

Hunter encarou o reflexo dela no espelho com uma expressão dura, parecendo perplexo e aborrecido.

– Não estamos falando de trazer o filho de um parente para a nossa casa, Lara. É provável que esse menino venha de uma longa linhagem de ladrões e assassinos.

– A linhagem de Johnny, ou a ausência dela, não é culpa do menino – retrucou Lara, irritada, com uma rapidez que deixava claro que ela já havia considerado aquele argumento. – Ele é uma criança inocente. Se for criado em um lar virtuoso, não será nada parecido com o pai.

– Isso é uma teoria – retrucou Hunter, nem um pouco impressionado. – Mas me diga, então... vamos abrir as nossas portas para toda criança sem-teto que você encontrar? Porque existem órfãos demais na Inglaterra. Não tenho o menor desejo de ser pai substituto de todos eles. Nem mesmo de um, neste momento.

– Você não precisa agir como pai dele – disse ela, cerrando as mãos no colo. – Eu serei o bastante para ele. Vou tomar conta de Johnny e amá-lo sem que isso prejudique minhas outras responsabilidades.

– Tais como a sua responsabilidade em relação a mim? – questionou ele, indicando a cama com um movimento de cabeça. – Me avise quando estiver pronta para assumir seus deveres conjugais, então voltaremos ao assunto do seu mais recente *protégé*.

Lara arquejou, indignada.

– Você não pode estar insinuando... Está dizendo que não vai permitir que eu mantenha Johnny aqui a menos que concorde em dormir com você?

Hunter abriu um sorriso zombeteiro, decidido a fazer a vontade dela até certo ponto. Maldito fosse ele se iria permitir que a esposa tivesse tudo a seu modo, sem pagar nenhum preço.

– Como eu disse, estou aberto a negociação. Mas, antes de começarmos a estabelecer os termos, quero destacar algo que talvez você não tenha levado em consideração. Crie o menino como se fosse da família, se quiser. Mas ele não terá os laços de sangue necessários para ser aceito na boa sociedade, e, ao mesmo tempo que ele não será um criado, será bom demais para as classes inferiores de onde vem.

Lara contraiu os lábios, recusando-se teimosamente a ver a verdade nas palavras do marido.

– Isso não vai importar. Eu o ajudarei a encontrar seu próprio lugar no mundo.

– O diabo que não vai importar – falou Hunter, com veemência. – Você não tem ideia do que é viver entre dois mundos e não se encaixar em lugar algum.

– Como *você* poderia saber o que é não se encaixar? Sempre foi um Hawksworth. Sempre teve todos se curvando para você e fazendo suas vontades desde o dia em que nasceu.

Hunter cerrou o maxilar com tanta força que os músculos vibraram. Uma torrente de palavras se comprimia em seu peito. Lara ousava desafiá-lo. Ela o via como um canalha de coração frio e estava decidida a se tornar a santa padroeira de todas as criaturas indefesas. Bem, ele estava mais do que pronto a responder ao desafio.

– Muito bem – disse Hunter. – Mantenha-o aqui. Não ficarei em seu caminho.

– Obrigada.

O tom de Lara era cauteloso, como se ela pressentisse o que vinha em seguida.

– E, em retribuição – continuou ele, o tom suave –, você pode fazer uma coisa para mim.

Ele foi até a cadeira Hepplewhite, pegou um pacote leve, embrulhado em papel pardo, e o jogou para ela. Lara o pegou em um reflexo.

– O que é isto? – perguntou. – Um presente?

– Abra.

Ela obedeceu lentamente, como se desconfiasse que o marido estava lhe pregando uma peça – e era verdade, de certo modo. O presente era para o benefício dele, não dela. Lara deixou o papel de embrulho em cima da penteadeira e ergueu uma peça delicada e escorregadia de seda negra e renda. Hunter havia comprado o *négligé* em uma modista de Londres, que havia criado a peça como parte de uma encomenda maior para uma celebrada cortesã. Ansiosa para assegurar Hunter como cliente no futuro, a modista havia garantido que a cortesã não daria falta da peça.

A peça era pouco mais do que um filme de seda transparente, e o corpete era feito de uma fina teia de renda. A saia fluida era aberta em dois lugares na cintura.

– Apenas uma prostituta usaria uma coisa dessas – comentou Lara, em um sussurro chocado, os olhos verdes arregalados.

– Uma prostituta muito, muito cara, meu bem – disse ele, com vontade de rir do horror óbvio dela.

– Eu jamais poderia...

Lara se calou, como se a ideia de usar aquilo fosse terrível demais para ser mencionada em voz alta.

– Mas você vai – falou ele, muito satisfeito consigo mesmo. – Vai usar isso para mim hoje à noite.

– Você deve ter ficado louco! Como eu poderia usar uma coisa dessas? É indecente. É... – Ela ficou muito vermelha, o rubor se espalhando por seu pescoço. – Seria o mesmo que estar nua.

– Não deixa de ser uma opção – disse Hunter com uma expressão pensativa.

– Seu... seu demônio! Seu degenerado manipulador...

– Você quer que Johnny fique? – perguntou ele.

– E se eu usar isto? O que me garante que você não vai...?

– Pular em cima de você em um surto de luxúria? – completou Hunter, para ajudá-la. – Copular com você, ficar duro, me aliviar...

– Ah, pare com isso! – disse ela, encarando-o com raiva, o rosto ainda mais vermelho.

– Não vou tocar em você – prometeu Hunter, um sorriso brincando em seus lábios. – Apenas use a maldita peça de roupa por uma noite. É tão difícil assim?

– Não. – Lara deixou o *négligé* cair no chão e cobriu o rosto quente com as mãos, a voz saindo por entre os dedos. – Isso é impossível. Por favor, você precisa me pedir outra coisa.

– Ah, não. – Não havia nada no mundo que Hunter desejasse mais do que vê-la naquela peça de renda preta. – Você me disse o que queria... e eu dei o meu preço. Aliás, você está levando vantagem. Afinal, a criança permanecerá aqui por anos, enquanto a sua parte na negociação terminará em uma noite.

Lara ergueu a peça frágil de tecido e fitou-a com aversão. Estava claro que ela teria preferido usar um cilício que arrancasse duas ou três camadas da sua pele. Seus olhos verdes encontraram os dele, com uma expressão de fúria.

– Se você ousar me tocar, ou zombar de mim, jamais o perdoarei. E encontrarei um modo de fazer com que se arrependa. Eu vou...

– Meu bem – interrompeu Hunter, o tom suave –, você já fez com que eu me arrependesse. É uma constante fonte de arrependimento para mim saber que, se eu tivesse sido gentil com você anos atrás, agora a teria nos meus braços. Em vez disso, me vejo reduzido a barganhar para conseguir ter apenas um vislumbre do seu corpo.

A fúria desafiadora de Lara cedeu, e ela o encarou com uma expressão confusa e triste.

– Aquilo não foi culpa só sua – comentou ela, infeliz. – Não era a mim que você queria. E eu não gosto desse tipo de intimidade. Acho que é apenas o meu jeito, que me falta algum instinto...

– Não, Lara. Meu Deus. Não há nada de errado com você. – Hunter fechou os olhos, enquanto o gosto amargo do arrependimento enchia a sua boca. Ele escolheu as palavras com um cuidado excruciante ao prosseguir: – Se você conseguisse se permitir acreditar, ao menos por um momento, que não é preciso ser doloroso ou desagradável...

– Talvez você possa ser mais gentil do que antes – disse Lara, baixando os olhos. – Eu acredito que não tenha necessariamente que ser doloroso. Mas, mesmo assim, não acho que conseguiria mudar o que eu sinto em relação ao ato.

A expressão no rosto encantador dela era tão contrita e triste, que Hunter precisou recorrer a todo o seu autocontrole para não ir até a esposa.

– O que você sente? – perguntou, a voz rouca.

Lara respondeu com óbvia dificuldade.

– Para mim, o que acontece entre um homem e uma mulher é tão... sórdido... tão vergonhoso... e eu sou tão inepta. Tenho algum orgulho, sabe? – Ela pegou a peça de seda, que ficou pendurada, frouxa, em suas mãos suadas. – Você não entende mesmo que me fazer usar isto é uma zombaria? Faz com que eu me lembre como sou inadequada como esposa.

– Não – disse Hunter, abalado. – Inepto foi o seu marido, Lara. Nunca você.

Lara o encarou com uma expressão surpresa. As palavras que ele escolhera – *o seu marido* – faziam parecer que estava falando de outro homem. É claro que Hunter poderia estar se referindo a si mesmo na terceira pessoa, mas era uma forma estranha de falar. Uma pontada de medo fez o coração dela bater com mais força, e Lara se perguntou se deveria verbalizar sua desconfiança. Mas, antes que pudesse dizer qualquer coisa, Hunter se encaminhou para a porta.

Aquele momento foi uma revelação. A expressão surpresa de Lara pareceu deixá-lo desconfortável. Hunter deu-lhe as costas, voltou para a cama e se deitou em um canto, acenando com um gesto abrupto para que ela partisse.

Mas Lara não se moveu. Foi tomada por uma sensação de confiança renovada à medida que se dava conta de que o marido nunca mais a forçaria a receber suas atenções. Não importavam as circunstâncias, não importava quanto a desejasse. Lara sempre tivera certo medo de Hunter, de sua natureza dominadora e insensível, mas, de algum modo, ele havia mudado a dinâmica entre eles e agora...

Ela se sentia à beira de um abismo, suspensa no instante de tirar o fôlego que antecedia o pulo.

Seria fácil aceitar a possibilidade de fuga que Hunter oferecera. Lara ficou olhando para o rosto inexpressivo daquele homem. Como o próprio havia lembrado antes, ela sobrevivera a outras noites com ele. Aquela com certeza não seria pior. Talvez pudesse até ser muito melhor. Hesitante, ela tirou o paletó do ombro e foi até o marido.

– Quero ficar com você – falou.

Ao ver que ele não fazia qualquer menção de tocá-la, Lara subiu na cama até ficar ao lado dele, que a observava com uma expressão sombria.

– Você não precisa fazer isso.

– Não preciso, mas quero.

Nervosa, mas determinada, ela tocou o rosto, o ombro do marido, encorajando-o a tomá-la nos braços. Hunter permaneceu imóvel, perplexo, encarando-a como se ela fosse uma aparição, como se tivesse saído de um sonho.

Lara deslizou os dedos pelo espaço quente entre a camisa e o colete de seda dele. Suas mãos se abriram sobre o abdômen musculoso. A imobilidade do marido a encorajou, e ela moveu os dedos até encontrar os botões de madrepérola entalhados, desabotoando um por um até abrir o colete. Então puxou o nó da gravata e percebeu como era difícil afrouxar o linho engomado. Embora sentisse o marido observando seu rosto, Lara se concentrou na tarefa diante de si, até finalmente conseguir soltar a peça de tecido branco.

As pontas do colarinho se abriram, revelando a pele úmida e avermelhada pela gravata apertada. Lara passou a mão pela nuca de Hunter, esfregando a pele com delicadeza.

– Por que os homens usam gravatas tão altas e justas? – perguntou.

Ele semicerrou os olhos ao sentir o toque dela.

– Foi Brummell quem começou com isso – murmurou ele. – Para esconder as glândulas inchadas do seu pescoço.

– O seu é muito elegante – comentou Lara, e passou a ponta do dedo por toda a extensão do pescoço bronzeado. – É uma pena escondê-lo.

A carícia dela fez Hunter respirar fundo, e ele segurou-a pelos pulsos com uma rapidez impressionante.

– Lara – alertou, a voz trêmula –, não comece algo que não vai conseguir terminar.

Com os pulsos ainda presos, Lara se inclinou para a frente. Ela roçou os lábios nos dele em movimentos leves, repetidos e provocantes, até Hunter capturar sua boca em um beijo profundo. Lara reagiu, recebendo com prazer o toque da língua do marido, explorando a boca dele com curiosidade crescente.

Hunter soltou seus braços e deitou-a na cama, beijando sua boca, seu rosto e seu pescoço. Lara passou a mão ao redor da nuca do marido e encarou a silhueta da cabeça e dos ombros dele acima dela.

– Não pare de me beijar – pediu, ansiando por sentir o sabor dele.

Hunter emoldurou o rosto dela entre as mãos e lhe deu um beijo ardente que fez o coração de Lara disparar. Ela ergueu os joelhos, como se quisesse se enrodilhar no corpo dele.

Lara não saberia descrever exatamente a última vez que Hunter fizera amor com ela, só sabia que havia sido um ato mecânico, sem uma única palavra, sem uma única carícia. Como era diferente o modo como ele a tocava naquele momento, as pontas dos dedos se movendo sobre sua pele com a leveza das asas de uma borboleta. Hunter ergueu a bainha do *négligé* até os joelhos dela, inclinou-se na direção de suas pernas e a beijou... nos arcos dos pés, na parte delicada do interior de um dos tornozelos. Lara deixou que ele erguesse a perna dela mais alto, que a abrisse mais, e levou um sustinho prazeroso ao senti-lo mordiscar o espaço sensível atrás do joelho.

– Gosta disso? – perguntou.

– Eu... não... não sei.

Hunter pressionou o rosto contra a parte interna da coxa dela, até Lara sentir a aspereza da barba dele através da seda fina da camisola.

– Pode me dizer do que você gosta – falou ele, a voz abafada. – Ou não gosta. Pode me dizer qualquer coisa que quiser.

– Quando vim até você esta noite – disse Lara –, achei que queria que você terminasse logo com isso.

Ele riu de repente, e a segurou pelas pernas.

– Ah, Lara... Quero fazer esta noite durar o máximo possível. Esperei tanto por isso... só Deus sabe quando terei outra oportunidade...

O calor da boca de Hunter passou através do *négligé* quando ele beijou a coxa da esposa.

Lara ficou tensa e apoiou as pernas nele, sentindo os joelhos batendo no peito musculoso do marido enquanto ele se erguia mais um pouco. A camisola negra era um véu escorregadio entre eles. Hunter distribuiu beijos mais no alto da perna dela, enquanto passava as mãos pelo quadril da esposa, deixando-as deslizarem por baixo das nádegas.

Então a boca de Hunter chegou muito perto de um lugar privado e proibido, e Lara reagiu sem pensar, tentando afastar a cabeça dele. Sem se deter, Hunter segurou uma das mãos dela, beijou os dedos tensos e inclinou a cabeça mais uma vez na direção do corpo contraído da esposa. Lara sentiu a língua dele através da seda, em uma lambida úmida e voluptuosa bem no meio das coxas dela, onde a carne sensível estava nua. Lara gemeu ao experimentar aquela sensação tão íntima, e o marido se acomodou mais pesadamente sobre ela, afastando mais suas pernas. Ele a lambeu de novo, umedecendo o tecido fino, a língua sinuosa e provocante fazendo com que um prazer paralisante a dominasse.

Lara arquejou alguma coisa, sem saber muito bem se era um protesto ou um encorajamento, e Hunter ergueu a cabeça.

– Vamos tentar sem a camisola? – perguntou ele, a voz rouca.

– Não!

Hunter riu diante da resposta rápida e ergueu o corpo até eles estarem face a face.

– Tire – pediu, puxando o *négligé* pelo ombro pálido dela.

– Primeiro, apague o lampião, por favor.

– Não, eu quero ver você – disse ele, beijando a pele delicada que acabara de revelar e enfiando o nariz na dobra macia da axila dela. – Quero que me veja.

Ela o encarou com uma expressão cautelosa. Seria mais fácil no escuro. Seria mais fácil separar o seu eu cotidiano do outro que participava de atos íntimos demais para serem encarados à luz do dia. Lara não queria ver o que estava acontecendo entre eles.

– Não – falou ela, o tom queixoso, mas Hunter ouviu a indecisão em sua voz.

– Meu bem, minha querida – sussurrou contra o ombro dela. – Vamos tentar dessa forma só uma vez.

Lara permaneceu deitada, sem protestar, enquanto o marido abaixava a camisola por seus ombros e a fazia escorregar pelas pernas, deixando-a vulnerável sob a luz fraca do lampião. Ele puxou Lara contra si, a pele nua dela de encontro ao corpo totalmente vestido dele.

– Pode me ajudar? – pediu Hunter.

Lara obedeceu e abriu os botões da camisa dele, amassada e quente contra a pele. Embora Hunter esperasse com toda a paciência, seus músculos estavam tensos e trêmulos de ansiedade, os pulmões trabalhando a toda para conseguir o oxigênio de que precisavam desesperadamente. Enquanto Lara lutava para abrir as abotoaduras francesas, ele cerrou os punhos.

– Quero você – disse Hunter com a voz rouca. – Mais do que já quis qualquer coisa na vida.

Antes que ela pudesse terminar com a abotoadura, Hunter puxou-a para baixo e posicionou o corpo acima do dela, a camisa aberta pendendo dos dois lados do corpo nu de Lara. Ele correu os olhos por ela, absorvendo avidamente cada detalhe. Então a beijou, apoiando o peso do corpo nos cotovelos e nas coxas, o peito musculoso logo acima dela. Havia tantas coisas nele de que Lara não conseguia se lembrar, que nunca ousara investigar. Hesitante, ela tocou o peito nu, tão firme e liso sob as palmas de suas mãos, as pontas escuras dos mamilos, a cintura esguia. O corpo dele já fora robusto e cheio, muito diferente do perfil esbelto e flexível como o de um felino.

Hunter abaixou mais o corpo sobre o de Lara e brincou com os seios dela, erguendo-os nas mãos e contornando os bicos com os dedos. Ele abriu a boca sobre um deles e capturou o mamilo entre os dentes. Lara gemeu, fascinada com a visão da cabeça do marido inclinada sobre o seu peito, enquanto ele sugava e mordiscava, primeiro um, depois o outro. Ela se sentia estranha, febril... Algo estava relaxando em seu peito, todas as defesas desmoronando. Hunter passou para o abdômen dela, e Lara abriu as pernas para convidá-lo a tocá-la, a penetrá-la, a fazer o que quisesse.

Ele percebeu a entrega dela, súbita, e deixou a boca correr por toda parte, saboreando e beijando a cintura dela, a barriga, as coxas... beijando os pelos íntimos, inspirando a fragrância de seu corpo bem ali, entre as pernas. Hunter usou os dedos para apartar gentilmente a carne até achar o ponto que queria, e então pressionou a língua ali. Lara arqueou o corpo ao sentir a onda de prazer ardente, intensa e assustadora, e seus olhos pareciam queimar com lágrimas salgadas. Hunter fez movimentos breves e circulares com a língua, que aumentaram o ardor, fazendo-a arquejar e estremecer. Lara logo sentiu a língua do marido descer e penetrar mais fundo, invadindo sua carne macia. Hunter usou o peso do peito para manter as pernas dela bem abertas, enquanto provocava sensações ainda mais intensas.

Lara se esforçou para levantar o corpo, apoiando-se no cotovelo, usando a mão livre para tocar a cabeça dele, emaranhando os dedos no cabelo cheio. O coração dela batia descompassado, a visão estava borrada e todas as suas sensações, concentradas no ponto em que a boca de Hunter tocava. Ele a venerou, a consumiu e a devastou até aquela onda de prazer se tornar avassaladora, e Lara ser dominada por espasmos intensos, gemendo com a força do clímax.

Depois que a última contração se acalmou, Hunter ergueu o corpo para olhar diretamente nos olhos úmidos e desnorteados de Lara. A expressão dele era séria enquanto enxugava o rosto dela, molhado de lágrimas. Lara tocou a boca do marido com os dedos trêmulos, sentindo a umidade do próprio corpo nos lábios dele.

Hunter pressionou o joelho entre as coxas dela e Lara as afastou sem hesitar, confiando nele com cada parte do seu ser. Ele abriu a calça com dificuldade e ela sentiu uma pressão firme contra a entrada macia de seu corpo. Então se preparou para a dor que imaginou que certamente viria. Hunter penetrou-a lentamente, avançando pela carne suave com tanta lentidão que não houve desconforto algum, apenas a sensação de estar sendo deliciosamente preenchida. O corpo dela aceitou a intrusão, a penetração se aprofundando até ela gemer em um misto de surpresa e prazer.

Agora totalmente dentro dela, Hunter parou e afundou o rosto na curva perfumada do ombro de Lara. Ela sentiu o corpo grande do marido tremer, enquanto ele se esforçava para conter uma eternidade de desejo reprimido.

– Está tudo bem – murmurou ela, passando a mão pelas costas largas dele.

Lara empurrou o quadril para cima, encorajando-o, e Hunter arquejou ao sentir o breve movimento.

– Não, Lara – disse ele, a voz pesada. – Não, por favor eu... Deus, eu não consigo...

Quando ela mais uma vez ergueu o quadril, fazendo com que o membro a penetrasse mais profundamente, Hunter não conseguiu resistir à ondulação gentil do corpo dela. Ele gemeu e chegou ao clímax sem precisar arremeter mais, o corpo se derramando de prazer.

Um longo minuto mais tarde, ainda trêmulo, ele rolou para o lado, puxando Lara junto consigo. Ainda arquejando, Hunter beijou-a com voracidade e ela sentiu em sua boca um gosto salgado, junto com uma essência provocante que não era nada desagradável.

Lara foi a primeira a falar, o rosto pressionado ao peito liso.

– *Agora* posso desligar o lampião?

O peito de Hunter se sacudiu com uma gargalhada. Ele fez a vontade dela e deixou a cama por um momento, estendendo a mão para o lampião. Quando qualquer traço de luz se extinguiu, ele voltou para a esposa, na escuridão.

⁓

Lara despertou de um sonho com Psiquê, a donzela que fora sacrificada a uma serpente alada, mas acabou sendo levada por Eros... o marido desconhecido que a procurava à noite e fazia amor com ela sem ser visto. Ela se deitou de costas, se espreguiçou e quase se surpreendeu ao sentir o corpo de um homem ao seu lado. Na mesma hora, esticou a mão para o lençol, que escorregara para a sua cintura, e sentiu a mão grande que cobriu a dela.

– Não – disse Hunter em um murmúrio baixo. – Estou gostando de ver o luar refletido na sua pele.

Ele estava acordado, observando-a. Lara abaixou os olhos para o próprio corpo, iluminado pela luz azulada que entrava pela janela semiaberta, e continuou a puxar o lençol.

Hunter tirou o tecido da mão dela e o colocou longe do alcance. Ele tocou o bico de um dos seios da esposa, as curvas prateadas descendo até o espaço sombreado entre elas. Lara se virou na direção do marido, buscando sua boca, e o beijo dele foi tão delicioso e provocante que ela sentiu a pulsação voltar a acelerar. As mãos dele deslizaram até as nádegas dela e envolveram a carne arredondada, puxando-a para mais perto.

O membro dele, rígido mais uma vez, estava pressionado contra o abdômen de Lara, agora não mais uma arma a ser temida, e sim um instrumento de prazer. Lara estendeu a mão com todo cuidado para tocá-lo, envolvendo a carne firme com os dedos e deixando-os deslizar ao longo da pele quente e sedosa. O toque dela fez o marido estremecer, seu corpo reagindo avidamente à carícia dela. Lara percebeu que havia coisas que ele queria mostrar a ela, ensinar-lhe, mas, por ora, ele a deixou explorar seu corpo como desejava. Ela abaixou as mãos para os testículos, testando seu peso, então subiu novamente até a ponta larga do membro. Hunter gemeu e colou os lábios ao pescoço dela, beijando-a e declarando quanto a desejava, em murmúrios guturais.

Ele empurrou os joelhos da esposa para cima e os afastou, então se colocou entre eles e a penetrou com uma arremetida profunda. Lara arquejou e endireitou o corpo para acomodá-lo. Houve apenas um instante de desconforto antes que seu corpo aceitasse a invasão com prazer renovado. Ele continuou a penetrá-la em um ritmo firme, intenso e determinado, inclinando o corpo para pressionar o sexo dela a cada movimento. Lara também se ergueu, acomodando-o entre o quadril, as mãos agarrando com força os músculos tensos das costas dele. Hunter a possuiu do jeito intenso e delicioso que ela queria, cobrindo-a com seu peso másculo e tocando-a cada vez mais fundo... Um prazer avassalador.

Ela gritou quando o clímax a atingiu, o corpo transbordando de um prazer líquido, e estremeceu de satisfação. Foi igualmente delicioso compartilhar o gozo de Hunter, segurá-lo nos braços e senti-lo estremecer com as sensações que já não conseguia mais controlar.

Ele permaneceu dentro dela por um longo tempo, os lábios colados aos dela, acariciando, saboreando. Lara fez carinho em seu cabelo farto com uma expressão sonhadora e encontrou o ponto atrás da orelha dele onde a pele era macia e coberta por uma penugem, como a de uma criança. Ela percebeu que Hunter se mexia, preparando-se para sair de dentro dela, e gemeu em protesto.

– Ah, não...

– Vou acabar esmagando você – sussurrou ele, rolando novamente para o lado.

A coxa de Hunter permaneceu entre as dela e ele brincou distraidamente com os pelos úmidos, acalmando-a e excitando-a ao mesmo tempo.

– Era isso que você tinha com lady Carlysle? – perguntou Lara, observando o rosto sombreado dele.

– Nunca tive isso com ninguém.

Satisfeita com a resposta, Lara se aconchegou mais a ele e descansou o rosto em seu peito.

– Hunter?

– Sim?

– O que ela lhe disse mais cedo?

Os dedos dele ficaram imóveis. Ela sentiu uma nova tensão dominar o corpo do marido, que respondeu com certa exasperação.

– Esther ficou desapontada quando deixei claro que não tinha interesse em retomar o nosso *affair*. Tão desapontada, na verdade, que alegou que eu não poderia ser o verdadeiro Hawksworth.

– Ah. – Lara manteve o rosto junto ao peito dele. – Acha que ela pretende fazer algum tipo de acusação pública? – perguntou, o tom cauteloso.

Ele deu de ombros outra vez.

– Duvido. A aristocracia vai presumir que, partindo dela, qualquer alegação desse tipo seria motivada por orgulho ferido. E Esther não tem o menor desejo de fazer papel de tola.

– É claro. – Lara piscou, e seus cílios fizeram cócegas no peito do marido. – Sinto muito.

– Pelo quê?

– Por ter tornado a noite tão difícil para você.

– Bem... – Hunter deixou os dedos encontrarem novamente o espaço entre as coxas da esposa em um movimento gentil que a fez estremecer. A mão dele continuou a explorá-la mais fundo, com gestos experientes, sutis e diabólicos. – Você vai me compensar – murmurou. – Não vai?

– Sim... sim...

E os lábios dela roçaram no peito dele em um suspiro de prazer.

෴

– Mamãe. Mamãe.

Lara bocejou e abriu os olhos, mas logo os estreitou quando a luz do sol a atingiu. Para seu desalento, viu Johnny parado ao pé da cama, o rostinho no mesmo nível do dela. Ele ainda usava a camisa de dormir, os pés estavam sujos e descalços e os cabelos negros, arrepiados.

Quando se deu conta de que a criança a encontrara na cama de Hunter, Lara olhou de relance para trás e viu o marido começando a acordar. Ela manteve as cobertas puxadas até o pescoço e se virou novamente para Johnny.

– Por que está de pé tão cedo? – perguntou.

– As galinhas estão chocando.

Ainda grogue de sono, Lara se lembrou do ninho de ovos de galinha que os dois vinham observando ao longo dos últimos dias.

– Como você sabe disso, meu bem?

– Acabei de ir até lá e vi.

O olhar inocente do menino foi de Lara para Hunter, que se sentou e passou a mão pelos próprios cabelos desgrenhados, deixando o lençol cair até a cintura.

– Bom dia – disse Hunter com toda a calma, como se a situação fosse corriqueira.

– Bom dia – respondeu Johnny, animado, e voltou a atenção para Lara. – Mamãe, por que não está deitada na sua cama?

Lara se encolheu por dentro e decidiu que a explicação mais simples seria a melhor opção.

– Porque lorde Hawksworth me convidou para dormir aqui ontem à noite.

– Onde está a sua camisola?

Ela enrubesceu e evitou com determinação olhar para Hunter ao responder:

– Eu estava com tanto sono que devo ter me esquecido de vestir.

– Mamãe bobinha – disse o menino, rindo do descuido dela.

Lara sorriu de volta para ele.

– Vá vestir seu roupão e calçar seus sapatos.

Quando Johnny desapareceu de vista, Hunter estendeu a mão para Lara, mas ela rolou para o lado e escapuliu da cama. Depois de encontrar a camisa dele no chão do quarto, Lara a vestiu e usou como traje temporário. Ela fechou bem a camisa na frente e olhou para o corpo longo ainda na cama. Hunter se espreguiçava. O olhar deles se encontrou e eles trocaram um sorriso hesitante.

– Como você está? – perguntou Hunter, baixinho.

Lara demorou algum tempo para responder, enquanto se esforçava para dar nome ao sentimento que parecia preenchê-la da cabeça aos pés. Era uma satisfação cálida, mais completa e segura do que qualquer coisa que já sentira antes. Não queria deixar Hunter nem por um minuto, sua vontade era passar aquele dia todo ali, com ele, e o seguinte, e o outro, até ter descoberto tudo a seu respeito.

– Estou feliz – falou por fim. – Tão feliz que me dá medo.

Os olhos dele eram escuros e suaves como melaço.

– Por que medo, meu bem?

– Porque quero desesperadamente que isso dure.

Hunter a chamou para perto de si com um gesto, mas Lara só se aproximou o bastante para um beijinho rápido, então saiu do alcance do marido em passos saltitantes.

– Aonde você vai? – perguntou Hunter.

Ela parou à porta e voltou-se para sorrir para ele.

– Me vestir para ir ver as galinhas, é claro.

Capítulo 15

Algo precisava ser feito a respeito das crianças que estavam vivendo na prisão enquanto o orfanato era ampliado. Deixá-las nas circunstâncias em que se encontravam estava fora de questão. Lara não conseguia suportar a ideia de que qualquer uma delas passasse nem mais uma noite sequer naqueles lugares sujos e perigosos para onde haviam sido mandadas. A única solução era convencer alguns moradores de Market Hill a receberem as crianças em suas casas até o orfanato estar pronto para acolhê-las. Infelizmente, aquela ideia foi recebida com tanta relutância que a espantou.

– Como as pessoas podem ser tão frias? – reclamou Lara com Hunter.

Naquela manhã, ela visitara os moradores da cidade, que educadamente recusaram seus pedidos em benefício das crianças. Andando de um lado a outro na biblioteca, retirou a touca que usava e a jogou em uma cadeira, enquanto abanava o rosto quente.

– As únicas famílias a que pedi para abrigarem uma ou duas crianças têm meios mais do que suficientes para sustentá-las... e o arranjo seria só por alguns meses! Por que ninguém levanta um dedo para ajudar? Eu tinha tanta certeza de que poderia contar com a Sra. Hartcup, ou com os Wyndhams...

– Considerações de ordem prática – respondeu Hunter em tom objetivo, afastando a cadeira da escrivaninha. Ele puxou Lara para o colo e começou a desamarrar a gola de babados presa ao redor do pescoço dela. – Deixando todos os seus impulsos caridosos de lado, querida, você precisa reconhecer que não está pedindo às pessoas que aceitem qualquer criança. Os bons cidadãos de Market Hill veem órfãos de prisioneiros como criminosos em treinamento... E quem poderia culpá-los?

Lara ficou tensa no colo dele e o fitou com uma expressão aborrecida.

– Como você pode dizer isso quando Johnny tem sido um anjo?

– Ele é um bom menino – reconheceu Hunter, com um sorrisinho torto, enquanto lançava um olhar pela janela.

Foi só então que Lara ouviu o barulho de alguma coisa estalando e estourando e percebeu que Johnny estava do lado de fora, entretido mais uma vez em seu passatempo favorito: bater com pedras em minúsculas espoletas, ou atirá-las com sua pistola de brinquedo.

– Mas Johnny é uma exceção – continuou ele. – Muitas crianças na situação em que ele se encontrava certamente demandam cuidado e atenção especiais. Algumas delas podem ser tão pouco confiáveis quanto animais selvagens à solta na cidade. Você não pode esperar que os Hartcups, os Wyndhams ou qualquer outra pessoa assuma uma responsabilidade como essa, Lara.

– Sim, eu posso – insistiu ela obstinadamente, franzindo o cenho para o rosto solidário dele. – Hunter, o que podemos fazer?

– Esperar que a nova ala do orfanato esteja finalizada e os professores extras, contratados – respondeu ele.

– Eu *não posso* esperar. Quero essas crianças fora das prisões imediatamente. Trarei todos para cá e tomarei conta deles eu mesma se for preciso.

– E quanto a Johnny? – argumentou Hunter, o tom tranquilo. – Como vai explicar a ele que todo o seu tempo e atenção estão sendo devotados a uma dúzia de crianças e que não vai sobrar mais nada para ele?

– Direi a ele... vou dizer que... – Lara se interrompeu com um gemido de frustração. – É, ele não vai entender – admitiu.

Hunter balançou a cabeça diante da óbvia infelicidade da esposa.

– Meu amor – murmurou –, eu a aconselharia a endurecer só um pouquinho o seu coração... mas a verdade é que acho que você não consegue.

– Não posso deixá-las dentro das prisões por meses – insistiu Lara.

– Maldição... está certo. Vou ver se posso fazer alguma coisa, embora duvide que vá ter mais sorte do que você.

– Eu sei que vai – falou ela, já esperançosa. – Você tem um talento especial para fazer as pessoas cederem aos seus desejos.

Hunter sorriu subitamente.

– Tenho outro talento que pretendo demonstrar esta noite.

– Talvez – retrucou Lara em um tom provocante, e se levantou em um pulo do colo dele.

Hunter se tornou um improvável aliado, fazendo visitas, persuadindo, barganhando e coagindo as pessoas com todo o seu considerável charme. Não parou até ter encontrado lares temporários para todas as doze crianças. Tendo ela mesma sido objeto de uma das campanhas de convencimento do marido, embora por um motivo bem diferente, Lara sabia exatamente como era difícil negar qualquer coisa a ele.

Ela jamais o veria da mesma forma depois da noite que passaram juntos, a primeira vez em que experimentara prazer e plenitude nos braços de um homem. Ainda mais surpreendente do que a paixão física, tinha sido constatar que podia confiar nele.

Hunter era um homem gentil, pensou Lara ainda fascinada. O marido dela, *gentil*... não apenas com ela, mas com todos ao seu redor... Lara não sabia o que havia causado a mudança, mas se sentia profundamente grata por ela.

Hunter sempre fora um homem ocupado, mas seus interesses atuais eram muito diferentes dos que tinha nos primeiros anos de casamento. Antes, o marido era presença garantida em toda caçada ou evento esportivo, para não mencionar sua assiduidade nos clubes de apostas. Lara desconfiava que os antigos companheiros deviam estar profundamente desapontados ao descobrir que o amigo voltara da Índia com um novo senso de responsabilidade pelos seus dependentes. Ele ampliou os negócios dos Crosslands em empresas de navegação, comércio e indústria, e adquiriu uma cervejaria que dava um lucro constante todo mês. Hunter também se dedicou às próprias terras, e passou a supervisionar pessoalmente o plantio e a colheita, garantindo as melhorias que os arrendatários solicitavam.

Sendo um jovem acostumado ao privilégio e tomado por uma sensação de invulnerabilidade, Hunter antes parecia crer que o mundo existia apenas para satisfazê-lo. A única vez que alguma coisa lhe fora negada foi quando ele teve que se confrontar com a infertilidade de Lara, e sua reação havia sido a pior possível. Agora ele parecia muito mais velho e sábio, não tomava nada como certo e enfrentava as responsabilidades que antes tentava evitar ao máximo.

Não que o Hunter de agora fosse um santo... Havia um toque de libertinagem nele que Lara apreciava. Era um homem sedutor, ardiloso, provocador e a encorajava a deixar de lado seus rígidos padrões de conduta e a se comportar na cama de modos que Lara jamais teria se imaginado capaz. Uma noite, Hunter visitara o quarto dela com a suposta intenção de apreciar o espelho no teto, antes que a peça fosse removida por Smith e seus assistentes.

Ignorando os protestos mortificados de Lara, fizeram amor sob seus próprios reflexos, e riu quando ela se escondeu embaixo das cobertas logo depois. Certa noite, Hunter a levou a um evento musical muito respeitável e passou o tempo todo sussurrando passagens de textos de amor indianos em seu ouvido... Também a acompanhou a um piquenique e a seduziu a céu aberto.

Ele era o marido que Lara jamais sequer ousara esperar ter: compassivo, animado e forte. Ela o amava – era impossível não amar –, embora um resquício de medo a impedisse de admitir isso em voz alta. Com o tempo, ela se declararia, quando se sentisse segura para isso. Parte do seu coração esperava que Hunter provasse quem ele era, que lhe desse um sinal, uma pista que permitisse que ela se entregasse completamente a ele.

⁓

Lara tinha protegido o vestido com um avental grande e estava de pé no canto da bancada da cozinha, triturando linhaça em um pequeno almofariz de mármore. Quando terminou, ela raspou o pó oleoso da tigela e o colocou em uma xícara com cera de abelha derretida. Aquela era uma antiga receita de família para aliviar gota – uma aflição que vinha atormentando um morador de Market Hill, sir Ralph Woodfield. Embora sir Ralph fosse um homem orgulhoso, que detestava pedir favores a quem quer que fosse, ele havia mandado um criado até o castelo naquela manhã para solicitar uma dose do tratamento.

Lara colocou mais meia xícara de linhaça no almofariz, apreciando o aroma da cera de abelha que esfriava, e começou a macerar as sementes com movimentos circulares do pilão. A cozinheira e duas copeiras estavam na outra extremidade da bancada, sovando grandes blocos de massa de pão e moldando-os em formas retangulares perfeitas. Estavam todas sendo entretidas por uma das criadas, que cantava em um tom animado uma canção de amor muito popular no vilarejo naquele momento. Ela trabalhava a massa com destreza, no ritmo da música:

"Ah, o rapaz que me conquistar os bolsos cheios de ouro deve ter
E também um cavalo, uma carruagem e um relógio de prata
Melhor ainda se belo e destemido ele vier a ser,
Com belos cachos castanhos e os olhos azuis de um aristocrata..."

A música continuava com a exaltação extravagante das virtudes do homem imaginário, até todas as mulheres da cozinha estarem rindo.

– Como se um homem *assim* pudesse ser encontrado em Market Hill!

Em meio às risadas gerais, Naomi entrou na cozinha discretamente, a saia do vestido de passeio suja de poeira das ruas do vilarejo. Ela foi até Lara depressa, enquanto retirava a touca e revelava a testa franzida.

– Naomi – falou Lara, parando o que estava fazendo. – Você está de folga... Achei que passaria o dia todo no vilarejo com seus amigos.

– Tive que voltar imediatamente, milady – murmurou Naomi, enquanto as outras continuavam a cantar e a conversar. – Não sei no que acreditar, ou se há alguma verdade nisso, mas... ouvi um boato no vilarejo.

Lara deixou de lado o pilão e fitou a camareira com curiosidade.

– É sobre lady Lonsdale – continuou Naomi. – A senhora sabe que sou amiga da camareira dela, Betty, certo? Bem, estávamos conversando... – Claramente desconfortável, a criada respirou fundo e terminou em um rápido fluxo de palavras. – E-Betty-disse-que-é-segredo-mas-que-lady-Lonsdale--está-doente.

Ciente de que todas na cozinha estavam ouvindo, Lara puxou Naomi para um canto e sussurrou:

– Doente? Mas não pode ser... Por que ela não me avisaria?

– Betty disse que a família não quer que ninguém saiba.

– Doente como? – perguntou Lara, aflita. – Naomi, a camareira de Rachel lhe disse se... se Lonsdale cometeu alguma violência contra a minha irmã?

A criada abaixou os olhos.

– Lady Lonsdale disse que caiu da escada. Betty não estava por perto e não viu acontecer, mas diz que parece pior do que uma simples queda. Ela falou que lady Lonsdale está em mau estado, e nem sequer mandaram chamar um médico.

Horror, inquietação, e principalmente fúria... Lara tremia com a torrente de emoções que a invadira. Lonsdale agredira Rachel fisicamente mais uma vez. Lara tinha certeza. E, assim como das outras vezes, arrependera-se depois – e ficara envergonhado demais para mandar chamar um médico mesmo que Rachel carecesse de cuidados profissionais. A mente de Lara se encheu de planos. Precisava ir até a irmã, tirá-la de perto de Lonsdale, levá-la para um lugar seguro, cuidar dela para que se recuperasse.

– Milady – pediu Naomi, hesitante –, por favor, não conte a ninguém como a senhora descobriu. Eu não gostaria que Betty fosse dispensada do trabalho por causa disso.

– É claro que não contarei – respondeu Lara, espantada com seu tom calmo, apesar do caos em sua mente. – Obrigada, Naomi. Fez bem em me contar.

– Sim, milady.

Parecendo aliviada, a camareira pegou a touca e saiu da cozinha.

Sem olhar para a cozinheira e para as criadas, que haviam começado a cochichar, Lara se retirou, zonza, até chegar no salão dos cavalheiros. As paredes ali eram cobertas com uma variedade de animais empalhados que Hunter e o pai dele haviam caçado. Olhos de vidro assustadoramente cintilantes haviam sido colados nas caras sombrias dos animais. A aura presunçosa de vitórias masculinas, cultivada através de gerações de Hawksworths, parecia encher a casa.

Lara se pôs imediatamente em ação: foi até os armários ao lado da longa fileira de estojos de armas e abriu-os furtivamente. Ali, encontrou sacos de munição, material de limpeza, pólvora e caixas de mogno que guardavam pistolas repousando em veludo. Pistolas com cabo de pérola, de madeira, de prata... entalhadas, gravadas e adornadas de forma tão suntuosa quanto artefatos religiosos.

Na verdade, Lara jamais atirara com uma pistola antes, mas vira Hunter e outros homens que conhecia usando a arma. Carregá-la e manejá-la parecia bem fácil. Dominada por uma fúria que aumentava a cada minuto, ela mal se deu conta de que alguém entrara no salão, até Hunter falar.

Ele havia retornado da inspeção de uma nova cerca que havia sido construída na propriedade e usava roupas de montaria.

– Teremos um duelo? – perguntou, o tom leve, enquanto se adiantava para retirar uma das pistolas das mãos trêmulas da esposa. – Se pretende matar alguém, insisto em saber com antecedência.

Lara resistiu e segurou a arma com força contra o corpo.

– Sim – respondeu ela, a fúria angustiada agora evidente quando encarou o rosto firme do marido, com os olhos marejados. – Sim... Vou matar o seu amigo. Lonsdale agrediu Rachel e a feriu de novo, *de novo*... Não sei em que condição ela está, mas pretendo tirá-la daquele lugar. Já devia ter feito isso há muito tempo! Só espero que ele esteja lá quando eu chegar, assim vou poder acertar uma bala em seu coração...

– Calma.

A mão grande de Hunter se fechou ao redor da pistola. Ele tirou a arma da mão de Lara e a pousou em uma mesa lateral. Então, virou-se para a esposa, o olhar atento em seu rosto molhado de lágrimas. De algum modo, a sólida presença de Hunter acalmou o pânico que Lara sentia. Ele a tomou nos braços e a puxou junto ao peito, murmurando baixinho contra o cabelo dela.

Lara fungou e enfiou a mão por dentro do colete até sentir o pulsar firme do coração do marido. A sensação do hálito quente de Hunter no topo da sua cabeça a fez estremecer. Era tão terrivelmente íntimo chorar nos braços do marido... Ainda mais do que fazer amor. Ela odiava se sentir tão impotente. Mas Hunter nunca lhe parecera tanto com um marido como naquele momento. Acalmando-se, Lara inspirou o cheiro familiar dele e suspirou.

Hunter pegou um lenço e secou as lágrimas do rosto dela.

– Está tudo bem – disse ele com gentileza, enquanto Lara assoava o nariz. – Agora me conte o que aconteceu.

Lara balançou a cabeça, sabendo que ele não seria de qualquer ajuda, não no que dizia respeito a Lonsdale. Os dois eram amigos havia muito tempo e Lara sabia que homens como Hunter e Lonsdale consideravam a amizade mais sagrada do que o casamento. Uma esposa, como o próprio Hunter dissera anos antes, era uma necessidade inevitável. Todas as outras mulheres eram para diversão. Os amigos, no entanto, eram cuidadosamente escolhidos e cultivados para a vida.

– Você mencionou Lonsdale – insistiu Hunter ao ver que Lara permaneceria em silêncio. – O que aconteceu?

Ela tentou se desvencilhar dos braços dele.

– Não quero falar sobre isso. Você só vai defender Lonsdale, como fez no passado. Vocês homens sempre se defendem em assuntos como esse.

– Por favor, Lara.

– Naomi ouviu um rumor no vilarejo hoje de que Rachel está doente. Que ela teria se machucado depois de cair da escada. Sabendo o que eu sei sobre a minha irmã e o marido dela, estou convencida de que algo muito mais abominável aconteceu.

– Bem, não passa de uma fofoca, então. Até ser confirmada por alguma prova...

– Você consegue duvidar? – perguntou Lara, furiosa. – Lonsdale aproveita qualquer desculpa para descontar sua raiva em cima da minha irmã. Todo mundo sabe, mas ninguém ousa interferir. E Rachel prefere morrer a admitir. Ela nunca vai deixar o marido, nem dizer qualquer palavra contra ele.

– A sua irmã é uma mulher adulta, Lara. Deixe que ela tome as próprias decisões em relação ao assunto.

Lara o fitou com raiva.

– Rachel não tem condições de tomar qualquer decisão no que diz respeito a Lonsdale. Assim como todo mundo, ela acredita que a esposa é propriedade do marido. Um homem pode chutar seu cachorro, chicotear seu cavalo, bater na própria esposa... Tudo isso está dentro dos seus direitos. – Os olhos de Lara ficaram marejados novamente. – Mas não sei a gravidade do que ele fez a ela desta vez. E também não estou lhe pedindo para fazer nada, porque sei da sua amizade com Lonsdale. Só peço que se afaste enquanto faço o que preciso fazer.

– Não posso. Não quando você começa a remexer no meu armário de pistolas. – Ele a deteve quando ela estendeu a mão para outra caixa de mogno. – Lara, olhe para mim. Vou até lá descobrir se há motivo para preocupação. Isso vai deixá-la satisfeita?

– Não – respondeu ela, obstinada. – Quero ir também. E não importa qual seja o estado de saúde de Rachel, quero trazê-la para cá.

– Você está sendo absurda – falou Hunter, o tom duro. – Você não pode interferir no casamento de um homem e tirar a esposa dele de sua própria casa.

– Não me importo com a lei! Só me preocupo com a segurança da minha irmã.

– E o que você sugere que façamos para mantê-la aqui quando ela quiser ir para casa – zombou ele. – Vamos trancá-la em um quarto? Acorrentá-la à mobília?

– Vamos! – berrou Lara, embora soubesse que estava sendo irracional. – Vamos fazer qualquer coisa para mantê-la longe daquele monstro.

– Nada disso – declarou Hunter, muito sério. – Se Rachel estiver doente, você só vai piorar as coisas deixando-a nervosa.

Lara se desvencilhou dele, foi até uma vitrine de armas e pressionou as mãos contra um painel de vidro frio, deixando a marca dos dedos na superfície imaculada.

– Você não tem irmãos nem irmãs – disse, engolindo as lágrimas que apertavam sua garganta. – Se tivesse, entenderia como me sinto em relação a Rachel. Desde que minha irmã nasceu, eu me sinto responsável por ela.

– Lara esfregou os olhos vermelhos. – Uma vez, quando éramos pequenas, Rachel quis subir em uma árvore grande no nosso quintal. Embora meu pai tenha proibido, ajudei Rachel a subir comigo. Estávamos sentadas em um dos galhos, balançando as pernas, quando de repente ela perdeu o equilíbrio e caiu. Rachel quebrou o braço e a clavícula. Eu não consegui impedir, só fiquei ali olhando enquanto ela caía, sentindo o meu estômago dar cambalhotas, como se fosse *eu* quem estivesse caindo. Teria dado qualquer coisa para trocar de lugar com ela. É assim que me sinto agora, sabendo que algo terrível está acontecendo com Rachel, enquanto eu só posso ficar olhando.

O queixo de Lara tremia violentamente, e ela cerrou o maxilar para se impedir de chorar de novo.

Um longo tempo se passou. O silêncio no salão era tão grande que ela até poderia acreditar que Hunter havia saído, se não estivesse vendo parte do reflexo dele no vidro agora manchado.

– Sei que você não pode fazer nada – falou Lara, a voz rígida. – Sei que não vai fazer do seu amigo mais próximo um inimigo, porque é isso que vai acontecer se ousar interferir.

Hunter soltou um palavrão que arrepiou os pelos da nuca da esposa.

– Maldição... Fique aqui – disse ele, a voz irritada. – Trarei Rachel para você.

Lara se virou rapidamente e encarou-o com os olhos arregalados de espanto.

– Mesmo?

– Eu juro – prometeu ele.

Ela sentiu uma onda de alívio invadi-la.

– Ah, Hunter...

Ele balançou a cabeça, a expressão severa.

– Não me agradeça por fazer algo totalmente contra a minha vontade.

– Então por que...?

– Porque é óbvio que, se eu não agir, você não vai me dar um instante de descanso, maldição! – Ele parecia prestes a esganá-la. – Ao contrário de você, não tenho essa necessidade incontrolável de salvar o mundo... Só gostaria de ter um pouco de paz. Depois desse breve episódio, eu adoraria passar alguns dias ao menos sem ter que me preocupar com órfãos, idosos, ou qualquer outra criatura desafortunada. Queria uma noite ou duas de privacidade. Se não for pedir demais.

O olhar perspicaz de Lara encontrou o dele, furioso. Ela percebeu que o marido não queria parecer um príncipe encantado. Hunter estava tentando deixar claro que seus motivos eram mais egocêntricos do que generosos.

Sem sucesso, porém. Porque nada poderia disfarçar o fato de que Hunter estava, mais uma vez, fazendo a coisa certa. Lara ficou encantada, silenciosamente, diante de mais uma prova de como ele havia mudado.

– Preciso confessar uma coisa – disse ela.

– O quê? – perguntou Hunter, a voz fria.

– Certa vez, anos atrás... eu cheguei a invejar Rachel, porque... – Ela desviou os olhos do rosto indignado dele e manteve-os fixos no tapete. – Quando se casou com Lonsdale, ela achava que estava apaixonada por ele. Ele parecia tão arrojado e romântico e, quando eu comparava vocês dois, você parecia... pior. Você era sério e autocentrado demais, e não tinha o charme de Lonsdale. Com certeza não é surpresa ouvir que eu não amava você. Meus pais haviam arranjado o nosso casamento, afinal, e aceitei aquilo como uma escolha sensata. Mas eu não podia deixar de pensar, quando via o afeto entre Rachel e Lonsdale, que ela fizera o melhor casamento. Nunca pretendi admitir uma coisa dessas para você, mas agora... – Lara torceu as mãos com força. – Agora vejo como estava errada. Você se tornou tão... – Ela parou, enrubescida, antes que a gratidão e algo mais profundo, uma emoção mais dinâmica, a forçassem a terminar. – Você é muito mais do que eu jamais imaginei que pudesse ser. De algum modo, você se transformou em um homem em quem posso confiar e me apoiar. Em um homem que posso amar.

Lara não ousou olhar para Hunter, já que não tinha ideia se sua confissão era algo que ele desejava ou não. Hunter passou por ela, suas botas se afastando de seu campo de visão, e passou direto pela porta semiaberta... deixando-a sozinha com o eco da própria confissão impetuosa.

Capítulo 16

Parecia que os criados da propriedade de Lonsdale haviam escolhido seus lados por gênero, os homens apoiando o patrão, enquanto as mulheres se solidarizavam com a senhora da casa. Dois lacaios e um mordomo de expressão severa fizeram o possível para evitar que Hunter entrasse na mansão Lonsdale, enquanto a governanta e a camareira pairavam ao redor, observando a cena com expressões ansiosas. Hunter percebeu que as duas mulheres estavam mais do que dispostas a lhe mostrar onde ficava o quarto de sua cunhada.

Ele manteve o rosto sem expressão enquanto encarava o mordomo, um homem idoso, com décadas de lealdade aos Lonsdales. Não havia dúvida de que ele já vira ou ajudara a esconder muitos desmandos cometidos pela família. O homem foi educado e altivo quando cumprimentou Hunter, mas um lampejo de desconforto em seus olhos revelou que algo não estava certo. Ele estava flanqueado por uma dupla de lacaios que pareciam preparados para tirar Hunter à força da mansão.

– Onde está Lonsdale? – perguntou Hunter, o tom breve.

– O patrão está fora, milorde.

– Soube que lady Lonsdale está doente. Vim me certificar pessoalmente de seu estado.

O mordomo manteve a altivez, mas pareceu um pouco mais ruborizado.

– Não posso confirmar qualquer detalhe relativo à saúde de lady Lonsdale, milorde. Naturalmente se trata de um assunto particular. Talvez o senhor possa falar com lorde Lonsdale quando ele retornar.

Hunter fitou os lacaios e as duas mulheres perto da escada. Suas expressões fixas o fizeram perceber que Rachel estava realmente doente.

A situação o fez se lembrar de uma ocasião na Índia, quando ele visitou a casa de um amigo moribundo, e encontrou o lugar cheio de parentes dos dois lados da família. O desespero silencioso que pairava no ar era como uma bruma de fumaça. Todos sabiam que, se o homem morresse, a esposa deveria ser queimada viva na pira junto com o cadáver. Hunter se lembrou da imagem da mão estampada em tinta vermelha, deixada em uma porta pela esposa enlutada pouco antes de se encaminhar para cumprir a antiga tradição do *sati*. A marca fora tudo que restara para lembrar ao mundo da existência da mulher. Para profunda frustração de Hunter, ele não havia podido fazer nada para ajudá-la na ocasião. Os indianos eram tão veementes na defesa do *sati* que seriam capazes de matar um estrangeiro que ousasse interferir.

Como a vida de uma mulher era pouco valorizada em tantas culturas... Mesmo ali, na Inglaterra, onde supostamente eram todos tão modernos e esclarecidos. Hunter não tivera como questionar a afirmação de Lara de que, perante a lei inglesa, a esposa é propriedade do marido, que poderia fazer o que quisesse com ela. A julgar pela ansiedade que parecia pairar naquele lugar, a desafortunada lady Lonsdale estava prestes a ser vítima do menosprezo e da insensibilidade da sociedade. A menos que alguém interviesse.

Hunter falou com o mordomo, embora suas palavras fossem dirigidas a todos eles:

– Se ela morrer – falou em voz baixa –, vocês provavelmente serão acusados de cúmplices de assassinato.

Ele pôde sentir, mesmo sem ver, como o comentário afetara o grupo. Uma onda de medo, de culpa e de preocupação se espalhou rapidamente pelo saguão. Todos permaneceram imóveis, até o mordomo, quando Hunter se dirigiu para a escada. Ele parou diante da governanta roliça.

– Me mostre o quarto de lady Lonsdale.

– Sim, milorde.

A mulher subiu a escada com tanta rapidez que Hunter se viu obrigado a subir de dois em dois degraus para acompanhar o passo.

O quarto de Rachel estava silencioso e escuro, com um traço de perfume doce e seco no ar, as cortinas de veludo, fechadas, a não ser por uma pequena fresta que permitia a entrada de alguns raios de sol. Rachel estava reclinada sobre travesseiros grandes enfeitados com renda, o cabelo longo e solto, o corpo frágil vestido com uma camisola branca. Não havia hematomas aparentes em seu rosto, ou nos braços, mas sua pele tinha uma palidez estranha e seus lábios estavam secos e sem cor.

Ao perceber que havia alguém no quarto, Rachel abriu os olhos e estreitou-os ao ver a silhueta de Hunter. Ela deixou escapar um gemido de medo e Hunter percebeu que a cunhada o confundira com Lonsdale.

– Lady Lonsdale – disse ele baixinho, parando ao lado dela. – Rachel. – Hunter viu a cunhada tentando se encolher para longe dele. – O que aconteceu com você? Há quanto tempo está doente?

Ele pegou a mão fina e fria e esfregou os dedos da cunhada.

Rachel o fitou com a expressão de um animal ferido.

– Eu não sei – sussurrou. – Não sei o que aconteceu. Ele não fez de propósito, tenho certeza... mas de algum modo eu caí. Repouso... é só do que eu preciso. É só que... dói tanto... não consigo dormir.

Ela precisava de muito mais do que repouso, a começar por uma consulta com o Dr. Slade. Hunter nunca prestara muita atenção a Rachel, e pensava nela apenas como uma imitação atraente, mas menos interessante, de Lara. No entanto, vendo a leve semelhança daquela mulher com a esposa e seu óbvio sofrimento, ele sentiu um aperto de pena no peito.

– Lara me pediu para buscá-la – disse Hunter em um resmungo. – Deus sabe que você não deveria ser removida nessas condições, mas eu prometi a ela... – Ele se interrompeu, frustrado.

O nome de Lara pareceu penetrar o pesadelo doloroso de Rachel.

– Ah, sim... Larissa. A minha irmã. Por favor.

Hunter desviou os olhos para a governanta, que estava parada por perto.

– Que diabos está acontecendo?

– Ela está sangrando, senhor – respondeu a governanta em voz baixa. – Desde a queda. Nada que fazemos é capaz de estancar o sangramento. Eu queria mandar chamar o médico, mas o patrão proibiu. – A voz da mulher agora mal era audível. – Por favor, senhor... leve-a daqui antes que ele volte. Não há como saber o que pode acontecer se o senhor não fizer isso.

Hunter olhou novamente para a mulher apática na cama e puxou as cobertas para baixo. Havia manchas de sangue seco na camisola de Rachel e embaixo dela. Ele ordenou em um tom ríspido que a governanta o ajudasse e, juntos, eles passaram um roupão macio de cambraia ao redor do corpo enfermo da mulher. Rachel tentou ajudar, levantando os braços com determinação para enfiá-los nas mangas do roupão, mas até mesmo o mais breve movimento parecia lhe causar agonia. Seus lábios estavam azulados e cerrados com força quando a governanta abotoou a frente do roupão.

Hunter se inclinou e passou os braços por baixo do corpo da cunhada, falando como se ela fosse uma criança pequena.

– Boa menina – murmurou, erguendo-a com facilidade. – Vou levá-la para Larissa e logo você estará melhor.

Mesmo com toda a gentileza com que Hunter a segurava, ela gemeu de dor quando ele a aconchegou junto ao peito, os pés descalços pendurados, frouxos. Hunter praguejou silenciosamente e se perguntou se movê-la não acabaria resultando em sua morte.

– Vá, milorde – instou a governanta diante da hesitação dele. – É o melhor a se fazer... O senhor precisa acreditar em mim.

Hunter assentiu e saiu com Rachel do quarto. A cabeça dela relaxou no ombro dele e Hunter achou que a cunhada havia desmaiado, mas, enquanto descia as escadas com ela, ouviu um sussurro febril.

– Obrigada... seja você quem for.

A dor e a perda de sangue provavelmente a haviam deixado delirante, pensou ele.

– Sou Hawksworth – falou, tentando não balançá-la enquanto continuava a descer os degraus.

– Não, não é – foi a resposta débil, mas decidida, dela.

Seus dedos magros tocaram o rosto de Hunter em uma bênção gentil.

O trajeto na carruagem até o castelo Hawksworth foi difícil, com Rachel muito pálida, arquejando de dor toda vez que as rodas encontravam um sulco ou um buraco na estrada. Ela estava deitada no assento de veludo, o corpo encolhido, cercada de travesseiros e mantas que de pouco adiantavam para aliviar seu sofrimento. Depois de algum tempo, Hunter reparou que se encolhia a cada gemido baixo que escapava da cunhada, e percebeu que a dor dela o afetava mais do que ele havia esperado.

Como todos os outros, Hunter optara por ignorar o tratamento que Lonsdale dava a Rachel, convencido de que o que acontecia entre um casal na privacidade do lar não era da sua conta. Ele não tinha dúvidas de que muitas pessoas diriam que ele estava indo longe demais ao tirar Rachel de dentro da casa de Lonsdale. *Para o inferno com todos eles*, pensou furioso, enquanto Rachel gemia de dor. Aquilo era culpa de todos em Market Hill e de todos os amigos e parentes dos Lonsdales. Todos haviam permitido que a situação chegasse àquele ponto.

Parecia quase um milagre que Rachel não tivesse morrido durante o terrível trajeto de carruagem. Quando finalmente chegaram ao castelo Hawksworth, Hunter carregou a cunhada para dentro de casa com todo o cuidado. E descobriu que o velho Dr. Slade já estava lá, esperando com Lara. A esposa não pareceu surpresa com a condição da irmã, e ele se deu conta de que ela já esperava pelo pior. Sob a orientação dela, Hunter levou a paciente até um quarto de hóspedes e acomodou-a sobre os lençóis de linho. Enquanto as criadas se agitavam ao redor, Lara se inclinava sobre Rachel, e o médico procurava o material de que precisava em sua valise. Então Hunter saiu do quarto.

Sua parte estava feita. Ele imaginou que deveria sentir alguma satisfação por ter cumprido a promessa que fizera à esposa, mas na verdade se sentia perturbado e inquieto. Hunter foi até a biblioteca e se fechou lá, onde tomou um cálice de conhaque lentamente, perguntando-se como diabos lidaria com Lonsdale quando ele aparecesse. Não importava o quanto seu amigo parecesse arrependido, Hunter sabia que não poderia permitir que ele levasse a esposa de volta. Afinal, como Lonsdale poderia convencer qualquer um deles de que não voltaria a fazer mal a Rachel? Como poderiam ter certeza de que ele não a acabaria matando?

Lonsdale não mudaria, concluiu Hunter, servindo-se de um segundo cálice de conhaque. As pessoas não mudam. Ele se lembrou do que Lara havia lhe dito mais cedo: *De algum modo, você se transformou em um homem em quem posso confiar e me apoiar. Em um homem que posso amar.* A confissão sincera, feita com uma esperança tão doce, enchera Hunter de um anseio agridoce. Ele não soubera como responder na hora, e ainda não sabia. Ele desejava o amor de Lara. Faria qualquer coisa para tê-la, mas não podia evitar pensar que talvez acabasse se provando tão destrutivo para ela, a seu próprio modo, quanto Lonsdale era para Rachel.

Um criado apareceu para lhe dizer que o médico estava pronto para partir, e Hunter deixou o conhaque de lado. Ele chegou ao saguão principal no mesmo instante que Lara e o Dr. Slade também chegavam. O médico estava sério, com uma expressão sombria de desprazer, as rugas parecendo mais proeminentes do que o normal, dando-lhe uma aparência de um buldogue emburrado. Lara parecia composta, mas tensa, a fachada calma escondendo uma confusão de emoções.

Hunter olhou de um para o outro, esperando por notícias.

– Então? – perguntou, impaciente.

– Lady Lonsdale sofreu um aborto – respondeu o Dr. Slade. – Parece que ela não sabia que estava grávida até o sangramento começar.

– Como isso aconteceu?

– Lonsdale a empurrou da escada – disse Lara baixinho, os olhos soltando faíscas. – Ele tinha bebido demais, como sempre, e estava de mau humor. Rachel diz que o marido não sabia o que estava fazendo.

O Dr. Slade franziu intensamente a testa.

– Que coisa lastimável – comentou. – Nunca pensei que diria isso, mas é uma bênção que o velho lorde Lonsdale não esteja vivo para ver no que o filho se tornou. Eu me lembro do orgulho com que ele costumava falar do menino...

– Ela vai ficar bem? – interrompeu Hunter, percebendo que o médico estava prestes a começar uma longa reminiscência.

– Acredito que lady Lonsdale vá se restabelecer plenamente – respondeu o Dr. Slade –, desde que repouse bastante e receba os cuidados necessários. Sugiro que ela não seja perturbada, já que está muito frágil. Quanto ao marido... – Ele hesitou e balançou a cabeça, reconhecendo silenciosamente que o assunto estava além das suas possibilidades. – Só se pode esperar que ele seja dissuadido desse tipo de comportamento inaceitável.

– Ele será – falou Lara, a voz firme, antes que Hunter pudesse responder.

Ela se virou sem olhar para nenhum dos dois e voltou a subir a escada para ficar junto da irmã. Algo na rigidez da postura dela, na inclinação régia da cabeça, fez Hunter se sentir ligeiramente culpado, como se ele e o médico tivessem sido manchados pelas ações de Lonsdale. Como se os dois tivessem sido julgados e condenados por participarem de uma grande conspiração masculina contra as mulheres.

– Maldito Lonsdale – murmurou, a testa franzida.

O médico esticou a mão e deu uma palmadinha gentil no ombro de Hunter.

– Eu entendo, meu rapaz. Sei bem do afeto que você sente pelo seu amigo. Mas, se a opinião de um homem já velho significa alguma coisa, saiba que estou satisfeito por você ter colocado lady Lonsdale sob sua proteção. Isso mostra uma compaixão de que a família Crossland muitas vezes careceu. Sem querer ofender.

Hunter torceu os lábios em uma expressão irônica.

– Não posso me ofender com a verdade – disse ele, e chamou uma carruagem para levar o médico para casa.

Lara se manteve ao lado da cama de Rachel durante toda a noite, até começar a cochilar na cadeira, mesmo que ainda estivesse sentada muito ereta. Acordou assustada ao perceber uma silhueta grande se movendo pelo quarto.
– O que...?
– Sou eu – murmurou Hunter, encontrando-a no escuro e pousando as mãos em seus ombros. – Venha para a cama, Lara. Sua irmã está dormindo... Você pode cuidar dela pela manhã.
Lara bocejou e balançou a cabeça, encolhendo-se ao sentir uma pontada de dor nos músculos do pescoço.
– Não. Se ela acordar... se precisar de alguma coisa... quero estar aqui.
Ela não conseguiria explicar a sensação irracional de que não deveria deixar a irmã sozinha, de que Rachel precisava de proteção constante contra monstros reais e invisíveis.
Hunter passou as pontas dos dedos pelo pescoço dela em uma carícia gentil.
– Você não vai poder ajudar em nada se estiver exausta – insistiu ele.
Lara encostou o rosto na palma da mão dele e sussurrou:
– Quero fazer alguma coisa, mesmo que seja só observá-la dormir.
Hunter passou o polegar pelas têmporas dela, e se inclinou para beijar sua cabeça.
– Vá para a cama, meu bem – disse, a voz abafada contra o cabelo da esposa. – Eu vou ficar aqui tomando conta dela.
Apesar da relutância de Lara, Hunter a tirou da cadeira e a fez sair do quarto. E Lara foi andando como uma sonâmbula até a cama.

Lonsdale foi ao castelo Hawksworth na tarde seguinte. A princípio, Lara não se deu conta de sua chegada, já que passara a maior parte do dia isolada no quarto com Rachel. Ela conseguira convencer a irmã a tomar um pouco de sopa e a comer uma colherada de manjar branco, e administrara o remédio que o Dr. Slade deixara. Silenciosa e exausta, Rachel pareceu satisfeita com a trégua que o remédio oferecia. Ela adormeceu rapidamente, segurando a mão da irmã com uma confiança pueril que partiu o coração de Lara.

Depois de se desvencilhar com todo o cuidado da mão da irmã, Lara acariciou seu longo cabelo castanho e sussurrou:

– Durma bem, querida. Vai ficar tudo bem.

Ela saiu do quarto, deliberando consigo mesma como e quando deveria contar aos pais sobre o que acontecera com Rachel. Seria uma conversa desagradável, para dizer o mínimo. Lara imaginava que os dois negariam tudo, que diriam que Lonsdale era um bom homem, e que talvez ele tivesse cometido um erro que deveria ser compreendido e perdoado por todos.

Lara sabia que o apoio do marido era essencial para que ela conseguisse manter Lonsdale longe de Rachel. Ela não teria o que fazer se Hunter mudasse de ideia. Só ele era capaz de evitar que Lonsdale levasse a esposa de volta para casa e fizesse tudo o que quisesse com ela. Lara sentia-se grata por tudo que Hunter fizera até ali, mas não podia evitar temer que a longa amizade dos dois acabasse prevalecendo. Ela não conseguia imaginar o marido negando a Lonsdale o acesso à própria esposa. E se Hunter cedesse às exigências... Lara não sabia o que faria.

Com aqueles pensamentos desesperados a mil em sua mente, ela se aproximou do topo da escada que levava ao grande saguão. O som de vozes masculinas a alcançou, carregadas de uma intensidade alarmante. Ela segurou a saia e desceu rapidamente a escada. Quando chegou ao último degrau, teve uma visão clara de Hunter conversando com Lonsdale.

A visão do cunhado – bem-vestido e com uma beleza jovial – a encheu de fúria. Lonsdale parecia relaxado e encantador, como se nada de errado estivesse acontecendo. Maldita fosse ela se permitiria que aquele homem voltasse a colocar as mãos em Rachel... Acertaria um tiro nele sem pestanejar se fosse necessário.

Embora Lara não fizesse qualquer som, Hunter sentiu sua presença. Ele se virou e a fitou com um olhar muito sério e intenso.

– Fique aí – disse, a voz tensa.

Ela obedeceu, o coração batendo com muita força, enquanto Hunter voltava novamente a atenção para Lonsdale.

– Hawksworth – murmurou Lonsdale, parecendo perplexo com a recepção fria que tivera. – Pelo amor de Deus, homem, quanto tempo vai me deixar parado aqui? Me convide para entrar e vamos conversar com calma, enquanto bebemos alguma coisa.

– Este não é o momento para uma bebida e uma conversa tranquila, Lonsdale – declarou Hunter sem rodeios.

– Sim, bem... o motivo por que estou aqui é óbvio – disse Lonsdale, que fez uma pausa e depois perguntou com certa preocupação: – Como está a minha esposa?

– Nada bem.

– Não vou fingir que estou entendendo o que se passa aqui. Rachel sofreu um acidente doméstico e, em vez de permitir que ela se recupere em sua própria casa, você a arrastou pelo campo... Tudo para satisfazer um capricho de Lara, sem dúvida. Compreendo a reação de Lara... Ela é como todas as mulheres, não tem qualquer bom senso... mas *você*... – Lonsdale balançou a cabeça, surpreso. – O que deu em você, Hawksworth? Não é do seu feitio se meter nos assuntos de outro homem, ainda mais quando esse homem é o melhor amigo que você já teve, maldição!

– Não mais – disse Hunter em voz baixa.

Lonsdale estreitou os olhos, sem acreditar.

– Como é? Você é como um irmão para mim, Hawksworth. Nenhum problema causado por uma mera mulher pode se colocar entre nós. Só me deixe levar Rachel, e ficaremos bem de novo.

– Ela não pode ser removida.

Lonsdale soltou uma risada incrédula diante da recusa.

– Ela será movida se eu determinar que sim. Rachel é minha esposa. – Ele ficou sério ao ver que Hunter continuava a encará-lo com uma expressão implacável. – Por que está me olhando desse jeito? O que diabos está acontecendo?

Hunter não piscou.

– Vá embora, Terrell.

O outro homem franziu a testa, ansioso.

– Me diga como está Rachel!

– Ela estava grávida – contou Hunter, a voz sem expressão. – E perdeu o bebê.

A cor pareceu fugir totalmente do rosto de Lonsdale e sua boca se moveu em um movimento convulsivo. Hunter balançou a cabeça, recusando-se a ceder.

– Ela está sendo cuidada aqui.

– A minha esposa perdeu o bebê porque você a trouxe para cá quando ela estava doente! – berrou Lonsdale.

Lara mordeu o lábio em uma tentativa de permanecer em silêncio, mas a sua voz saiu mesmo assim.

– Rachel sofreu um aborto porque *você* a empurrou da escada! Ela contou tudo a mim e ao Dr. Slade.

– Isso é mentira!

– Lara, cale-se – grunhiu Hunter.

– E você nem sequer mandou chamar um médico – continuou Lara, de forma imprudente, ignorando o marido.

– Ela não precisava de médico, maldição! – O temperamento de Lonsdale subiu à tona e ele partiu na direção de Lara com um rubor intenso colorindo seu rosto. – Você está tentando envenenar a todos contra mim. Vou fechar essa sua boca, sua megera...

Lara recuou automaticamente, esquecendo-se da escada logo atrás. Ela caiu sentada com força no segundo degrau e soltou um arquejo. De onde estava, Lara só pôde observar, com os olhos arregalados de horror, Hunter agarrar Lonsdale como um cão de caça capturando uma raposa desafortunada.

– Vá embora! – ordenou Hunter, carregando-o na direção da porta.

Lonsdale conseguiu se desvencilhar e partiu para cima de Hunter com os punhos erguidos. Lara esperava que Hunter reagisse de forma semelhante, adotando a postura tradicional dos pugilistas. Os dois compartilhavam um profundo interesse pelo esporte e já haviam comparecido juntos a incontáveis lutas pagas no passado, além de praticarem o esporte com os amigos aristocratas.

Mas o que aconteceu diante do olhar perplexo de Lara não foi o que ela ou qualquer outra pessoa poderia ter esperado. Hunter se moveu com uma rapidez estranha e fluida, usando o joelho e a base da mão de uma forma que conseguiu jogar Lonsdale no chão, encolhido e gemendo. O golpe pareceu ser aplicado sem qualquer esforço. Hunter terminou agachado em cima de Lonsdale, o braço pronto para um último golpe. Um golpe fatal, percebeu Lara subitamente, tentando se recompor. Ela viu no rosto tenso e estranhamente sem expressão do marido que ele estava pronto para matar o homem que rendera. Ele já não contava mais com a razão, que parecia ter sido substituída por puro instinto letal.

– Hunter – falou, desesperada. – Hunter, espere!

O nome dele pareceu penetrar a bruma que o isolava. Hunter olhou para ela em alerta e baixou o braço alguns centímetros. Lara quase recuou horrorizada diante do que viu nos olhos do marido: uma sede de sangue que ia muito além daquela situação. Era como se ele estivesse se esforçando para não cair em um abismo escuro para o qual não tinha qualquer desejo de retornar. Havia muitas coisas que Lara não compreendia, mas sabia sem sombra de dúvida que precisava ajudar Hunter a voltar a si o mais rápido possível.

– Já basta – disse Lara, enquanto os criados pareciam surgir de todas as direções, os olhares espantados cravados nos dois homens no centro do saguão. – Acredito que lorde Lonsdale deseja partir agora. – Ela se levantou, limpou a saia e se dirigiu a um criado que estava próximo. – George, por favor, acompanhe lorde Lonsdale até a carruagem dele.

O lacaio se afastou do grupo de criados espantados, todos claramente se perguntando o que havia acontecido ali. A Sra. Gorst pareceu entender o desejo não verbalizado de Lara e dispersou a pequena audiência.

– Todos vocês, vamos andando, agora – disse a governanta em um tom brusco. – Há bastante trabalho a ser feito e pouco tempo para que vocês fiquem aí parados, boquiabertos.

Hunter não se moveu, enquanto um Lonsdale estupefato era retirado do saguão. Dois criados meio o arrastaram, meio o carregaram, até a carruagem que o aguardava. Lara parou ao lado do marido e tocou o braço dele, hesitante.

– Milorde – disse ela, grata. – Obrigada por proteger a minha irmã. Muito obrigada.

Ele lhe lançou um olhar intenso, sombrio e ardente.

– Agradeça-me na cama – falou, a voz mal audível.

Lara o encarou, espantada.

– Agora? – sussurrou, sentindo-se enrubescer.

Hunter não respondeu, apenas continuou a fitá-la daquele modo assustador.

Lara não ousou olhar ao redor, pois desconfiava que qualquer pessoa que ainda estivesse ali conseguiria adivinhar o que o marido queria apenas pelo modo como a encarava. A ideia de recusar passou pela mente dela. Afinal, ela poderia alegar justificadamente que a preocupação com Rachel a deixara exausta. Era verdade. Mas Hunter nunca fizera uma exigência daquele tipo antes. As outras vezes em que haviam feito amor, ele fora sedutor, provocante, encorajador... mas nunca parecera desesperado... como se precisasse dela para salvar a própria alma.

Assombrada com a intensidade que viu nele, Lara abaixou os olhos e se virou na direção da escada. Hunter a seguiu na mesma hora, deixando menos de meio metro entre eles. Ele não tentou apressá-la, apenas manteve o passo, como se a seguisse. Lara conseguia ouvir a respiração dele, superficial e acelerada – não de cansaço, mas de desejo. Ela estava quase zonza com a rapidez com que seu coração batia. Parou no topo da escada, sem saber se deveria ir para o quarto de Hunter ou para o dela.

– O-onde? – perguntou baixinho.

– Não me importo – disse ele, a voz baixa.

Ela seguiu em direção ao quarto dele, que de certa forma era mais isolado que o dela. O olhar voraz de Hunter encontrou o seu. Ele despiu o colete e a camisa sem pressa, mas Lara sabia o que fervia sob a fachada de autocontrole. Nervosa, ela levou a mão à nuca para abrir o vestido. Só havia conseguido eliminar os dois primeiros botões quando o marido a alcançou e segurou sua cabeça com as duas mãos, como se temesse que ela pudesse tentar fugir. Hunter a beijou, a boca firme e intensa, a língua se projetando profundamente.

Lara o abraçou, arquejando ao sentir os músculos firmes do torso do marido. A pele dele estava muito quente. Seus dedos longos seguraram a cabeça dela com mais força, e ele a beijou com uma violência abrasadora, o prazer cada vez maior, até Lara gemer de desejo.

Tremendo, dominado pelo desejo, Hunter finalmente interrompeu o beijo e a empurrou para a cama. Lara cambaleou, confusa, mas as mãos dele a guiaram, firmando-a pelo quadril e pousando seu corpo, de bruços, sobre a cama, o rosto encostado na beirada do colchão. Lara não sabia o que pensar quando sentiu o marido erguendo sua saia até a cintura. Ela ouviu o som da camisa de baixo que usava sendo rasgada e afastada para o lado.

– O que você está fazendo? – perguntou Lara, tentando se sentar na cama.

Hunter manteve-a onde estava, e ela sentiu os dedos dele deslizarem por entre suas coxas.

– Me permita – murmurou ele. – Não vou machucar você, Lara... Faça isso por mim.

Hunter deixou a mão correr por cima dos pelos escuros e um dedo deslizou pela entrada intumescida do corpo dela, avançando pelo canal quente e úmido. Lara estremeceu e agarrou as cobertas.

– Você está pronta para mim – falou ele, a voz rouca, e levou a mão à calça, para abri-la.

Quando percebeu que o marido pretendia possuí-la daquela forma, por trás, Lara fechou os olhos e esperou, a pulsação disparada, cheia de medo e desejo. Ela sentiu o membro pesado roçar seu corpo, buscando, pressionando, até Hunter penetrá-la com uma longa arremetida que a fez gritar. A carne de Lara se fechou com firmeza ao redor da rigidez da carne que a invadia, prendendo o membro com firmeza enquanto o marido deslizava ainda mais fundo.

Ainda dentro do corpo dela, Hunter agarrou a parte de trás do vestido de Lara e o rasgou, fazendo os botões delicados voarem pela cama e pelo chão. A camisa de baixo recebeu o mesmo tratamento, a musselina frágil cedendo sob gestos bruscos e caindo do corpo dela. Lara sentiu a boca quente do marido em suas costas, beijando sua nuca, descendo pela coluna, e se contorceu com a sensação deliciosa.

– Agora – implorou ela, querendo mais, e pressionou as nádegas contra ele.

Hunter reagiu ao movimento e segurou o quadril dela, girando-o em movimentos circulares, até Lara gemer e agarrar com mais força a colcha da cama.

– Quero tocar você – disse ela em um arquejo. – Por favor, me deixe...

– Não.

Ele lambeu a ponta da orelha dela, deixou a língua deslizar para dentro, depois sussurrou baixinho em seu ouvido úmido. Lara estremeceu com o prazer enlouquecedor de sentir o marido dentro dela, ao redor dela, mas sem conseguir tocá-lo ou vê-lo.

– Hunter, deixe eu me virar, por favor...

Ele usou as pernas para abrir mais as coxas dela, e sua mão deslizou pela frente do corpo da esposa, passando pelo abdômen firme e se enfiando em seu sexo. Quando encontrou o ponto sensível onde todo o prazer dela se concentrava, acariciou-o gentilmente. Dominada pelas sensações provocantes daquele toque e pelas arremetidas fundas do quadril dele, Lara deixou escapar seu nome em um soluço. O corpo dela estava indefeso, esticado e preso sob o dele, que aumentava o ritmo da penetração a cada arremetida, levando-a a níveis de prazer cada vez mais altos, até todos os sentidos dela se abrirem e a onda de clímax começar.

Estremecendo de prazer, Lara abafou os gritos na colcha e sentiu o rosto do marido pressionado com força às suas costas. Hunter estava perdido em seu próprio clímax, agarrando firmemente os quadris dela, derramando-se nela com um gemido de satisfação.

Quando tudo acabou, os dois ainda quentes, Lara sentia-se quase fraca demais para se mover. Ela esticou o corpo preguiçosamente enquanto sentia Hunter despir o que restava de suas roupas. Ele também tirou a própria calça, subiu na cama nu e abraçou-a junto ao corpo longo. Lara relaxou e dormiu por algum tempo, embora fosse impossível dizer se haviam se passado horas ou minutos. Quando acordou, viu que Hunter a observava com olhos que pareciam feitos de um veludo escuro.

– Você é a última mulher com quem farei amor na vida – falou ele, enquanto acariciava o seio dela e brincava com o mamilo rosado.

Lara passou a mão pelo cabelo clareado pelo sol e pela firmeza da nuca do marido, amando tê-lo junto a si.

– Ótimo – sussurrou ela.

– Por favor, me mantenha ao seu lado, Lara. Não quero deixá-la.

Confusa, ela o abraçou, embora seus braços fossem curtos demais para envolver toda a extensão das costas largas. Por que Hunter se preocuparia com a possibilidade de deixá-la? Seria possível que ele temesse sofrer algum acidente, alguma catástrofe inesperada que os separasse de novo? A ideia era terrível. Não fazia muito tempo que ela recebera a notícia de que ele estava morto... e, para vergonha de Lara, na ocasião ela não lamentara realmente a sua morte. Mas se algo acontecesse novamente, se por algum motivo eles voltassem a ser separados... Santo Deus, ela não conseguiria suportar. Não queria mais viver sem Hunter.

Lara o encarou com os olhos cintilando, e suas coxas se abriram de boa vontade quando o marido enfiou os joelhos entre elas.

– Então, fique comigo – disse Lara, simplesmente.

– Fico. Deus do céu... Eu fico.

Hunter a penetrou e gemeu. Lara fitou o rosto marcado do marido, cintilando de suor, o maxilar cerrado. Ele fez amor com ela lentamente, demorando uma eternidade, até o prazer dominá-la em ondas intermináveis.

Naquele momento, Lara teve a sensação de que, de algum modo, Hunter estava olhando dentro de sua alma e lhe mostrando um lampejo da alma dele, todos os segredos ardendo até virarem cinzas.
– Você me ama?
– Sim, sim...
Lara não saberia dizer quem havia perguntado e quem havia respondido... Só sabia que a resposta era verdadeira para ambos.

Capítulo 17

Ao longo dos dias que se seguiam, lorde Lonsdale manteve um silêncio sinistro e não fez qualquer outra tentativa de visitar o castelo Hawksworth. Em dado momento, enfim receberam um bilhete curto e artificial, no qual Lonsdale pedia para ser informado sobre o estado de saúde da esposa. Lara hesitou em responder, pois sentia que ele não tinha o direito de saber nada sobre Rachel depois de lhe causar tanto mal. No entanto, a decisão não era dela.

Relutante, Lara se aproximou da irmã com o bilhete enquanto Rachel relaxava em um sofá na sala de estar da família.

Rachel usava uma camisola branca e, em seu colo, uma manta enfeitada com renda a aquecia. Ela parecia frágil como um bibelô de porcelana. Havia um romance também pousado em seu colo, enquanto ela olhava pela janela com o olhar perdido.

– Não está gostando do livro, querida? – perguntou Lara. – Posso lhe trazer outro da biblioteca...

– Não, obrigada. – Rachel fitou a irmã com um sorriso cansado e carinhoso. – É só que... parece que não consigo me concentrar em nada. Depois de um minuto de leitura, as palavras param de fazer sentido.

– Está com fome?

Rachel balançou a cabeça.

– Johnny me trouxe um pêssego do pomar não faz muito tempo. Ele disse que era um pêssego mágico que me faria ficar boa de vez, e insistiu em ficar ao meu lado enquanto eu comia.

Lara sorriu da imaginação da criança.

– Que amor – comentou.

– Às vezes, quase posso jurar que ele é seu filho biológico – continuou

Rachel. – Com a coleção de tartarugas e bichinhos que ele traz dos arredores, ele é muito parecido com você.

– Na última visita do Dr. Slade, Johnny revirou a valise dele inteira, fez uma centena de perguntas. Eu não ficaria surpresa se ele quisesse estudar medicina algum dia.

– Seria conveniente ter um médico na família – disse Rachel, então inclinou a cabeça para trás, com um suspiro quase imperceptível.

Lara se ajoelhou perto da irmã e pousou a mão sobre a mão fria de Rachel.

– Rachel... Lonsdale escreveu para perguntar sobre a sua condição. Devo responder, ou manter silêncio?

O rosto de Rachel continuou sem expressão, e ela balançou a cabeça.

– Não faço ideia.

As duas ficaram em silêncio, enquanto Lara continuava a segurar a mão de Rachel em um apoio silencioso. Finalmente ela ousou dizer à irmã o que vinha querendo desde o aborto.

– Rachel... você não precisa voltar para ele. Nunca mais. Você pode ficar conosco, ou arrumar uma casa em qualquer lugar que deseje.

– Sem marido, sem filhos, sem nenhuma das coisas que fazem a vida de uma mulher valer a pena – falou Rachel, o tom desolado. – Que escolha seria essa, Larissa? Preciso voltar para Lonsdale e torcer para que ele mude.

– Você pode preencher sua vida com muitas coisas que valem a pena, Rachel...

– Não sou como você – interrompeu a irmã, em voz baixa. – Não sou independente como você. Não seria capaz de fazer o que você fez depois da morte de Hawksworth, criar uma nova vida que não inclua um homem. Se eu estivesse em seu lugar, teria começado a procurar outro marido imediatamente. Sempre quis ter a minha própria família, entende? É verdade que Lonsdale tem defeitos. Mas já faz tempo que sei que preciso aprender a aceitar as limitações dele...

– Seu marido quase matou você, Rachel – falou Lara. – Não tente argumentar contra esse fato. Na minha opinião, a recusa de Lonsdale em mandar chamar um médico foi uma tentativa de assassinato. Ele é abominável sob qualquer ponto de vista, e vou fazer tudo o que estiver a meu alcance para evitar que você volte para ele.

– Lonsdale não é gentil – concordou Rachel –, e não posso defendê-lo em todos os pontos. No entanto, se eu tivesse me dado conta de que estava grávida e tivesse contado isso a ele, provavelmente ele teria tido mais consideração e o acidente não teria acontecido.

Lara se sentia tão agitada que soltou a mão de Rachel e ficou de pé. Então começou a andar em círculos, fumegando de raiva.

– Depois do suposto acidente, tenho certeza de que Lonsdale agirá de forma contrita por algum tempo. Mas não vai demorar a voltar ao seu verdadeiro eu... condescendente, egoísta e cruel. Ele não vai mudar, Rachel!

A expressão nos olhos castanho-claros de Rachel, normalmente tão suaves, era fria e intensa quando ela encarou a irmã.

– Seu marido mudou – argumentou. – Não é mesmo?

Lara ficou espantada com o toque de desafio no tom da irmã.

– De fato – retrucou, o tom cauteloso. – Hunter se tornou um homem melhor. Mas eu lembro a mim mesma com frequência que a mudança pode não ser permanente.

Rachel continuou a fitá-la por um longo momento.

– Acho que é – murmurou. – Acho que Hawksworth se transformou em um homem completamente diferente. No dia em que ele foi me resgatar, eu mal o reconheci. Eu estava sentindo muita dor, e não estava pensando com clareza, então ele apareceu... Achei que era um estranho gentil e educado. Não conseguia entender que se travava realmente de Hawksworth. Achei, quase literalmente, que ele fosse um anjo.

– Ele tem seus momentos – admitiu Lara.

A frase "um homem completamente diferente", no entanto, ecoava de um modo estranho em sua mente. Ela fitou o rosto, agora abaixado, da irmã.

– Rachel, tenho a sensação de que você está soltando indiretas e fazendo rodeios em torno do assunto... – Ela parou e reuniu coragem antes de perguntar: – Por acaso está tentando me dizer que você não acredita que o meu marido seja realmente Hawksworth?

O olhar penetrante de Rachel prendeu o da irmã.

– Escolhi acreditar que ele é Hawksworth porque *você* escolheu acreditar nisso.

– Não é uma questão de escolha – retrucou Lara, profundamente perturbada. – Todos os fatos confirmam a identidade dele...

– Os fatos não são absolutos. É possível discutir infinitamente sobre eles. – A compostura de Rachel só enfatizou a perturbação interna de Lara. – O cerne da questão é que você teve de aceitá-lo por motivos que só você mesma compreende – disse ela, com um sorriso irônico. – Minha cara, você é a pessoa menos egocêntrica que eu já conheci. Todos os seus pensamentos, toda a sua energia são voltados para os outros, para cuidar dos outros. Você toma decisões por impulso, instintivamente, sem nem sequer examinar seus motivos. E se envolve nos problemas das pessoas como uma desculpa para não prestar a atenção devida aos seus próprios problemas.

– O que você está dizendo?

– Estou dizendo que... – Rachel se interrompeu, e ficou encarando Lara com uma expressão que misturava preocupação e carinho. – Perdoe-me, irmã. Estou perturbando você sem necessidade. Só quero dizer que escolhi acreditar que, por algum milagre, o seu marido voltou porque desejo muito a sua felicidade. E, em troca, você precisa me permitir voltar para Lonsdale quando eu estiver pronta, e torcer para que eu também viva um milagre.

Lara estava deitada de bruços, o corpo nu esticado na cama, enquanto o marido esfregava óleo perfumado entre as palmas das mãos. O aroma de lavanda enchia o ar com uma doçura inebriante. Seu corpo reagiu automaticamente ao calor das mãos de Hunter em suas costas. Um "shhhh" gentil escapou dos lábios dele e o som a acalmou, fazendo com que voltasse a ficar imóvel, aproveitando o momento.

Hunter tinha um conhecimento impressionante do corpo dela, e encontrou os músculos tensos em seus ombros e os lugares doloridos ao longo das costas, aliviando a dor com tanta precisão que Lara não conseguiu conter um gemido de prazer.

– Nossa, isso é tão... Ai, sim, *aí*.

Os polegares dele massagearam os músculos doloridos de cada lado da coluna, subindo até os ombros em movimentos semicirculares.

– O que está acontecendo, meu bem? Qual é o problema? – falou Hunter, vários minutos depois, quando Lara estava relaxada e dócil sob o corpo dele.

Ele pousou a mão na nuca da esposa, os dedos pressionando os músculos tensos.

De repente, Lara achou fácil confiar a ele a preocupação que acabara com seu apetite no jantar. Apesar das tentativas de Hunter, ela permanecera em um silêncio triste, debruçada sobre o prato, a comida intocada, até ele finalmente levá-la à privacidade do quarto.

– Conversei com Rachel sobre Lonsdale hoje – falou Lara. – Ela quer voltar para o marido quando estiver recuperada. Eu fiz objeções, naturalmente, e discutimos. Queria muito ser capaz de encontrar as palavras certas para convencê-la a não voltar. Preciso pensar em alguma coisa...

– Lara – interrompeu Hunter, os dedos ainda massageando a nunca tensa dela, um sorriso em sua voz. – Como sempre, você quer encontrar uma solução e deixar tudo como acha que deve ser. Mas não vai funcionar desta vez. Deixe Rachel descansar. Não a pressione por respostas que ela não está pronta para dar. Sua irmã não vai a lugar algum por enquanto.

Lara reconheceu a sabedoria do conselho, e relaxou o corpo sob o dele.

– Sou impaciente demais – disse Lara em autocensura. – Eu não deveria ter mencionado Lonsdale tão cedo... Quando vou aprender a não me intrometer na vida dos outros, meu Deus?

Hunter a virou de costas e sorriu, levando a mão perfumada de lavanda até a clavícula dela.

– Amo a sua impaciência – murmurou ele. – Amo as suas intromissões.

Lara fitou, insegura, o rosto moreno acima do dela.

– Rachel disse que eu me envolvo nos problemas dos outros como uma forma de evitar encarar os meus próprios. Você concorda?

– Não totalmente. E você?

– Bem... – Ela puxou os joelhos para cima e cruzou os braços sobre o peito. – Acho que é mais fácil ver o que precisa ser consertado na vida de outra pessoa do que olhar atentamente para a nossa própria vida.

Hunter abaixou a cabeça e deu um beijo no rosto dela.

– Acho que você tem grande satisfação em ajudar as pessoas – disse ele em um sussurro. – E não há nada de errado nisso. – Ele descruzou gentilmente os braços dela da frente do corpo. – Por que você sempre tenta se cobrir? – perguntou. – Ainda se sente tímida, mesmo depois de tudo que já fizemos?

Lara enrubesceu ao sentir o olhar intenso do marido sobre a sua nudez.

– Não consigo evitar. Acho que nunca vou me sentir confortável despida.

– Ah, vai sim. – Os dedos ligeiramente oleosos dele correram pelo abdômen dela em movimentos circulares que a fizeram contrair os músculos. – Porque, por acaso, conheço uma cura para a timidez.

– Que seria...? – Ela ouviu o que ele murmurou e arregalou os olhos.

Antes mesmo que Hunter tivesse terminado de descrever sua "cura", Lara já perguntava em um tom ao mesmo tempo divertido e incrédulo: – Você já fez isso?

– Só ouvi falar.

– Tenho certeza de que isso não é possível.

Hunter abriu um sorriso largo.

– Vamos ter que descobrir, não é mesmo?

Antes que Lara conseguisse responder, ele capturou seus lábios e a puxou para mais perto do corpo excitado.

∽

Em uma cidade pequena como Market Hill, as fofocas se espalhavam como rastilho de pólvora. Segredos, doenças, problemas de todo tipo, tudo era descoberto, debatido, e logo resolvido ou esquecido. A comunidade processava uma quantidade interminável de informações como aquelas. Não demorou muito para que as notícias sobre o capitão Tyler e a esposa chegassem aos moradores do castelo Hawksworth. Soube-se que a Sra. Tyler, que estava esperando o primeiro filho do casal, sentira dores recentemente e isso havia levado o Dr. Slater a prescrever que ela permanecesse o restante da gravidez em repouso absoluto.

Lara reagiu à notícia com compaixão e preocupação. A ideia de ficar confinada a uma cama por quatro ou cinco meses era terrível. Mesmo deixando o desconforto físico de lado, já bastaria o tédio absoluto para levar qualquer mulher à loucura. Obviamente ela precisaria fazer alguma coisa pela pobre Sra. Tyler, mesmo que fosse só lhe levar alguns romances para ajudar o tempo a passar mais rápido.

No entanto, havia uma dificuldade. Lara ainda se lembrava da reação do marido à presença inesperada dos Tylers no jantar que ela oferecera logo depois do retorno dele. Hunter se mostrara desconfortável, frio e inexplicavelmente furioso. E houve aquele momento incômodo, quando Lara poderia ter jurado que o marido e o capitão se conheciam muito bem, mas fingiam ser estranhos. Desde então, Lara mantivera distância dos Tylers, pois sentia que qualquer aproximação causaria problemas entre ela e Hunter.

Por outro lado, agradar ao marido ficava em segundo lugar diante de manter a consciência tranquila. A esposa do capitão teria de permanecer meses deitada em uma cama, impotente, e Lara não podia ignorar seu sofrimento. Por isso, resolveu visitar a Sra. Tyler discretamente, e, se Hunter descobrisse a respeito, estava disposta a lidar com as consequências.

No dia em que ele viajou para resolver alguns negócios em Londres, Lara partiu para o solar Morland. Ela havia arrumado uma cesta com doces e pêssegos escolhidos com carinho no pomar da propriedade, além de uma pilha de romances que poderiam ajudar a Sra. Tyler a passar o tempo. Durante a viagem de uma hora pelo campo, Lara foi olhando pela janela a terra verde e fértil dividida em pastos bem cercados. Ovelhas gordas, bois e vacas malhadas pastavam tranquilamente, mal parando para levantar a cabeça quando a carruagem passava.

Embora o veículo fosse extremamente confortável, Lara sentia o oposto. Mudou de posição várias vezes, rearrumando a saia, e logo se deu conta de uma necessidade urgente de visitar um reservado. Um sorriso sem humor curvou seus lábios quando ela pensou em sua chegada iminente à casa dos Morlands. Dificilmente poderia ser visto como uma demonstração de boas maneiras entrar às pressas, sem ser anunciada, e procurar pelo lugar mais próximo para aliviar a bexiga, mas obviamente aquele seria o caso. Aliás, era estranho que a bexiga dela tivesse se tornado tão pouco confiável nos últimos tempos.

O sorriso de Lara se apagou enquanto ela continuava a pensar na própria condição física, algo que havia negligenciado em virtude de sua preocupação com Rachel. Seu corpo andava temperamental nos últimos tempos... havia se tornado um pouco mais pesado, apesar da intensa atividade física, dado a pequenas dores e pontadas... e as regras mensais dela já deveriam ter chegado, não é? Nunca experimentara uma irregularidade em toda a vida.

A constatação a pegou de surpresa. Sim, suas regras estavam atrasadas... duas semanas. Pela primeira vez na vida, seu fluxo mensal, que ocorria com regularidade obstinada, não havia aparecido. Em qualquer outra mulher, Lara teria reconhecido aquilo como uma evidência de gravidez. *Mas não eu*, pensou, a respiração se tornando curta com o nervosismo. *Eu jamais*.

Lara estendeu a mão para a pilha de livros, com a intenção de se distrair. No entanto, uma vez formado o pensamento, foi impossível ignorá-lo. Quantas vezes durante o início do seu casamento com Hunter ela ansiara por conceber? A culpa, a inadequação, o anseio... tinham sido insuportáveis. Por fim, ela aceitara que sempre seria uma mulher sem filhos. Era estranho que Hunter, entre todas as pessoas, agora a tivesse ajudado a fazer as pazes com a infertilidade e a reconhecer o próprio valor além da capacidade de gerar ou não filhos.

Mas e se...? Lara tinha medo de ter esperanças. Se ao menos pudesse ser verdade, se ao menos... Ela fechou os olhos, manteve as mãos sobre o abdômen e sussurrou uma prece rápida. Queria carregar um filho de Hunter, gestar uma parte dele. Parecia um milagre impossível que ela pudesse receber de presente o que a maior parte das pessoas costumava ver como algo tão comum. Lara fechou os olhos com força, mas uma lágrima conseguiu escapar ainda assim. Sentia-se quase nauseada de anseio.

Ela já havia se recomposto quando a carruagem chegou à casa Morland. Meio escondida em um bosque, o solar em estilo Tudor tinha paredes que eram metade de madeira e metade de tijolos vermelhos, o que lhe conferia um ar suave e encantador. Lara se esforçou para manter uma aparência composta e se dirigiu a um lacaio para que ele levasse a cesta com as iguarias e o pacote de livros até o saguão de entrada. Então esperou na porta por um minuto até o capitão Tyler aparecer para cumprimentá-la.

– Lady Hawksworth! – exclamou ele, parecendo mais perplexo do que satisfeito. – Que honra inesperada...

– Perdoe-me se cheguei em uma hora inconveniente, capitão – retrucou Lara, e estendeu a mão enluvada para o dono da casa. – Só queria cumprimentar vocês dois e entregar alguns presentes à Sra. Tyler.

– Ora, mas que gentil da sua parte. – O desconcerto momentâneo dele deu lugar à gratidão. – Entre, por favor, e aceite o convite para um chá. Vou mandar um criado subir para verificar se a Sra. Tyler está descansando. Talvez ela possa recebê-la.

– Por favor, não a incomode por minha causa. Não vou me demorar.

Lara acompanhou o capitão para dentro de casa enquanto descalçava as luvas e tirava a touca. O dia estava quente e ela pegou um lenço com borda de renda da manga para enxugar a umidade da testa e do rosto.

O capitão levou Lara para uma pequena sala de visita e lhe indicou o sofá forrado de algodão colorido. Lara arrumou a saia e fitou o anfitrião com um sorriso, enquanto ele se acomodava em uma cadeira de mogno. A impressão inicial que Lara tivera dele permanecia a mesma – um homem agradável, embora sério. Mas algo na intensidade do olhar que lhe dirigia a perturbou, como se o capitão estivesse mantendo um silêncio desconfortável em relação a um assunto que dizia respeito a ela.

– Lady Hawksworth – começou ele em um tom cauteloso –, espero não ofendê-la se perguntar pela saúde da sua irmã...

– Rachel está muito bem, obrigada. E é claro que eu não ficaria ofendida com uma preocupação tão gentil. Por que deveria?

Tyler abaixou os olhos.

– As circunstâncias da doença da sua irmã tornam a situação um tanto constrangedora...

– Sim, sim. É um escândalo – concordou Lara, em voz baixa. – Sem dúvida todos em Market Hill têm alguma opinião a respeito. Mas só quem deve se sentir envergonhado com a situação é lorde Lonsdale.

Tyler juntou as mãos, as pontas dos dedos unidas como uma pirâmide.

– Infelizmente não é a primeira vez que sei de um comportamento vil como esse da parte de um marido em relação à esposa... e temo que não será a última. – Ele hesitou, antes de acrescentar com muito tato: – Só espero que lady Lonsdale possa viver em circunstâncias mais felizes a partir de agora.

– Eu também – retrucou Lara.

Eles continuaram conversando por alguns minutos, abordando assuntos mais neutros a princípio, antes de chegarem à questão do bem-estar da Sra. Tyler.

– O Dr. Slade nos garante que, se seguirmos as instruções dele, tanto minha esposa quanto o bebê terão ótimas chances de ficarem bem – explicou o capitão Tyler. – Sei que dificilmente se poderia duvidar de um homem com a experiência e a sabedoria dele, mas, mesmo assim, me preocupo. Gosto demais da Sra. Tyler. Ela tem sido uma companheira leal ao longo de todas as dificuldades que já a fiz passar, principalmente os anos na Índia.

Comovida com a devoção dele pela esposa, Lara ousou mencionar a dúvida que a perturbava já havia algum tempo.

– Capitão Tyler – falou em um tom cauteloso –, sua menção à Índia me fez lembrar algo que venho me perguntando.

– Sim?

A expressão dele se tornou cautelosa, o bigode negro se agitando como os de um gato nervoso.

Lara prosseguiu com cuidado.

– Quando o senhor e a Sra. Tyler compareceram ao jantar no castelo Hawksworth, e o senhor e lorde Hawksworth se encontraram... por algum motivo tive a impressão de que vocês já se conheciam.

– Não, milady.

– Ah – disse ela, sem nem tentar esconder o desapontamento. – Há tantos momentos relacionados à Índia que meu marido se recusa a abordar. Por alguma razão, eu tinha a esperança de que o senhor pudesse lançar alguma luz sobre as experiências dele lá.

– Nunca vi Hawksworth na Índia. – Tyler a encarou diretamente e uma pausa interminável se seguiu. Lara sentiu que uma farsa mantida com grande cuidado até ali estava sendo subitamente deixada de lado. – Mas... – continuou ele lentamente –, de certa forma, seu marido me lembra um homem que conheci lá.

A frase pareceu inofensiva, mas algo nela alertou que se tratava de um convite a uma revelação. Lara sentiu um arrepio percorrê-la. O assunto deveria ser deixado imediatamente de lado, pensou ela com urgência.

– É mesmo? – murmurou baixinho.

O capitão Tyler fitou a mulher diante dele com curiosidade. Lady Hawksworth tinha um rosto gentil e vulnerável, com uma beleza radiante que ele só vira em pinturas de Rembrandt. Até onde sabia, tratava-se de uma mulher gentil, benquista e apaixonada em sua preocupação com os menos afortunados. De todas as pessoas, ela não merecia ser usada e traída... mas o mundo era assim. Predadores sempre vão em busca dos mais frágeis, dos vulneráveis.

Tyler sabia da farsa de que lady Hawksworth estava sendo vítima, mas parecia não haver uma escolha clara em relação ao que fazer. Para um homem em sua posição, com frequência não havia escolhas assim, apenas as que se encaixavam entre males menores ou maiores. E ele descobrira que seus maiores medos sempre haviam sido resultado de decisões intempestivas.

Naquele assunto em particular, Tyler sentira que seu papel se apresentaria gradualmente, à medida que as coisas fossem se revelando – e ele sempre soube, sem sombra de dúvida, que a situação *seria* esclarecida.

Com certeza Tyler devia lealdade ao homem conhecido como Hunter, lorde Hawksworth. Aquele homem salvara a vida dele, e Tyler odiava a ideia de retribuir com uma traição. Ao mesmo tempo, a mulher gentil e inocente à sua frente merecia saber a verdade, e cabia a ele contar. Se ela não tivesse aparecido em sua casa, Tyler sabia que teria adiado a questão por tempo indefinido. Mas lady Hawksworth *estava* ali, e quase parecia que o destino havia arrumado um modo de reuni-los, com tempo e privacidade para conversarem.

– O homem a quem me refiro era um mercenário, na verdade – explicou Taylor. – Eu o vi pela primeira vez quando ele trabalhava para um mercador da Companhia das Índias Orientais. Era um camarada extraordinariamente inteligente, reservado, e que parecia não ter qualquer ambição em particular. Embora fosse inglês de nascimento, tinha sido criado entre os indianos por um casal de missionários.

A história de Tyler foi interrompida por um criado que chegou com uma bandeja.

– Aceitam sanduíches, milorde? Biscoitos? – perguntou.

Lara recusou a comida, mas aceitou um copo de limonada, e sentiu prazer com o choque da acidez na língua. Ela reparou na gravação delicada na parte superior do copo, ilustrando uma pastora em um ambiente campestre, e se perguntou por que o capitão estava se dando o trabalho de falar tanto sobre um homem que não significava nada para ela.

– Me ocorreu fazer uso desse camarada em um grupo de cerca de meia dúzia de homens que me ajudariam a restaurar a ordem em territórios anexados recentemente. Como a senhora pode imaginar, havia... há... conflitos de todo o tipo quando povos bárbaros são colocados sob a proteção do leão britânico.

– Sem dúvida muitos indianos relutam em aceitar sua "proteção" – comentou Lara com ironia.

– Eles acabam percebendo que é para o bem – respondeu Tyler, muito sério, sem notar o toque de ironia no comentário. – Mas, até que isso aconteça, a rebelião toma muitas formas horríveis. Assassinatos, ataques, roubos, tudo acontecendo em proporção tamanha que fomos obrigados a restaurar a ordem sem usar os procedimentos comuns da lei britânica. Por mais que eu odeie admitir, também havia corrupção entre nossos próprios oficiais. Assim, criei uma pequena unidade para assumir tarefas especiais e altamente secretas. Quatro homens já estavam sob o meu comando, enquanto outros dois foram trazidos de fora do regimento. E esse homem em particular de quem estou falando acabou se mostrando ideal para o trabalho.

– Por causa de sua inteligência e da compreensão que tinha dos nativos, suponho – comentou Lara.

– Exatamente. Mas havia mais alguma coisa em relação a ele especificamente... uma habilidade única de se transformar de acordo com a exigência da situação. Nunca conheci alguém tão camaleônico. Ele era capaz de se tornar qualquer pessoa, qualquer coisa, de acordo com a sua vontade. Conseguia assumir qualquer aparência, sotaque ou maneirismo. Eu o vi se misturar aos nativos como se fosse um deles e, pouco depois, comparecer ao baile de um embaixador como um inglês sério, sem causar a menor desconfiança. Era furtivo como um tigre, e tão implacável quanto. E, mais importante, ele não tinha medo de morrer, o que o tornava extremamente eficiente em seus deveres. Eu costumava usá-lo como espião, investigador, e às vezes até como uma... – Tyler fez uma pausa, parecendo profundamente desconfortável. – Como uma arma, podemos dizer – completou em voz baixa.

– Ele executou pessoas para o senhor? – perguntou Lara, sentindo repulsa.

O capitão assentiu.

– Sim, nas ocasiões em que isso precisava ser feito rápida e discretamente. Acredito que esse homem realizava tal tarefa como fazem os *tugues*, que é como são chamados os indianos de uma sociedade secreta que rouba e mata viajantes usando uma moeda enrolada em um lenço... Eles fazem questão de não derramar uma gota sangue, sabe? – Pela palidez de Lara, Tyler percebeu que havia ido longe demais, e franziu a testa, contrito. – Perdoe-me, milady. Não deveria ter sido tão explícito... mas realmente queria demonstrar o caráter desse homem.

– Caráter? – repetiu Lara com uma risada sem humor. – Parece que esse homem na verdade tinha uma completa *ausência* de caráter.

– Sim, poderia se dizer que sim.

– E o que aconteceu com ele? – perguntou Lara sem muito interesse, ansiosa para que o capitão encerrasse logo aquelas reminiscências de mau gosto. – Ele ainda está vagando pela Índia, sob o comando de outra pessoa?

O capitão balançou a cabeça.

– Um dia, ele simplesmente desapareceu. Presumi que havia sido morto, ou talvez tivesse até tirado a própria vida. Até onde eu sabia, ele não tinha muito por que viver. De qualquer modo, nunca mais voltei a vê-lo. Até...

– Sim? – instou Lara.

O capitão Tyler demorou tanto a voltar a falar que ela achou que talvez ele não fosse continuar.

– Até retornar à Inglaterra – falou finalmente. – E comparecer àquele jantar no castelo Hawksworth. E vê-lo ao seu lado. – O capitão Tyler enxugou o suor da testa com a manga e fitou Lara com piedade explícita. – Milady, a verdade desagradável é que... aquele homem que conheci na Índia tomou o lugar do seu marido.

Lara se sentiu encolhendo, minguando, até a sala parecer aumentar ao seu redor e o capitão Tyler parecer estar falando de muito longe. Ela só conseguia ouvir um eco distante de suas palavras.

– ... deveria ter dito antes... obrigações... não tinha certeza do que... por favor acredite... ajudá-la de alguma forma.

Lara balançou a cabeça, e parecia que alguém a havia golpeado fisicamente. Zonza, ela fez um esforço para respirar, mas seu peito parecia pressionado por algo pesado que tornava impossível a passagem do ar.

– O senhor está enganado – conseguiu dizer.

Ela percebeu a preocupação dele, ouviu-o pedindo para que ficasse e se recuperasse do impacto, que bebesse alguma coisa.

– Não, não devo ficar. – Para seu alívio, Lara conseguiu reunir um mínimo de dignidade que permitiu que falasse e pensasse claramente. – Minha irmã precisa de mim. Obrigada, capitão. Mas devo dizer que o senhor está errado em relação ao meu marido. Ele não é de forma alguma o homem que descreveu. Tenha um bom dia.

E, assim, de pernas bambas, Lara se foi. Sentia-se muito estranha, e foi um imenso alívio caminhar com o apoio do braço de seu próprio lacaio e escapar para o interior da própria carruagem. O criado, percebendo que havia algo profundamente errado, perguntou se a patroa estava bem.

– Me leve para casa – sussurrou Lara, olhando cegamente para a frente.

Capítulo 18

Lara sentou-se rígida como uma boneca de cera na carruagem, a mente tomada por vozes e pensamentos.

A verdade desagradável é...

... me mantenha ao seu lado, Lara.

... tomou o lugar do seu marido.

Você me ama?

Sim, sim...

A crueldade daquilo era atordoante. Lara finalmente havia aprendido a confiar em um homem, entregara seu coração e sua alma a ele... e fora tudo uma ilusão.

Camaleônico, dissera o capitão. Um homem sem consciência e sem capacidade de sentir remorso. Um assassino a sangue frio. Ele a procurara, a manipulara, a seduzira e a engravidara. Roubara o nome, o dinheiro, as terras e até a esposa de Hunter. Provavelmente sentia um enorme desprezo pelas pessoas a quem enganava.

Qualquer outra mulher teria reconhecido o próprio marido, pensou Lara, entorpecida. Mas ela sabia que havia aceitado as mentiras dele porque, em seu coração, ela quisera acreditar.

Ela se lembrou das acusações carregadas de ódio de Janet Crossland – *Você está disposta, ansiosa até, a se enfiar entre os lençóis com um completo estranho!* – e quis morrer de vergonha. A mulher falara a verdade. Desde o início, Lara quis aquele homem, instintiva e impetuosamente. Tudo dentro dela se sentira atraído por ele. E, assim, ela deixara tudo acontecer.

Ela se viu dominada por uma onda de humilhação, fúria e angústia. A dor era grande demais para suportar. Ela estremeceu e ficou imóvel, como uma criança aterrorizada, e se perguntou por que não estava chorando.

Quase tudo o que lhe importava acabara de ser arrancado dela. Sentimentos ardentes estavam presos em seu peito, mas nenhum conseguia quebrar a camada de gelo da superfície.

Ela tentou febrilmente se agarrar à própria sanidade. Precisava de um plano. Mas a razão parecia lhe escapar entre os dedos, como um peixe escorregadio. Queria que a carruagem continuasse a andar, as rodas a girar, os cavalos puxando o veículo até alcançarem a beira do precipício e despencarem. Não podia ir para casa. Precisava de ajuda. Mas a única pessoa com quem desejava falar a traíra.

– Hunter – sussurrou ela, desesperada de dor.

O verdadeiro Hunter estava morto, e o homem em quem ela passara a pensar como seu marido... Ela nem sequer sabia o nome dele. Uma risada histérica subiu por sua garganta, mas Lara conseguiu contê-la, com medo de que se começasse a rir nunca mais fosse parar e acabasse louca.

Por obra da mais pura força de vontade, Lara se manteve em silêncio, calma, esperando com uma paciência forçada que a carruagem chegasse ao castelo Hawksworth.

Havia perdido completamente a noção do tempo – poderiam ter se passado minutos ou horas até o veículo parar e a porta ser aberta, revelando o rosto preocupado do lacaio.

– Milady – disse ele, que então a acompanhou com todo o cuidado até a entrada da casa.

Lara sabia que devia haver alguma coisa estranha em sua expressão – aquilo era óbvio pelo modo como os criados a estavam tratando, com a deferência com que provavelmente tratariam uma mulher velha e doente.

– Milady – perguntou a Sra. Gorst, preocupada –, posso fazer algo pela senhora? A senhora parece um pouco...

– Só estou um pouco cansada, Sra. Gorst – respondeu Lara. – Quero descansar no meu quarto. Por favor, certifique-se de que eu não seja perturbada, sim?

Ela subiu a escada, apoiando-se pesadamente no corrimão.

Ao ver de relance seu reflexo no espelho do corredor do andar de cima, Lara compreendeu o motivo da preocupação dos criados. Ela parecia febril, os olhos brilhantes e perturbados. Seu rosto cintilava, vermelho como se estivesse queimada de sol. Mas o rubor era causado pela vergonha e pela fúria dentro dela, não por qualquer motivo externo.

Ligeiramente ofegante, Lara seguiu na direção do próprio quarto, mas acabou se vendo diante da porta do quarto que Rachel estava ocupando. Ela bateu delicadamente, enfiou a cabeça pela fresta e viu que a irmã estava sentada perto da janela.

– Larissa – falou Rachel, abrindo um sorriso. – Entre. Quero saber sobre a sua visita aos Tylers. – Ela fitou a irmã e franziu a testa, sem entender. – O que houve? Qual é o problema?

Lara balançou a cabeça, incapaz de expressar a enormidade do que descobrira. Sua garganta parecia cheia de areia. Ela engoliu em seco várias vezes e precisou se esforçar para conseguir falar.

– Rachel – começou timidamente –, eu quis trazê-la para cá para poder tomar conta de você, mas... lamento dizer que... acho que você é quem vai ter que cuidar de mim neste momento.

Rachel ergueu as mãos com gentileza, chamando a irmã. Era uma inversão dos papéis habituais, com a irmã mais nova oferecendo conforto à mais velha, mas Lara foi até ela sem hesitar.

Ela se sentou no chão e apoiou a cabeça no colo de Rachel.

– Irmã, eu sou tão tola... – disse em um arquejo.

A história começou a sair de sua boca em frases entrecortadas, muitas incompreensíveis, mas Rachel parecia depreender. Assim, Lara confessou tudo, cada detalhe humilhante que lhe rasgava a alma, enquanto os dedos delgados da irmã acariciavam seu cabelo o tempo todo. Por fim, Lara conseguiu chorar, com soluços tão feios e intensos que fizeram seu corpo estremecer com violência. Rachel, no entanto, manteve-se firme em meio à tempestade.

– Está tudo bem – murmurava Rachel sem parar. – Está tudo bem.

– Não – retrucou Lara, a voz engasgada, sentindo-se afogada no desespero. – Nada jamais vai ficar bem de novo. Acho que estou esperando um filho dele. Um filho desse homem, você compreende?

– Ah, meu bem – sussurrou, seus dedos tremendo no cabelo de Lara.

Rachel ficou em silêncio, enquanto a irmã continuava sua confissão humilhante.

– O capitão Tyler pode estar enganado – disse Rachel em dado momento. – Como alguém pode saber com certeza quem é lorde Hawksworth?

Lara deixou escapar um suspiro trêmulo e balançou a cabeça.

– Hunter está morto – disse ela, a voz arrastada. – Fingir o contrário não trará benefício algum. Esse homem que está aqui não é o meu marido. E acho que eu sabia disso o tempo todo, só não quis encarar a verdade. Deixei acontecer porque o desejava. O que isso faz de mim, Rachel?

– Você não tem culpa – afirmou a irmã com determinação. – Você estava solitária. Nunca esteve apaixonada antes...

– Isso não é desculpa para os meus atos. Meu Deus, estou me sentindo tão envergonhada! Porque a verdade é que eu ainda o amo. E, mesmo sabendo o que sei, não quero mandá-lo embora.

– Então por que precisa fazer isso?

A audácia da pergunta, vinda de uma alma tão cheia de princípios quanto Rachel, deixou Lara sem ar. Ela encarou a irmã, perplexa, antes de responder com a voz trêmula.

– Por milhares de razões... mas a principal delas é o fato de que tudo que ele disse e fez era mentira. Não sou nada para esse homem além de um meio para alcançar um fim.

– Bem, ele age como se realmente tivesse sentimentos por você.

– Só porque é conveniente para ele agir assim. – De repente todo o corpo de Lara ficou muito vermelho. – Meu Deus, quando penso em como fui uma presa fácil... A pobre viúva sedenta de amor... – Ela enterrou a cabeça nos joelhos de Rachel e começou a soluçar de novo. – Até a chegada dele, eu não fazia ideia de quão excessivamente resguardada eu era. Nem a morte de Hunter me afetou como deveria. Mesmo depois de dois anos de casamento, ele continuava a ser um estranho para mim. Mas esse homem chegou como se tivesse saído de um sonho, e se insinuou em todas as partes da minha vida... e eu o amei. Amei cada momento com ele. E, quando esse homem partir, vai levar meu coração junto. Ele me arruinou para qualquer outra pessoa.

Lara continuou a falar e a chorar sem interrupção até a exaustão dominá-la. Só então deixou a cabeça cair no colo da irmã, e realmente cochilou por alguns minutos. Quando acordou, ainda sentada no chão, sentiu a coluna e o pescoço insuportavelmente rígidos. Por um momento, foi como se estivesse perdida em um pesadelo, e no instante seguinte seu coração disparou de esperança. Um único olhar para Rachel revelou que o pesadelo era verdade.

– O que você vai fazer? – perguntou a irmã, baixinho.

Lara esfregou os olhos injetados.

– Preciso mandar chamar lorde e lady Arthur – falou. – O título precisa retornar a eles. É direito deles e devo a eles qualquer ajuda que puder dar. Quanto a Hunter... – Ela parou e quase engasgou ao dizer o nome. – Ele voltará de Londres amanhã. Vou dizer a ele que fuja, para evitar ser denunciado. Caso contrário, não tenho dúvidas de que será enforcado, não apenas pelo que fez comigo, mas pela fraude que cometeu em nome do meu falecido marido. Contratos, investimentos, empréstimos... Ah, Deus, nada do que ele fez é legítimo.

– E quanto ao bebê? – perguntou a irmã em tom suave.

– Ninguém pode saber – disse Lara sem hesitar. – Especialmente ele. Não há nada que ele possa fazer agora. O bebê é meu, e só meu.

– Você vai ficar com a criança?

– Ah, sim. – Lara levou a mão à barriga e se esforçou para conter uma nova leva de lágrimas. – Você acha errado desejar esse filho apesar de tudo?

Rachel acariciou o cabelo desalinhado da irmã.

– Não, querida, não acho.

Depois de uma difícil noite de sono, Lara acordou para o novo dia determinada e exausta. Sentiu vontade de usar roupas de luto, como se alguém tivesse morrido, mas acabou optando por um vestido azul, muito circunspecto, enfeitado com seda trançada no corpete e na bainha. A casa parecia envolta em uma bruma de melancolia. Ela sabia que teria que explicar algumas coisas aos criados, aos amigos e conhecidos de Market Hill... e a Johnny. Como poderia fazê-lo entender o que havia acontecido, quando ela mesma não entendia? Pensar em tudo que a aguardava fez com que se sentisse extremamente cansada.

Lara prometeu a si mesma que, quando tudo aquilo tivesse acabado, quando Hunter já tivesse sido banido de sua vida e o título Hawksworth fosse devolvido a Arthur e Janet, ela deixaria aquele lugar para sempre. Talvez criasse uma nova vida para si na Itália ou na França. Quem sabe pudesse convencer Rachel a ir com ela. Mas a ideia de começar de novo só fez com que sentisse vontade de chorar outra vez.

Lara fez as contas de quanto tempo passara desde que "Hunter" – ela não sabia de que outra forma pensar nele – a procurara. Três meses. O período mais satisfatório de sua vida, quando ela experimentara um tipo de alegria que poucas pessoas haviam tido a oportunidade de conhecer. Ela desabrochara sob o encanto da presença gentil, apaixonada e amorosa dele. Se a dor que sentia naquele momento não fosse tão grande, Lara talvez tivesse considerado que tinha valido a pena.

Tateando em busca das palavras, Lara tentou ensaiar uma espécie de discurso para quando Hunter voltasse de Londres. Algo digno, calmo, para evitar discussões desagradáveis e acusações. Mas só conseguiu pensar em mais perguntas. Com as emoções em turbulência sob a aparência glacial, ela foi para o jardim, em busca de solidão. Lá, sentou-se em um banco, abraçou os joelhos e ficou encarando a pequena fonte com seu querubim. Uma brisa leve agitava os arbustos bem aparados e as flores plantadas em grandes vasos. Lara inspirou o aroma quente e doce da relva, e esfregou as têmporas em um esforço para aliviar a dor latejante na cabeça.

Como em um pesadelo, ela percebeu a aproximação de duas pessoas. Arthur e Janet Crossland. Tão cedo, pensou arrasada. Mas é claro que se apressariam diante de qualquer chance de recuperar o título, como abutres pairando acima de um cadáver recentemente descartado. Altos, louros e presunçosos como sempre, tinham sorrisos idênticos no rosto quando a alcançaram.

Janet falou antes que Arthur tivesse oportunidade de abrir a boca.

– Você demorou para recuperar o bom senso – comentou, o tom ácido. – Pelo que entendo, a sua breve aventura chegou ao fim e podemos ter de volta o que é nosso por direito.

– Sim – respondeu Lara, a voz sem expressão. – A aventura chegou ao fim.

Arthur pegou a mão frouxa dela e apertou-a, fingindo preocupação.

– Minha cara sobrinha, saiba que me solidarizo com o seu sofrimento. Você foi enganada, traída, humilhada...

– Estou perfeitamente consciente de tudo por que passei – interrompeu Lara. – Não há necessidade de mencionar.

Arthur pareceu surpreso com a censura em um tom tranquilo e pigarreou.

– Você não está pensando claramente, Larissa. Estou disposto a ignorar qualquer grosseria da sua parte, pois sei que é fruto do estado perturbado e confuso em que se encontra.

Janet cruzou os braços ossudos sobre o peito e fitou Lara com um sorriso frio.

– Ela não me parece confusa – comentou a mulher. – Parece mais uma criança emburrada que foi privada de um doce.

Arthur se voltou para a esposa e murmurou alguma coisa baixinho. Embora as palavras não tivessem sido claras, serviram para silenciá-la por ora. Então ele se voltou novamente para Lara, com um sorriso reptiliano no rosto.

– O seu senso de oportunidade foi perfeito, cara Larissa. Fez muito bem em esperar até que *ele* estivesse fora da propriedade para mandar me chamar. Já me certifiquei de que o impostor seja levado à justiça em Londres. E, embora eu tivesse preferido que esse homem fosse preso imediatamente, tive que concordar em mantê-lo sob custódia na residência de Londres dos Hawksworths, até que seja levado a julgamento. O assunto acabará sendo resolvido na Câmara dos Lordes, é claro, já que ele deve ser julgado por seus pares... embora rapidamente vá ficar claro que de aristocrata aquele homem não tem nada!

Lara tentou imaginar o homem em quem passara a pensar como seu marido sendo mantido sob custódia. Com certeza qualquer restrição a sua liberdade o levaria à loucura. E, pior, a ideia de ele ser julgado diante de todos os aristocratas influentes de Londres... Ela teve que abafar uma exclamação de angústia. Era um homem tão orgulhoso. Ela não queria vê-lo humilhado daquele jeito.

– Ele precisa mesmo ser julgado pela Câmara dos Lordes? – perguntou, a voz arrastada.

– Funcionará assim: primeiro, o lorde chanceler, atuando como juiz, vai ouvir os nossos depoimentos em uma sessão privada. A menos que ele decida não levar o caso adiante, o que é totalmente improvável, haverá, sim, um julgamento na Câmara dos Lordes – disse Arthur, e sorriu com um prazer maldoso. – Não vai demorar muito para vermos nosso falso Hawksworth dançando na ponta de uma corda. Vou pedir para que se certifiquem de que seu pescoço *não* seja quebrado, assim ele será sufocado até ficar roxo enquanto o laço da forca aperta a sua garganta. E estarei lá para aproveitar cada minuto de sua morte lenta... – Ele parou quando Lara deixou escapar um som horrorizado. Imediatamente, Arthur assumiu uma expressão preocupada e solícita. – Minha cara, vamos deixá-la a sós para que continue a refletir. Mas, acredite, você vai ver que tudo isso foi para o seu bem.

Lara mordeu o lábio e não respondeu, enquanto tudo dentro dela gritava em protesto. Com certeza aquela era a coisa moralmente certa a fazer. Como alguém poderia estar errado defendendo a verdade, certo? Mas argumentos lógicos só pareciam deixar toda a situação mais turva. Ela estava apoiando os Crosslands e sua reivindicação ao título porque era o seu dever. Ainda assim, aquilo só a deixava profundamente infeliz. Eles provavelmente voltariam a drenar a fortuna da família, seriam condescendentes e egoístas, e todos que viviam na propriedade Hawksworth sofreriam. E Johnny seria privado do futuro seguro que ela pretendia dar a ele. Como aquilo poderia ser a coisa certa a fazer?

Uma única lágrima quente escorreu pelo rosto de Lara, e Janet a fitou com um sorriso cruel.

– Anime-se, minha cara – disse ela em um tom falsamente gentil. – Você teve uma aventura empolgante, não é mesmo? E seu marido temporário era um belo homem, na verdade. Sem dúvida deve ter sido muito divertido na cama. Ao menos por isso você pode ser grata.

Arthur pegou o braço da esposa e puxou-a para o lado. Daquela vez, Lara ouviu as palavras que ele murmurou.

– Engula essa língua afiada, sua megera. Provoque-a demais e acabaremos perdendo o título. Será que não entende que precisamos do testemunho de Larissa? – disse ele para Janet, e depois voltou a olhar para Lara com um sorriso tranquilizador. – Não se preocupe com nada, Larissa. Tudo isso logo estará terminado e você finalmente terá paz. Nesse meio-tempo, precisaremos ultrapassar alguns poucos obstáculos, e eu a ajudarei em cada passo do caminho.

– Ah, obrigada – disse Lara baixinho.

Ele a encarou, claramente se perguntando se havia apenas imaginado o toque de sarcasmo na resposta.

– Espero mesmo um tratamento cortês da sua parte, Larissa. Lembre-se de que somos todos uma família e que temos um objetivo comum em mente. Além disso, espero que você seja cortês com lorde Lonsdale quando ele chegar esta tarde, apesar das discordâncias que parecem ter tido.

– Não! – disse Lara, o rosto muito pálido, ficando de pé. – Por que, em nome de Deus, vocês convidariam Lonsdale para vir aqui?

– Acalme-se – falou Arthur, o tom gentil, mas o olhar duro. – Lorde Lonsdale tem informações que podem ser extremamente úteis para o nosso caso, e pretendo conversar com ele a esse respeito. Ele também quer levar a esposa de volta para casa, e ninguém poderia culpá-lo por isso. Depois do modo como você roubou a sua irmã da própria casa...

– Eu proíbo esse homem de colocar o pé nesta propriedade – falou Lara em um tom duro. – Não aceitarei isso, entendeu?

– Você *proíbe*? – perguntou Arthur, incrédulo, enquanto Janet dava uma risada maldosa. – Lembre-se que você não é mais a senhora do castelo. Não tem direito de fazer qualquer observação sobre uma decisão minha, menos ainda de proibir qualquer coisa.

– Na verdade, tenho sim – retrucou Lara, estreitando os olhos. – E, se me contrariarem em relação a isso, não testemunharei contra Hunter. Não ajudarei vocês e jurarei por Deus que o homem é e sempre foi o meu marido... a menos que você me prometa aqui e agora manter Lonsdale longe da minha irmã.

– Por quanto tempo? – perguntou Arthur, fitando-a como se ela estivesse louca.

– Indefinidamente.

Ele soltou uma gargalhada incrédula.

– Manter um marido longe da esposa indefinidamente... Temo que você esteja pedindo demais, minha cara.

– Lonsdale é um marido violento e abusivo. Rachel quase morreu depois do último ataque. Basta perguntar ao Dr. Slade.

– Tenho certeza de que você está exagerando.

– Sempre achei Lonsdale muito simpático – comentou Janet. – Além do mais, se ele bateu em Rachel, ela provavelmente mereceu.

Lara balançou a cabeça lentamente enquanto encarava Janet.

– Um comentário desse vindo de uma mulher... – começou a dizer, mas se interrompeu ao se dar conta de que Janet era insensível demais para compreender o raciocínio, e voltou a atenção para lorde Arthur. – Prometa, em troca do meu testemunho.

– Você está me pedindo para fazer algo que é não apenas imoral, mas também ilegal – protestou Arthur.

– Tenho certeza de que isso não será um grande problema para o senhor – retrucou Lara em um tom frio. – Só assim terá o meu apoio. E espero que a sua palavra seja mantida mesmo depois do julgamento. Espero que seja um verdadeiro cavalheiro e a mantenha.

– Você é teimosa, irracional, insultante... – disse Arthur, o rosto fino vermelho de raiva, mas Janet o interrompeu com um toque de prazer.

– Lembre-se, meu bem... precisamos do testemunho dela.

Arthur calou-se, os músculos do rosto latejando e se contorcendo enquanto ele se esforçava para manter a ira sob controle.

– Está certo – falou irritado, olhando com raiva para Lara. – Aproveite essa pequena vitória, porque juro que será a última.

Arthur saiu de forma tempestuosa, com Janet em seus calcanhares.

A fúria alarmada de Lara demorou um longo tempo para ceder. Ela voltou a se sentar, os joelhos trêmulos, e enterrou o rosto nas mãos. As lágrimas rolavam através dos dedos, e ela soltou um suspiro trêmulo.

– Ah, Hunter – sussurrou, arrasada. – Por que você não podia ser real?

⁂

Dali em diante, os eventos se sucederam em uma rapidez impressionante. Embora Hunter aparentemente tivesse recusado assistência jurídica, o Sr. Young ignorou suas instruções. Ele convocou o advogado da família, Sr. Eliot, reconhecido pela Coroa Real de Sua Majestade e pela Corte de Apelação, que por sua vez havia contratado um advogado que atuava especificamente no Tribunal Superior, Serjeant Wilcox.

Lorde e lady Arthur, por sua vez, haviam contratado um advogado para conduzir a acusação, embora houvesse pouco que ele ou Serjeant Wilcox precisassem fazer. O lorde chanceler havia mandado dois escreventes a Market Hill para colher o depoimento de todos que tivessem um testemunho válido a oferecer. Os escreventes se mantiveram terrivelmente ocupados por dois dias, reunindo tantas declarações e opiniões que parecia que todos no condado estavam dispostos a colaborar. Lara quase ficou grata pelo modo como lorde Arthur a protegeu do fluxo de visitantes. Ele conseguiu manter todos a distância, informando a todos os conhecidos que Lara estava abalada demais para recebê-los.

No entanto, ela aceitou conversar com o Sr. Young, o administrador da propriedade, quando o homem retornou de Londres. Sabia que ele havia visto Hunter e, apesar dos seus esforços para se manter indiferente, Lara ansiava por alguma notícia dele.

Young parecia pálido pela falta de sono. Seus olhos castanhos gentis estavam injetados e tinham uma expressão perturbada. Lara o recebeu na sala de estar da família e fechou a porta, ciente do hábito de Janet de escutar a conversa dos outros. Ali teriam ao menos uma chance de privacidade.

– Como ele está? – perguntou Lara sem preâmbulos, sentando-se e indicando com um gesto que ele fizesse o mesmo.

Young se acomodou na beira do sofá ao lado dela, os joelhos e cotovelos ossudos se projetando contra o tecido amassado da roupa.

– Está bem de saúde – comentou, o tom sério –, mas não saberia o que dizer em relação a sua condição emocional. Ele fala muito pouco, e não demonstra raiva ou medo. Na verdade, parece estranhamente indiferente em relação a todo o processo.

– Ele está precisando de alguma coisa? – indagou Lara, sentindo a garganta apertada.

Ela lutava contra uma terrível urgência de ir até Hunter, de lhe oferecer conforto e apoio.

– Se não se importa, milady, eu gostaria de levar roupas limpas e alguns itens pessoais para ele quando eu retornar a Londres.

Lara assentiu.

– Por favor, providencie todo o necessário.

– Lady Hawksworth – disse o administrador da propriedade, hesitante –, eu lhe garanto que nunca teria trazido lorde Hawksworth para vê-la se não estivéssemos absolutamente convencidos da identidade dele.

– Todos quisemos acreditar, Sr. Young – murmurou Lara. – Ele sabia disso e fez bom uso da informação.

– Milady, a senhora sabe que tenho o mais profundo respeito por seu julgamento... mas não posso deixar de acreditar que está agindo sob a influência do seu tio. Ainda há tempo para mudar de ideia. – A urgência no tom do homem se tornou mais intensa enquanto ele continuava. – A senhora entende o que vai acontecer com seu marido caso não retire as acusações que fez?

Lara sorriu tristemente ao fitá-lo.

– Ele lhe mandou aqui para dizer isso?

Young balançou a cabeça.

– Hawksworth se recusa a dizer qualquer palavra em defesa própria. Ele não vai confirmar nem negar a própria identidade, diz apenas que toda a questão deve ser decidida pela senhora.

– A questão deve ser resolvida por todos nós, trazendo à luz a verdade da melhor forma que pudermos. Só o que posso fazer é declarar na justiça o que acredito, goste ele ou não das consequências.

A decepção do Sr. Young era óbvia.

– Eu compreendo, lady Hawksworth. No entanto, espero que não se importe se o Dr. Slade e eu dermos nosso apoio a lorde Hawksworth.

– Pelo contrário – disse Lara, e precisou se esforçar para manter a voz firme. – Ficarei feliz se o senhor puder ajudá-lo de todas as formas possíveis, já que eu mesma não posso fazer isso.

– Sim, milady. – Ele deu um sorriso triste. – Por favor, perdoe a minha rudeza, mas preciso partir agora. Tenho muitas tarefas a executar em favor de lorde Hawksworth.

Ela se levantou e estendeu a mão para o homem.

– Faça o melhor que puder por ele – falou baixinho.

– É claro. – Young franziu a testa, a expressão melancólica. – Parece que vocês dois são mesmo muito desafortunados. Achei que teriam todos os motivos para serem felizes, mas o destino continua a colocar obstáculos em seu caminho. Nunca sonhei que a situação chegaria a este ponto.

– Nem eu – sussurrou Lara.

– Nunca me considerei um romântico – disse ele, parecendo constrangido –, mas, milady, torço para que vocês dois...

– Não – disse ela com gentileza, levando-o até a porta. – Não torça.

⁂

As paredes do quarto de crianças da casa tinham bonecos e brinquedos enfileirados e eram decoradas com quadros de crianças brincando. Lara havia tentado transformar o cômodo em um refúgio confortável para Johnny, mas, ao que parecia, havia muito pouco que pudesse fazer para protegê-lo. Ela guardou um livro no lugar, em uma estante azul, e voltou a se sentar na beirada da cama do menino. Ele parecia absurdamente pequeno deitado com a cabeça apoiada nos travesseiros, o cabelo negro ainda úmido do banho.

A reação de Johnny aos eventos dos últimos dias tinha sido quase pior do que as lágrimas que Lara havia esperado. Johnny reagira à ausência de Hunter com uma seriedade inabalável, e todos os seus sorrisos e sua energia travessa pareciam extintos. Lara não lhe explicara detalhes da situação, pois sabia que seriam demais para uma criança da idade dele. Ela disse apenas que Hawksworth tinha se comportado mal e estava sendo mantido sob custódia até o lorde chanceler resolver tudo.

– Mamãe – perguntou Johnny, encarando-a com os olhos azuis arregalados –, lorde Hawksworth é um homem mau?

Lara acariciou o cabelo dele.

– Não, querido – murmurou. – Não acho que lorde Hawksworth seja realmente mau. Mas ele precisa ser punido por coisas que fez no passado.

– Lorde Arthur diz que vão enforcar lorde Hawksworth como fizeram com o meu papai.

– Ele falou isso? – perguntou Lara, o tom gentil, esforçando-se para disfarçar um lampejo de raiva em relação a Arthur. – Ora, ninguém sabe com certeza o que vai acontecer até a decisão do lorde chanceler.

Johnny se virou de lado e apoiou a cabeça em uma das mãos.

– Mamãe, eu vou para a prisão algum dia?

– Nunca – respondeu Lara com firmeza, inclinando-se para dar um beijo nos cabelos escuros. – Jamais vou permitir que isso aconteça com você.

– Mas e se eu crescer e me tornar um homem mau...?

– Você vai ser um homem bom e gentil – declarou Lara, encarando o menino com firmeza, cheia de ternura e de um amor ardente. – Não se preocupe com essas coisas. Nós vamos ficar juntos, Johnny, e tudo vai ficar bem.

O menino se aconchegou ao travesseiro, o rosto ainda sério e inseguro.

– Quero que lorde Hawksworth volte – disse ele.

Lara fechou os olhos, tentando controlar uma súbita vontade de chorar.

– Sim, eu sei.

Ela deixou escapar um suspiro trêmulo e puxou as cobertas sobre os ombros estreitos do menino.

∽

Lara chegou a Londres na noite anterior à data marcada para a audiência com o lorde chanceler. Ela havia decidido ficar na casa dos Hawksworths na cidade, a residência em Park Place, onde Hunter estava sendo mantido sob custódia. A casa muito branca, com janelas altas e salientes na frente e um frontão clássico com quatro colunas, tinha sido decorada de forma discreta, elegante e de bom gosto. O interior era todo revestido de madeira, painéis de carvalho escuro e cintilante, e pintada com tons suaves de cinza, bege e um belo verde-oliva que tinha sido criado exclusivamente para os Hawksworths, meio século antes. Feito a partir da combinação de quantidades específicas de azul prussiano e ocre, aquele tom de oliva em particular causara furor por toda a Inglaterra quando usado pela primeira vez, e ainda era muito popular.

Lara estava muitíssimo ansiosa ao se aproximar da casa. A ideia de passar a noite sob o mesmo teto que Hunter, embora em quartos separados, a fazia tremer incontrolavelmente. Ela queria lhe fazer as perguntas que a atormentavam dia e noite, porém não tinha certeza se conseguiria se forçar a encará-lo. Ao menos não sem desmoronar diante dele – e não conseguiria viver com uma humilhação como essa.

Para alívio de Lara, lorde e lady Arthur haviam escolhido ficar em sua própria residência em Londres, preferindo a familiaridade ao endereço dos Hawksworths. Ela pediu calmamente aos criados que levassem seus baús para o quarto que costumava ocupar, mas foi informada pelo mordomo de que o quarto já estava ocupado.

– Por quem? – perguntou, o tom cauteloso.

– Pela condessa viúva, milady.

A mãe de Hunter estava ali? Lara encarou o mordomo boquiaberta, sem entender.

– Quando...? Como...?

– Cheguei esta tarde – disse a condessa viúva do topo da escada. – Depois que uma das cartas que você mandou para toda a Europa finalmente chegou a mim, vim direto para Londres. Meu plano era viajar para o castelo amanhã e resolver eu mesma essa estranha trapalhada. Em vez disso, descobri meu suposto filho sob custódia aqui. Obviamente cheguei na hora exata.

Lara havia começado a subir a escada antes mesmo que a sogra terminasse de falar. Sophie, a condessa viúva de Hawksworth, tinha a mesma aparência esguia e atraente de sempre, com os cabelos grisalhos arrumados regiamente no alto da cabeça e os fios de pérola que eram sua marca pessoal cascateando pela frente do vestido. Ela era uma mulher prática e inteligente que se abstinha de demonstrar emoções mesmo nas circunstâncias mais terríveis; era difícil amá-la, mas muito fácil gostar dela.

– Mãe! – exclamou Lara, abraçando-a na mesma hora.

Sophie mais tolerou do que retribuiu o gesto de afeto e dirigiu um sorriso carinhoso a Lara.

– Ora, Larissa... parece que teria sido uma escolha mais sensata aceitar o meu convite para viajar. Soube que passou por maus bocados, não é mesmo?

– Sim...

Lara devolveu o sorriso, mas o dela era choroso e seus olhos ardiam.

– Pronto, pronto – disse Sophie, sua expressão se suavizando. – Vamos resolver isso tudo, nós duas, e vamos entender o que está acontecendo. Uma garrafa de vinho e uma longa conversa... é tudo de que precisamos.

Depois de dar algumas breves instruções aos criados, Sophie pegou Lara pelo braço e as duas foram para a sala lavanda, que a própria Sophie havia decorado. Era o único cômodo com uma decoração mais feminina em uma casa basicamente masculina. Era todo em tons de malva e lavanda, com detalhes cor-de-ameixa e mesinhas douradas, além de vitrais com violetas nas janelas. O cabelo e os pulsos de Sophie exalavam o aroma dessa flor, que era o seu perfume preferido havia décadas.

Lara se perguntou em que quarto Hunter estaria sendo mantido preso, o que ele estaria pensando, e se sabia que ela estava ali.

– A senhora o viu? – perguntou a Sophie, nervosa.

A viúva demorou para responder, sentando-se com calma em uma poltrona forrada de veludo macio.

– Sim, eu o vi. Conversamos por algum tempo.

– Ele se parece muito com Hunter, não é mesmo?

– Naturalmente. Eu ficaria surpresa se não parecesse.

Espantada, Lara sentou-se também e encarou a sogra.

– Sinceramente, não sei o que quer dizer com isso.

Seus olhares se encontraram por um longo momento. Lara nunca vira Sophie parecer tão perturbada.

– Entendo – murmurou a viúva por fim. – Não lhe contaram, então.

– Não me contaram o quê? – perguntou Lara, dominada por uma onda de frustração. – Bom Deus, estou cansada de viver cercada de segredos! Por favor, *o que* a senhora pode me contar sobre o homem que está sob custódia no andar de baixo?

– Para começar – retrucou a sogra, em um tom sarcástico –, posso lhe dizer que ele e meu filho Hunter são meios-irmãos.

Capítulo 19

Sem se deixar abalar pela expressão chocada de Lara, Sophie esperou pacientemente enquanto um criado entrava com uma garrafa de vinho tinto e duas taças com hastes sextavadas. Outro criado se dedicou ao rito de abrir a garrafa. Lara precisou morder o lábio para conseguir permanecer em silêncio, enquanto observava os criados realizando suas tarefas com uma lentidão enlouquecedora.

Ela segurou com força a haste da taça até a lapidação sextavada deixar marcas vermelhas em seus dedos. E esperou até que os criados partissem antes de voltar a falar.

– Por favor, me conte – pediu à sogra, baixinho.

– Meu marido, Harry, tinha um fraco por mulheres atraentes – começou Sophie. – Eu tolerava isso porque ele era discreto, e porque sempre voltava para mim. Nenhum homem é perfeito, Larissa. Todos têm algum traço de caráter ou hábito desagradável que precisa ser tolerado. Amei Harry apesar de sua infidelidade, que nunca se mostrou um grande problema para mim... até um dos relacionamentos dele resultar na gravidez indesejada da amante.

– Quem era ela? – perguntou Lara.

Ela tomou um gole do vinho e o sabor forte preencheu sua boca.

– A esposa de um embaixador. Tinha sido assediada por quase todos os homens de Londres e por isso tenho certeza de que Harry a via como um troféu. O *affair* durou quase um ano. Quando ela ficou grávida, informou a Harry que não ficaria com a criança. Caberia a ele fazer o que achasse melhor com o bebê.

– Mas ele também não quis a criança?

– Ah, Harry queria muito aquele bebê. Sua intenção era que vivesse conosco, ou ao menos que fosse criado em um lugar onde ele pudesse visitá-lo de tempos em tempos. No entanto, eu nem sequer quis considerar a possibilidade. Como você sabe, não tivemos muita sorte em gerar filhos saudáveis. Nossos três primeiros morreram ainda bebês. Então finalmente fui abençoada com Hunter. Acho que eu temia que o interesse do meu marido pelo filho bastardo pudesse diminuir seu apreço pelo filho legítimo. Estava muito empenhada em defender os interesses de Hunter. Por isso, insisti para que o bastardo fosse entregue a um casal de missionários que o levariam para tão longe que nunca mais o veríamos.

– Para a Índia – disse Lara.

Cada palavra soava aos ouvidos dela como cliques suaves de peças de um quebra-cabeça se encaixando.

– Sim. Eu sabia que isso obviamente resultaria em uma vida difícil para a criança, sem riqueza ou posição social, sem proximidade com o pai. Meu marido relutou bastante em mandar o bebê embora, mas eu insisti. – Sophie rearrumou a saia com um cuidado excessivo. – Por trinta anos, tentei esquecer o que havia feito, mas aquele menino permaneceu no fundo da minha mente... me assombrando todos os dias.

Lara deixou o vinho de lado e encarou a sogra sem piscar.

– Qual é o nome dele?

Sophie deu de ombros.

– Eu não permiti que o pai escolhesse um nome. E nunca soube como os pais adotivos o batizaram.

– O seu filho verdadeiro sabia que tinha um irmão?

– Não. Eu não vi razão para contar a ele. Nunca quis que o filho bastardo de Harry interferisse em nossa vida – disse Sophie, e as rugas suaves nos cantos dos lábios se esticaram em um sorriso sarcástico. – A ironia é impagável, não é mesmo?

Como não estava com humor para ironias, Lara não retribuiu o sorriso. Ela se sentia vítima de uma cadeia de eventos que começara antes mesmo do seu nascimento. O interesse de Harry por outras mulheres, a rejeição da esposa do embaixador ao próprio filho, Sophie repudiando o filho bastardo do marido, a irresponsabilidade egoísta de Hunter... e, finalmente, o estranho que havia invadido a vida dela e a seduzido com suas mentiras.

Nada daquilo dizia respeito a Lara, mas ainda assim, no fim, fora ela quem recebera a punição pela combinação de ações de todas aquelas pessoas. Seria ela quem teria que lidar com as consequências daquilo pelo resto da vida... já que ela mesma teria um filho ilegítimo. Se mantivesse a criança, estaria se colocando como uma pária da alta sociedade para todo o sempre. Embora Lara se sentisse tentada a contar a Sophie sobre a gravidez, um instinto maternal a fez guardar silêncio. O único modo de proteger os interesses do filho era mantê-lo em segredo.

– O que faremos agora? – perguntou em voz baixa.

Sophie examinou Lara com uma expressão cautelosa.

– Isso é você quem decide, Larissa.

Lara balançou a cabeça em protesto.

– Não estou em condições mentais de pensar de forma sensata.

– Sugiro que você desça até o quarto de hóspedes, onde seu amante está sendo mantido sob custódia, e converse diretamente com ele. Depois disso, desconfio que saberá como deseja proceder.

Seu amante... Parecia inapropriado chamá-lo daquele jeito. Mesmo depois de tudo, ela ainda via aquele homem como seu marido, apesar do relacionamento deles ter sido exposto como a ligação ilícita que realmente era.

– Não sei se consigo encará-lo – murmurou Lara.

– Ah, por favor – repreendeu Sophie com gentileza. – Se eu fui capaz de encontrar coragem para encarar o homem depois de trinta anos, você com certeza também conseguirá.

⁓

Lara trocou o traje de viagem por um vestido de musselina estampado com pequenas flores cor-de-rosa e folhas de um verde-pálido. Escovou o cabelo, prendeu-o em um coque apertado bem no alto da cabeça e examinou a aparência no espelho. Pálida e assustada... mas não era de Hunter que tinha medo, e sim de si mesma.

Antes de sair do quarto, endireitou os ombros e jurou silenciosamente que, não importava o que acontecesse entre eles, não se entregaria às lágrimas ou à fúria. Preservaria a própria dignidade a todo custo.

Ela chegou a uma porta guardada por dois homens e pediu permissão para visitar o prisioneiro, em um tom tranquilo. Para seu alívio, os guardas foram respeitosos e corteses, e um deles a orientou a chamar se precisasse de ajuda. Lara sentiu o sangue disparando nas veias, em uma mistura de alarme e empolgação, enquanto entrava na sala, e sabia que seu rosto estava muito pálido.

E lá estava ele.

Parado no centro do cômodo sem janelas, o cabelo nos mesmos tons de castanho e dourado das molduras pesadas que cobriam as paredes. O aposento para convidados era pequeno mas confortável, as paredes cobertas de um tecido adamascado em belos tons de dourado e oliva, as sancas pintadas de um cinza suave. Duas portas sanfonadas de vidro separavam a saleta do quarto de dormir. Ele parecia totalmente à vontade no ambiente elegante, um cavalheiro inglês da cabeça aos pés. Ninguém poderia imaginar quem era aquele homem, ou de onde ele viera. Um camaleão realmente.

– Como você está? – perguntou ele, examinando o rosto dela.

A pergunta provocou um lampejo de fúria. Como aquele homem ousava fingir preocupação com ela depois do que havia feito? Mas uma parte de Lara não conseguiu evitar reagir à presença dele. Sua vontade era correr até ele, sentir seus braços se fecharem ao redor dela e deitar a cabeça em seu ombro firme.

– Nada bem – admitiu ela.

A intimidade e a facilidade de comunicação que haviam se desenvolvido entre os dois ainda estavam ali. De repente, Lara se sentiu invadida pelo prazer estonteante de estar perto dele. E, pior, pela sensação de completude que nunca experimentara com mais ninguém.

– Como você descobriu? – perguntou ele, o tom brusco.

– Falei com o capitão Tyler.

Ele assentiu brevemente, sem mostrar qualquer traço de surpresa ou raiva. Aquele homem nunca havia esperado que a relação entre eles durasse, percebeu Lara. Sempre soubera que a farsa de se fazer passar por lorde Hawksworth seria temporária, na melhor das hipóteses. Por que fazer aquilo, então? Por que se arriscar a perder a vida por apenas uns poucos meses fingindo ser o meio-irmão?

– Por favor – pediu ela, e ouviu a própria voz como se ecoasse de um sonho –, me ajude a entender por que você fez isso comigo.

Ele não respondeu logo, e a ficou observando com a expressão concentrada de um homem que resolve um problema de matemática. Então se virou um pouco, deixando apenas o perfil forte à vista, e baixou os cílios cheios.

– As pessoas que me criaram... – Ele não iria chamá-los de pais. Tinham sido no máximo cuidadores, e bastante negligentes por sinal. – Eles nunca fizeram segredo de quem eu realmente era. Cresci curioso em relação ao pai que não me quis e ao meio-irmão que provavelmente nem sabia da minha existência. Quando soube que Hawksworth tinha ido para a Índia e estava morando em uma casa em Calcutá, quis descobrir mais sobre ele. Por algum tempo, observei-o de longe. Então, certa noite, invadi a casa enquanto ele estava fora.

– Você vasculhou os pertences dele – disse ela, mais uma declaração do que uma pergunta.

Lara se sentou em um pequeno sofá. Suas pernas subitamente pareciam incapazes de sustentá-la devidamente. Ele permaneceu parado do outro lado da sala.

– Sim.

– E descobriu o meu retrato em miniatura.

– Sim. E as cartas que você havia mandado para ele.

– As minhas cartas? – Lara tentou se lembrar do que havia escrito para Hunter. Provavelmente descrevera suas atividades diárias, suas conversas com pessoas do vilarejo, e contara novidades da família e de amigos. Nada sobre amor ou saudade, nada sobre a vida particular dela. – Não consigo imaginar por que Hunter as teria guardado. Eram tão banais.

– Eram encantadoras – declarou ele baixinho. – Eu as encontrei em uma gaveta... Hawksworth as mantinha ali junto com os próprios diários.

– Hunter nunca manteve diários – falou ela, o tom frio.

– Sim, ele mantinha – respondeu ele calmamente. – E, pelo modo como estavam numerados e datados, eu soube que deveria haver outros aqui. Eu os descobri logo depois que cheguei, e os destruí depois de pegar as informações necessárias.

Lara balançou a cabeça, surpresa com aquela revelação sobre o marido.

– O que Hunter escrevia nesses diários?

– Ele os enchia com o que imaginava serem segredos importantes, intrigas políticas, escândalos da sociedade... bobagens na maior parte.

– Ele me mencionava nesses diários? – perguntou ela, hesitante. – O que ele...?

Lara ficou em silêncio ao ver no rosto do homem à sua frente que Hunter não escrevera qualquer palavra de carinho a seu respeito.

– Era óbvio que vocês não tinham um bom casamento.

– Ele se sentia entediado comigo – declarou Lara.

Ao ouvir o tom derrotado na voz dela, ele a fitou com súbita intensidade.

– Hunter queria lady Carlysle. E só se casou com você porque você era jovem o bastante para lhe dar filhos.

E ela acabara se mostrando infértil.

– Pobre Hunter... – sussurrou.

– Pobre desgraçado estúpido – concordou ele. – Hawksworth era imbecil demais para compreender o que poderia ter tido. Eu li as suas cartas e logo soube que tipo de mulher você era. Compreendi exatamente o que ele havia jogado fora. Hawksworth havia descartado sem pensar duas vezes a vida que *eu* queria... Uma vida que eu acreditava merecer. – Ele semicerrou os olhos. – Peguei o retrato em miniatura e o guardei comigo... E passava cada momento dos meus dias pensando no que você deveria estar fazendo... se estava tomando banho... escovando o cabelo... visitando seus amigos no vilarejo... se estava sentada sozinha lendo... rindo... chorando. Você se tornou uma obsessão para mim.

– Você chegou a se encontrar com o meu marido? – perguntou Lara.

Ele ficou em silêncio por um longo momento.

– Não.

– Isso é mentira – constatou Lara. – Me conte o que realmente aconteceu.

Ele a encarou, muito linda e obstinada, a fragilidade transformada em uma força tão delicada e inabalável que o desmontou. Ele já não conseguiria omitir nada de Lara. Parecia que sua alma havia se aberto e que cada segredo se derramava a olhos nus. Ele não percebeu que estava se movendo, mas se viu em um canto da sala, apoiando a testa contra a parede fria, mesmo forrada com o tecido adamascado.

Ele continuou a falar em um tom ausente, quase esquecendo que Lara estava ali.

– Era março, época do festival... Holi e Dhuleti, como chamam. O festival das cores. Fogueiras são acesas por toda parte, a cidade toda enlouquece com a celebração. Todos sabiam que Hawksworth seria o anfitrião da maior festa em Calcutá...

Ele havia vagado sem rumo pelas ruas em frente à mansão de Hawksworth, em meio à multidão crescente, enquanto as pessoas riam, gritavam e jogavam tinta e pó colorido do alto das casas. Moças usavam pistões de bambu para jogar água perfumada e tinta prateada e vermelha nos passantes, enquanto rapazes maquiavam o rosto e brincavam de vestir sáris para dançar pelas ruas.

Uma horda de pessoas entrava e saía da enorme mansão de Hawksworth, uma casa opulenta em estilo clássico, com vista para as margens verdes do rio Hooghly. A mansão era coberta por estuque polido cor-de-marfim, tão liso quanto mármore, enquanto a frente era enfeitada por uma fileira de colunatas finas. O mar de rostos ingleses parecia idêntico para ele, todos pintados com tinta colorida, os olhos vidrados por causa da bebida forte, o rosto pegajoso de tanto se empanturrarem com iguarias doces e frutas secas.

Com o coração aos pulos, ele entrou na mansão e se misturou. Tinha escolhido usar uma veste com capuz, de algodão vermelho-escuro, similar aos trajes exuberantes dos outros convidados. O luxo da casa era de tirar o fôlego, os cômodos adornados com candelabros e cheios de pinturas de Ticiano e de vidro veneziano.

Enquanto seguia de um cômodo para outro, mulheres embriagadas se jogavam em cima dele, contagiadas pelo humor orgástico dos convivas. Ele as afastou sem interesse. Nenhuma pareceu se importar com a rejeição, apenas davam risadinhas e partiam em busca de uma nova presa.

Os únicos rostos sóbrios em meio à multidão eram os dos criados indianos, servindo travessas de comida e de bebida que eram devorados na mesma hora. Ele perguntou a um dos criados onde estava Hawksworth, e foi respondido com um dar de ombros e um olhar vazio. Procurou, então, por toda a mansão, determinado, até chegar ao que pareceu ser a biblioteca. A porta estava entreaberta, permitindo a vista de uma estante de mogno alta, que guardava no alto uma coleção de bustos de mármore, e tinha uma pequena escada móvel com um corrimão entalhado.

Ao ouvir vozes baixas, aproximou-se ainda mais da porta. Uma risada abafada, um arquejo, um gemido baixo... Os sons inconfundíveis de um casal fazendo sexo. Franzindo a testa, ele recuou e se misturou às sombras. Logo, tudo ficou quieto e uma mulher de cabelo escuro saiu da biblioteca. Era bela e estava ruborizada, com um sorriso nos lábios, enquanto arrumava a saia de seda do vestido cor-de-romã e ajeitava os seios no decote baixo. Satisfeita com a própria aparência, ela seguiu apressada, sem perceber a figura escondida no canto.

Ele entrou silenciosamente na biblioteca e viu um homem alto, de ombros largos, de costas, fechando a calça. O homem virou a cabeça e revelou um perfil distinto, com um nariz longo, o queixo bem-definido, a testa parcialmente coberta por uma mecha de cabelo escuro. Era Hawksworth.

O dono da casa foi até uma mesa alta, forrada de couro verde, e pegou um copo com um líquido âmbar. Então, parecendo sentir que não estava sozinho, virou-se e olhou diretamente para o intruso.

– Ora essa, maldição! Quem é você para se esgueirar atrás de mim desse jeito? Explique-se!

– Desculpe – respondeu ele, percebendo que tinha dificuldade para falar. Depois de despir o manto, ele se virou para encarar Hawksworth, fascinado ao encarar o rosto assustadoramente parecido com o seu. Uma semelhança que também não escapou a Hawksworth.

– Meu Deus... – murmurou, deixando o drinque de lado e se aproximando.

Dois pares de olhos castanho-escuros se encontraram com a mesma expressão fascinada.

Eles não eram idênticos... Hawksworth era mais moreno, mais robusto, e tinha a aparência bem-cuidada, como a de um puro-sangue. Mas qualquer um que visse os dois juntos saberia na mesma hora que tinham algum parentesco.

– Quem diabos é você? – perguntou Hawksworth em um tom agressivo.

– Sou seu meio-irmão – respondeu ele em voz baixa, e observou a complexidade de emoções que perpassaram o rosto de Hawksworth.

– Meu Deus – repetiu Hawksworth, retornando ao copo de bebida.

Ele bebeu tudo rapidamente, tossiu e olhou para o estranho, o rosto vermelho.

– A indiscrição do meu pai – disse ele com a voz rouca. – Ele me falou sobre o filho bastardo uma vez, embora não tenha dito o que foi feito de você.

– Fui criado por missionários em Nandagow...

– Não dou a menor importância para a sua vida – interrompeu Hawksworth. – Posso imaginar por que está aqui, mas, acredite, já tenho bastante parasitas me importunando. É dinheiro que você quer? – Ele se inclinou e vasculhou a gaveta da escrivaninha até achar um pequeno cofre. Hawksworth enfiou a mão dentro do objeto, encheu-a com moedas e as espalhou diante do estranho. – Pegue e vá embora. Eu lhe garanto que isso é tudo que vai conseguir de mim.

Humilhado e furioso, ele ficou parado, imóvel, entre as moedas cintilantes.

– Não quero dinheiro.

– Então o que você quer? – perguntou Hawksworth, irritado.

Ele não conseguiu responder. Continuou parado ali, como um tolo infeliz, sentindo morrer dentro de si todas as perguntas que queria fazer sobre o pai e o próprio passado.

Hawksworth pareceu ler seus pensamentos.

— O que você achou que aconteceria aqui? — perguntou Hawksworth, com um desprezo mordaz. — Devo abraçá-lo e dar as boas-vindas à ovelha há muito perdida? Bem, saiba que você não é desejado. Ninguém precisa de você. Não tem lugar na família para você. Eu imaginaria que não seriam necessárias mais explicações depois do modo como meus pais despacharam você da Inglaterra. Você não passa de um erro de que eles precisavam se livrar.

Enquanto ouvia aquelas palavras cruéis, ele não conseguiu deixar de questionar silenciosamente a injustiça da própria sorte. Por que aquele idiota arrogante deveria ser o senhor do castelo? Hawksworth tinha uma família, terras, um título, fortuna e uma esposa jovem e encantadora, e valorizava tão pouco tudo aquilo que partira da Inglaterra por motivos frívolos. Enquanto para ele, nascido bastardo, nada restara.

Ele compreendia muito bem a hostilidade de Hawksworth. O meio-irmão fora criado para se considerar o único filho dos Crosslands, legítimo ou não. A família não tinha qualquer utilidade para um bastardo que só serviria como fonte de constrangimento.

— Não vim aqui para reivindicar nada de você — murmurou, interrompendo a tagarelice de Hawksworth. — Só queria conhecê-lo.

As palavras não serviram de nada para aplacar o homem irado.

— Então já conseguiu o que queria. Agora sugiro que saia da minha casa, ou sofrerá as consequências.

Ele deixou a mansão de Hawksworth sem tocar em uma única moeda no chão, e com a satisfação de saber que ainda tinha o retrato em miniatura de lady Hawksworth. Guardaria aquele pequeno pedaço da vida do irmão para si.

— ... continuei a trabalhar sob as ordens do capitão Tyler por algum tempo, até saber que o navio de Hawksworth tinha naufragado — ele continuou a contar em um tom de voz sem expressão. — Ele se fora e eu sabia que tudo o que o meu meio-irmão tinha... tudo o que eu queria... estava ali, à minha espera. Resolvi fazer o que fosse preciso para ter você, mesmo que apenas por pouco tempo.

– Então você tomou o lugar dele para provar que era um homem melhor – disse Lara.

– Não, eu... – Ele fez uma pausa, e se forçou a ser sincero. – Foi em parte por isso, a princípio – admitiu. – Mas eu me apaixonei por você. E não demorou até você se tornar a única coisa que importava.

– Você não pensou nas consequências do que estava fazendo – acusou Lara, sentindo o peito apertado de raiva. – Você destruiu qualquer possibilidade de que eu volte a confiar em alguém. Você roubou a vida de outro homem, me magoou de forma imperdoável, e agora provavelmente vai ser enforcado. Valeu a pena tudo isso?

Ele a fitou com uma expressão que pareceu atingir a alma dela, os olhos escuros de anseio e de amor.

– Sim.

– Seu desgraçado egoísta! – gritou Lara, a boca trêmula.

– Eu me tornaria qualquer pessoa, qualquer coisa, por você. Mentiria, roubaria, esmolaria, mataria por você. Não lamento o que fiz nos últimos meses. A minha vida não teria sido nada sem eles.

– E quanto à *minha* vida? – perguntou ela, a voz embargada. – Como você ousa dizer que se importa comigo quando não fez nada além de mentir e se aproveitar de mim, quando me transformou na maior tola que já existiu?

– Você não é tola, Lara. Tornei fácil para você acreditar que eu era Hunter. Eu sabia que você ignoraria as suas próprias dúvidas se quisesse acreditar em mim... e você queria.

– Nada daquilo era real – acusou Lara, as lágrimas começando a escorrer com velocidade pelo seu rosto. – Tudo que me disse, todas as vezes que me beijou... Era tudo mentira.

– Não – falou ele, a voz rouca.

Ele fez menção de ir até ela, mas se conteve ao vê-la recuar.

– Nem sequer sei o seu nome. Ah, por que você teve que fingir que era Hunter?

– Eu poderia ter tido você de outra forma? – perguntou ele, a voz abalada. Era uma tortura ver Lara chorando e não poder confortá-la. – Se eu a procurasse e contasse a verdade sobre quem eu era, teria permitido que eu me aproximasse?

Lara ficou em silêncio por um longo tempo.

– Não – respondeu por fim.

Ele assentiu, pois a resposta confirmava o que já sabia.

– Não vou mentir para você – começou Lara depois de um momento de introspecção. – Não posso passar o resto da minha vida...

– Não – murmurou ele. – Eu não esperaria isso.

Todo o corpo de Lara ficou rígido quando ele começou a se aproximar. O avanço foi cuidadoso, como se ele achasse que qualquer movimento brusco poderia fazê-la fugir. Quando já estava diante dela, ele se agachou.

– Eu jamais conseguiria me cansar de olhar para você – disse em uma voz rouca. – Esses olhos verdes lindos, esse rosto doce. – Ele a fitou com um desejo tão evidente que era como se ela estivesse sendo marcada pelo fogo daquele olhar. – Lara, há uma coisa que você precisa entender. Esses meses que estive com você... o tempo que passamos juntos... vale a pena morrer por isso. Se for tudo que eu puder ter, já basta. Portanto, não importa o que você decida dizer amanhã, ou o que pode acontecer comigo de agora em diante.

Lara não conseguiu falar. Precisava fugir dele antes que começasse a chorar descontroladamente. Ela se levantou depressa, baixou a cabeça e seguiu em direção à porta. Achou que o tinha ouvido dizer seu nome, mas não poderia parar, não conseguiria suportar a presença daquele homem sem desmoronar.

Sophie a aguardava, o olhar penetrante avaliando o rosto devastado de Lara.

– Você está apaixonada por ele – disse apenas, e passou o braço ao redor dos ombros de Lara.

As duas subiram a escada juntas.

– Sinto tanto – disse Lara, com uma risadinha chorosa. – A senhora deve me desprezar por me sentir desse jeito, sabendo que nunca entreguei meu amor ao homem que realmente tinha direito a ele.

Como uma mulher prática, que gostava de reduzir qualquer situação a um fato objetivo, Sophie não se sentiu inclinada a concordar.

– Por que eu a desprezaria? Não sabia que o meu filho tinha direito ao seu amor. Ele algum dia fez qualquer esforço sincero para conquistar seu coração?

– Não, mas...

– É claro que ele não fez. Hunter era apaixonado demais por lady Carlysle, embora só Deus saiba o que ele via naquela criatura de aparência tão masculina. Para meu profundo arrependimento, fui eu que o aconselhei a se casar com você e não com ela, e a mantê-la como um *affair*. Ele poderia ter o melhor dos dois mundos, eu disse. Agora sei que cometi um erro. Eu tinha esperanças de que Hunter acabasse sendo envolvido pelos seus encantos e que você tivesse uma boa influência sobre ele.

– Bem, isso não aconteceu – concluiu Lara.

Embora ela não tivesse a intenção de que seu comentário soasse divertido, a condessa viúva soltou uma gargalhada irônica.

– Obviamente – concordou ela, com um suspiro, enquanto as duas entravam na sala de estar da família. – Meu pobre filho... Sei muito bem que ele não foi um bom marido para você. Nunca teve qualquer senso de responsabilidade. Talvez por ter sido mimado a vida toda, por ter tido tudo com muita facilidade. Hunter teria se beneficiado de algumas dificuldades. Elas moldam o caráter de um homem. Mas eu não conseguia evitar mimá-lo, ele era tudo que eu tinha. E temo ter encorajado seu egoísmo.

Embora Lara se sentisse tentada a concordar com Sophie, não disse nada. As duas ficaram sentadas juntas ali, como antes, e Lara esfregou os olhos cansados.

– Você já decidiu o que vai fazer amanhã? – perguntou Sophie, sem rodeios.

– E há alguma escolha? É minha responsabilidade dizer a verdade.

– Bobagem.

– O quê? – perguntou Lara em uma voz frágil.

– Nunca entendi por que a sinceridade é considerada uma grande virtude. Há coisas mais importantes do que a verdade.

Pega de surpresa, Lara fitou a sogra com os olhos arregalados.

– Perdão, milady, mas isso parece uma coisa muito estranha de se dizer.

– Parece? Você sempre foi convencional demais, Lara. Não se preocupa com as pessoas que terão seu destino afetado pelo resultado dessa história? E o seu próprio bem-estar não deve ser levado em consideração?

– A senhora parece querer que esse estranho tome o lugar do seu filho – falou Lara, sem acreditar no que estava ouvindo.

– O meu filho se foi – afirmou a condessa viúva. – Só o que posso fazer agora é avaliar friamente a situação. Arthur e a esposa já provaram que não vão proteger a herança dos Hawksworths. Os dois farão tudo que estiver em seu poder para desonrar o título. Por outro lado, legítimo ou não, esse rapaz *é* filho do meu marido, e parece ter se saído muito bem no papel de

Hawksworth. A meu ver, ele tem tanto direito ao título quanto Arthur. Além disso, ele parece ter conquistado o seu afeto, não é mesmo? Errei com ele muitos anos trás. Foi por minha causa que o rapaz teve um começo de vida difícil e, ainda assim, ele parece ter se transformado em um homem competente. É claro que não aprovo seus métodos, mas devemos admitir que ele não agiu como um homem mau, e sim como alguém desesperado.

– A senhora está dizendo que vai apoiá-lo? – perguntou Lara com surpresa, sentindo-se meio entorpecida.

– Só se você desejar isso. Porque é você, minha cara, quem terá que viver com uma mentira pelo resto da vida... Será você quem dará à luz os filhos dele e terá que agir como esposa desse homem de todas as formas. Se estiver disposta a aceitá-lo como seu marido, então também estarei disposta a aceitá-lo como meu filho. Veja bem, se o declararmos um Hawksworth agora, não haverá mais volta.

– A senhora realmente seria capaz de trair o verdadeiro Hunter dessa forma? – perguntou Lara em um sussurro. – Conseguiria aceitar outro homem em seu lugar?

– Meus sentimentos por Hunter permanecerão apenas da minha conta e de mais ninguém – declarou a condessa viúva com muita dignidade. – A questão é o que *você* deseja, Larissa. Vai salvar esse homem, ou mandá-lo para o inferno? Ele deve continuar a viver como lorde Hawksworth, ou você devolverá o título a Arthur? Precisa se decidir esta noite.

Lara estava perplexa com a argumentação da sogra. Nunca, nem em milhares de anos, teria esperado que Sophie assumisse uma posição tão fora do comum. Aquela lógica não parecia certa de forma alguma. Ela havia esperado que a condessa viúva reagisse com o ultraje apropriado ao ver outro homem fingindo ser seu filho, e não que desse apoio à farsa dele e ainda propusesse dar continuidade àquilo.

Enquanto sua mente girava descontroladamente, Lara se lembrou da voz de Rachel dizendo: *Os fatos não são absolutos. É possível discutir infinitamente sobre eles.* E, somando-se àquela confusão absurda, havia outros fatores a considerar: o homem no andar de baixo... fosse ele quem fosse... tinha sido bom para ela. Ele a fizera feliz. Tomara conta de Johnny, de Rachel e de todos na propriedade. Não importava o que tivesse feito no passado, Lara sabia que era um bom homem. E ela o amava até os recônditos mais profundos de sua alma.

– Mas... como posso amar um homem que na verdade não conheço? – perguntou Lara, falando mais para si mesma do que para a sogra. – E como posso confiar que ele me ama? O homem é um camaleão, exatamente como disse o capitão Tyler. Não estou convencida de que algum dia ele conseguirá ser sincero. Estará sempre na defensiva, escondendo os próprios pensamentos, nunca se permitirá ser visto como o homem que ele realmente é.

– Uma alma perturbada – disse Sophie, com um sorriso que combinava ironia, afeto e um toque de desafio que pegou Lara de surpresa. – Ora, esse é o seu forte, não?

Capítulo 20

Como sabia que o capitão Tyler havia sido convidado para ir a Londres prestar depoimento, Lara mandou chamá-lo bem cedo pela manhã. Para seu profundo alívio, ele foi imediatamente à casa de Park Place. Estava uniformizado – paletó vermelho curto, com galões dourados na frente, calça muito branca, botas pretas imaculadas, faixa na cintura, e um chapéu preto emplumado sob o braço.

Ele entrou a passos rápidos na sala e se inclinou sobre a mão que Lara estendeu, cumprimentando-a com todo o respeito.

– Lady Hawksworth.

– Obrigada por vir tão rapidamente – disse ela.

– Só espero poder lhe ser útil, milady.

– Também espero – falou Lara, muito séria. Ela se sentou em uma cadeira forrada de veludo macio e se apoiou no encosto de mogno entalhado. Diante de um gesto de Lara, o capitão também se sentou em uma cadeira idêntica próxima. – O senhor está em Londres para dar seu depoimento ao lorde chanceler, é claro – afirmou ela.

– Sim, milady – disse ele, e seu bigode negro elegante se agitou, demonstrando o desconforto que sentia. – Permita-me pedir perdão novamente por lhe omitir a verdade por tanto tempo, e pela perturbação que lhe causei na última vez que nos encontramos. Sempre lamentarei a forma como lidei com o assunto, e espero que algum dia a senhora me perdoe pelo meu silêncio irresponsável...

– Não há nada de que se arrepender, nem nada a perdoar – garantiu Lara com sinceridade. – Compreendo perfeitamente seu silêncio no que diz respeito a lorde Hawksworth, e de certo modo me sinto grata por ele. Na verdade... – Ela respirou fundo e o encarou diretamente antes de continuar. – A razão por que quis vê-lo esta manhã é para lhe pedir que continue em silêncio.

O capitão não demonstrou qualquer emoção além de piscar rapidamente os olhos escuros.

– Entendo – disse ele devagar. – A senhora está me pedindo para cometer perjúrio diante do lorde chanceler hoje. Deseja que eu negue o que sei sobre o homem que está se passando por lorde Hawksworth.

– Sim – foi a resposta concisa dela.

– Posso perguntar por quê?

– Depois de muito refletir, cheguei à conclusão de que seria melhor para os Crosslands, inclusive para mim, que esse homem continue como chefe da família.

– Milady, talvez eu não tenha conseguido descrever direito o caráter desse homem para a senhora...

– Estou perfeitamente consciente do caráter dele.

O capitão Tyler esfregou o polegar no longo galão dourado na manga do paletó em um movimento contínuo.

– Gostaria de concordar com o seu pedido, já que assim eu estaria pagando uma dívida que deveria ter sido quitada há muito tempo. Ainda assim... permitir que ele permaneça em uma posição de tanto poder e responsabilidade... Deixar que roube a vida de outro homem... Isso não me parece certo.

– Que dívida o senhor tem com ele? – perguntou Lara, curiosa.

O capitão explicou, a voz tensa.

– Ele salvou a minha vida. Nós, e me refiro à Coroa, estávamos estabelecendo novas cidades mais adiante nas margens do rio Ganges, e tivemos problemas no território Cawnpore. Tugues esperavam nas estradas e atacavam os viajantes, assassinando a todos sem piedade. Nem mulheres e crianças eram poupadas. Quando esses bandidos perceberam que não desistiríamos, se tornaram ainda mais agressivos. Muitos homens do meu batalhão foram caçados e executados, alguns em sua própria cama. Eu mesmo fui atacado certa noite, quando voltava de uma visita a Calcutá. Me vi cercado por meia dúzia de tugues que mataram um jovem soldado e outro homem que fazia a escolta do grupo. Estavam prestes a acabar comigo quando... – Ele fez uma pausa, e sua testa ficou suada com a lembrança. – Quando *ele* saiu da noite como uma sombra, e derrubou dois dos homens que me atacavam com tanta rapidez que os outros acabaram fugindo e gritando que se tratava de um mensageiro de algum deus indignado. Aquela foi a última vez que o vi... até sua reencarnação como lorde Hawksworth.

– A cicatriz na nuca dele... – comentou Lara, com uma súbita intuição.

Tyler assentiu.

– Durante a briga, um dos bandidos tomou a minha espada. O seu "Hawksworth" teve sorte por não ter sido decapitado. Felizmente, para ele, é um homem muito ágil em combate. – O capitão pegou um lenço no bolso e enxugou a testa. – Ele não é um homem comum, milady. Se concordar com o seu pedido, não quero ser responsabilizado por qualquer sofrimento ou infelicidade futura que ele possa vir a lhe causar.

Lara deu um sorriso firme para ele.

– Acredito que ele seja digno da minha confiança, capitão. Não tenho dúvida de que levará uma vida exemplar se lhe for dada a chance.

O capitão Tyler a encarou como se ela fosse uma santa... ou uma lunática.

– Perdoe-me, mas acho que está depositando sua confiança nele de forma precipitada, lady Hawksworth. Espero de todo coração que esse homem se prove digno dela.

– Ele se provará – falou Lara. Ela pegou a mão dele em um gesto impulsivo e apertou-a com força. – Tenho certeza disso, capitão.

Lara esperou na antecâmara do gabinete do lorde chanceler por apenas uma hora, mas pareceu uma eternidade. Atenta a qualquer som abafado que saía das salas e corredores ao seu redor, ela permaneceu sentada na ponta de uma cadeira de madeira dura, tentando interpretar o que estava acontecendo. Finalmente, um escrevente apareceu e a acompanhou até o saguão do lado de fora da sala de audiência do lorde chanceler. Ela viu o capitão Tyler sair de lá e sentiu o coração acelerar. Seus olhares se encontraram, o dela questionador, o dele tranquilizador. Então, em resposta à súplica silenciosa de Lara, o capitão assentiu brevemente. *Está tudo certo*, os olhos dele pareceram dizer, e parte da terrível tensão que ela sentia se dissipou.

Lara reuniu toda a confiança possível e acompanhou o escrevente até a sala de audiência do lorde chanceler. Sunbury se levantou da cadeira de assento forrado de couro, que ficava diante de uma mesa pesada de mogno, e esperou até que Lara estivesse sentada antes de voltar a se acomodar.

O lorde chanceler era uma figura imponente em seu manto de um vermelho intenso, o rosto cheio emoldurado por uma longa peruca prateada. Enquanto Sunbury brincava com um pequeno globo terrestre em tamanho de bolso, coberto por minúsculos mapas, Lara reparou nos três enormes anéis de ouro na mão direita dele.

Os olhos cinza de Sunbury eram pequenos, mas penetrantes, e a encaravam com intensidade. O homem tinha uma aparência de imponência nata que teria sido evidente mesmo sem os paramentos pomposos e longe da sala de audiência. Lara não se surpreenderia ao vê-lo no dia do Juízo Final, postado diante dos portões do paraíso para avaliar as qualificações dos aspirantes a anjo.

O olhar de Lara se voltou para Hunter como se atraída por um ímã. Ele estava sentado na extremidade de uma longa mesa, a cabeça emoldurada pela luz fraca que entrava pela janela – quase etéreo em sua beleza austera, o rosto distante, o corpo esguio vestido com uma calça bege, um colete preto e um paletó de veludo verde-escuro. Hunter não retribuiu o olhar de Lara, mantendo os olhos fixos no lorde chanceler, sem piscar, como uma criatura selvagem.

Havia outras pessoas na sala de audiência: um escrevente para registrar os depoimentos por escrito, os advogados de defesa Eliot e Wilcox, o promotor cujo nome Lara não lembrava, Sophie, Arthur e Janet... e um rosto conhecido que fez o corpo de Lara enrijecer, sentindo-se ultrajada e perplexa ao mesmo tempo. Lorde Lonsdale, muito elegante em um colete de cetim bordado com borboletas, sapatos com fivelas ornamentadas, e um alfinete de diamante na gravata. Ele sorriu para ela, os olhos azuis cintilando com um prazer maldoso. O que aquele homem estava fazendo ali? Que informação ele poderia ter que justificaria sua presença diante do lorde chanceler?

Perguntas e palavras de protesto queimavam na ponta da língua de Lara, mas ela conseguiu se manter em silêncio. Avistou Sophie, que corria os dedos distraidamente pela longa fileira de pérolas cascateando por cima da renda na frente do vestido cor-de-pêssego.

– *Agora* a verdade virá à tona – disse Arthur, triunfante, fitando Lara com um olhar autoritário, e então falou como se ela fosse uma criança pequena. – Apenas responda às perguntas do lorde chanceler com a maior sinceridade possível, Larissa.

Ressentida com o tom condescendente, Lara ignorou a orientação e concentrou a atenção em Sunbury.

O lorde chanceler falou em um tom de voz estrondoso.

– Lady Hawksworth, espera-se que a senhora seja capaz de esclarecer um pouco essa situação desconcertante.

– Farei o possível – disse ela em voz baixa.

Sunbury pousou a mão enorme em cima de uma pilha alta de papéis.

– Recebi uma variedade de depoimentos de pessoas que insistem com veemência que esse homem é, com toda a certeza, o conde de Hawksworth. A condessa viúva de Hawksworth, ninguém menos, afirma que se trata realmente do próprio filho. – Ele fez uma pausa e olhou de relance para Sophie, que assentiu com impaciência. – No entanto, há algumas opiniões contraditórias... a mais relevante sendo do próprio cavalheiro em questão. Ele insistiu que *não* é lorde Hawksworth, embora tenha se recusado a explicar melhor. Diga-me, milady... quem exatamente é esse homem?

Um silêncio mortal se abateu sobre a sala de audiência, enquanto Lara umedecia os lábios.

– Esse homem é Hunter Cameron Crossland, conde de Hawksworth – disse Lara, em um tom de voz claro e firme, embora ligeiramente enervada ao ver o escrevente anotar cada palavra que saía dos seus lábios. – Ele é meu marido, sempre foi, e tenho a grande esperança de que sempre será.

– O quê?! – exclamou Arthur, enquanto Janet se levantava em um pulo da cadeira.

– Sua megera mentirosa! – gritou ela, e partiu na direção de Lara com os dedos curvados como garras.

Lara se encolheu, mas, antes que Janet a alcançasse, Hunter saltou da cadeira e a segurou por trás, prendendo os punhos ameaçadores. Janet reagiu como uma gata raivosa, se debatendo e gritando de um modo que pareceu deixar todos assustados, a não ser por Arthur, que se mostrou apenas enojado.

– Fora! – bradou o lorde chanceler, o rosto vermelho, a expressão ultrajada. – Insisto que essa criatura seja retirada do meu tribunal imediatamente!

O pandemônio que se seguiu demorou a se acalmar.

– Ela está mentindo! – exclamou Arthur. – Larissa, sua bruxa sem palavra, eu a verei no inferno por isso...

– Silêncio! – O lorde chanceler se levantou, o manto vermelho ondulando ao redor do corpo grande. – Não permitirei que meu tribunal seja desonrado por profanidades e violência. Retire a sua esposa daqui, senhor, e, se não for capaz de se controlar daqui em diante, também não volte!

Muito vermelho, Arthur arrancou a esposa, que ainda se contorcia, das mãos de Hunter.

Hunter foi até Lara e a examinou com muita atenção. Depois de se certificar de que ela não havia sido ferida, ele se apoiou nos braços da cadeira dela e se inclinou em sua direção. O rosto dele estava muito perto do dela e, de repente, tudo mais na sala pareceu deixar de existir, restando apenas os dois. Os olhos escuros de Hunter cintilavam de raiva.

– Por que está fazendo isso? – perguntou ele, o tom hostil. – Conte a verdade a eles, Lara.

Ela ergueu o queixo e devolveu o olhar dele com uma expressão obstinada.

– Não vou abrir mão de você.

– Maldição, eu já não fiz o bastante para você?

– Nem de longe – respondeu ela baixinho.

As palavras dela pareceram enfurecê-lo mais do que agradá-lo. Ele soltou a cadeira com um murmúrio abafado de frustração e atravessou a sala em poucos passos rápidos. A atmosfera estava carregada de um antagonismo inesperado.

Arthur retornou e teve uma rápida conversa com o promotor, que logo depois se aproximou do lorde chanceler. Eles trocaram algumas palavras e Lara viu o promotor cerrar os lábios em desaprovação. Aborrecido, o homem voltou para o seu lugar e fez sinal para que Arthur fizesse o mesmo.

– Muito bem, então – bradou mais uma vez Sunbury, olhando com firmeza para Lara. – Espero que nos esclareça um pouco melhor, lady Hawksworth. A senhora alega que esse homem é seu marido, mas ele insiste que não é lorde Hawksworth. Qual de vocês está dizendo a verdade?

Lara fitou o lorde chanceler, muito séria.

– Milorde, acredito que meu marido se sinta indigno de mim por causa de uma indiscrição do passado. Seu *affair*, conhecido por todos, com uma certa...

Ela fez uma pausa, como se fosse doloroso mencionar o nome da outra.

O lorde chanceler assentiu, os rolos da peruca prateada escorregando por seus ombros.

– Lady Carlysle – completou ele. – Recebi o depoimento dela mais cedo.

– Então tenho certeza de que foi informado sobre o relacionamento que mantinham – continuou Lara. – Uma relação que me causou muito sofrimento. Em seu remorso por causa do *affair*, creio que a intenção do meu marido seja se punir da forma mais drástica, negando a própria identidade. No entanto, quero que ele entenda que eu o perdoo por tudo. – Ela olhou de relance para Hunter, que estava com os olhos fixos no tapete. – Por tudo – repetiu com determinação. – Eu gostaria de recomeçar, milorde.

– De fato – murmurou o lorde chanceler. Ele examinou o rosto fechado de Hunter, depois a expressão determinada de Lara. Por fim, voltou a olhar para Hunter. – Se o que lady Hawksworth está dizendo é verdade, meu bom homem, acho que o senhor foi longe demais renunciando ao próprio nome. Um homem comete erros de vez em quando. Cabe às nossas esposas, com sua virtude superior, nos perdoar.

Ele riu da própria brincadeira, alheio ao fato de que ninguém compartilhava do seu bom humor.

– Tolices! – exclamou Arthur, encarando Lara com raiva. – Milorde, essa mulher está sofrendo de uma confusão mental. Ela não tem ideia do que está dizendo. Esse impostor astuto a convenceu de alguma forma a ficar do lado dele, embora ontem mesmo Larissa o estivesse denunciando!

– O que tem a dizer sobre isso, lady Hawksworth? – perguntou Sunbury.

– Cometi um erro terrível – reconheceu Lara. – Só posso pedir perdão pelos problemas que causei. Acusei meu marido em uma crise de raiva por causa do *affair* com lady Carlysle, e fui influenciada pelo meu tio. Não costumo ser tão manipulável... mas temo que o meu estado tenha me deixado um tanto irracional.

– Seu estado? – perguntou Sunbury, enquanto todos na sala encaravam Lara boquiabertos, incluindo Hunter e Sophie.

– Sim... – Lara ruborizou enquanto continuava, odiando a necessidade de se valer da gravidez daquela forma. No entanto, pretendia usar todas as armas que estivessem a sua disposição. – Estou esperando um bebê, milorde. Tenho certeza de que o senhor compreende como o temperamento de uma mulher fica instável nessa condição.

– Realmente – murmurou o lorde chanceler, acariciando o queixo, pensativo.

O rosto de Hunter ficou pálido sob o bronzeado. Pelo modo como olhou para ela, Lara sabia que ele achava que era mentira.

– Basta, Lara – disse ele, a voz rouca.

— Mais mentiras! – gritou Arthur, que se levantou, desvencilhando-se da mão do advogado, que tentava contê-lo. – Ela é seca como o deserto. Todos sabem que Larissa é incapaz de conceber, milorde. Ela está fingindo uma gravidez e, sem dúvida, vai fingir um aborto assim que for conveniente!

Lara começou a se divertir com a visão do semblante apoplético do tio. Ela deu um sorrisinho e se virou para o lorde chanceler.

— Estou disposta a me submeter ao exame de qualquer médico da sua escolha, milorde, se assim desejar. Não tenho nada a temer.

Sunbury a fitou por um longo momento, avaliando-a, e, embora sua expressão fosse séria, um sorriso iluminou seus olhos cinza.

— Isso não será necessário, lady Hawksworth. Parece que devemos lhe dar os parabéns.

— Com licença – disse Lonsdale em seu tom sarcástico. – Odeio estragar a bela história de lady Hawksworth, já que gosto de um bom romance tanto quanto qualquer um. No entanto, posso provar em menos de um minuto que esse homem é uma fraude... e que a nossa encantadora lady Hawksworth é uma mentirosa.

O lorde chanceler ergueu as sobrancelhas grisalhas.

— É mesmo? E como isso poderia ser feito, lorde Lonsdale?

Lonsdale fez uma pausa para garantir um efeito teatral.

— Tenho uma informação que vai surpreender todos vocês... Uma informação secreta sobre o verdadeiro lorde Hawksworth.

— Pois conte, então – disse Sunbury, passando o pequeno globo terrestre da palma de uma das mãos para a outra.

— Muito bem. – Lonsdale se levantou e perdeu tempo ajeitando o colete de cetim. – O verdadeiro Hawksworth e eu não éramos apenas amigos íntimos, mas também companheiros em uma sociedade exclusiva. Os escorpiões, é como nos chamamos. Não acho necessário explicar o nosso propósito a não ser dizendo que temos certos objetivos políticos. Embora cada um de nós tenha jurado manter nossa filiação em segredo, me sinto obrigado a revelar o fato e, assim, provar que esse suposto Hawksworth é um impostor. Veja, pouco antes de partir para a Índia, Hawksworth e o restante de nós, membros da sociedade, fizemos uma marca específica na parte interna do braço esquerdo. Uma marca permanente, feita com tinta injetada sob a pele. Eu tenho essa marca, assim como os outros. Apenas o verdadeiro conde de Hawksworth a teria.

– E essa marca, eu suponho, é no formato de um escorpião? – perguntou Sunbury.

– Exatamente – disse Lonsdale, fazendo menção de abrir o paletó. – Se me der um ou dois minutos, milorde, posso mostrá-lo...

– Não será necessário – disse o lorde chanceler secamente. – Seria muito mais pertinente que lorde Hawksworth mostrasse o braço *dele*.

Todos os olhares se voltaram para Hunter, que encarou Sunbury com uma expressão rebelde.

– Não há necessidade – resmungou. – Não sou Hawksworth.

O lorde chanceler manteve o olhar firme no dele, sem piscar.

– Então prove isso tirando a camisa, senhor.

– Não – disse Hunter entredentes.

A recusa determinada fez o rosto de Sunbury ficar vermelho.

– Devo mandar que a removam para o senhor? – perguntou em um tom falsamente gentil.

A respiração de Lara ficou acelerada. Não conseguia se lembrar de ter visto nenhum tipo de marca no braço de Hunter. A ideia de que um pouco de tinta pudesse mandar todos os seus sonhos e esperanças para o inferno... Ela cerrou os punhos sobre a saia e torceu o tecido com força.

– Eu lhe dou a minha palavra de que ele tem a marca – disse ela.

O lorde chanceler deu um sorriso sardônico.

– Com todo o respeito que lhe devo, lady Hawksworth, neste caso prefiro a evidência cabal à sua palavra – disse, e voltou novamente os olhos para o rosto de Hunter. – A camisa, por favor.

Arthur começou a rir em uma alegria insana.

– Agora acabou para você, seu charlatão maldito.

O lorde chanceler começou a censurá-lo pelas palavras profanas, mas sua atenção logo foi desviada para Hunter, que se levantou. Ainda taciturno, ele cerrou o maxilar, os olhos fixos no chão, e despiu o paletó, puxando as mangas com força. Deixando o paletó de lado, começou a desabotoar o colete preto. Lara mordeu o lábio em uma angústia silenciosa, e tremeu ao ver Hunter enrubescer. Ele deixou o colete de lado e tirou a camisa de dentro da calça. Enquanto abria os botões, fez uma pausa e olhou para o lorde chanceler.

– Não sou Hawksworth – grunhiu. – Escute o que estou dizendo por um maldito minuto...

– Faça-o continuar – falou Arthur, furioso. – Insisto.

– O senhor pode falar o que quiser – informou Sunbury a Hunter –, depois que eu examinar o seu braço.

Hunter não se moveu.

Enfurecido pela hesitação, Arthur se adiantou, agarrou uma parte solta da camisa e a puxou até todos ouvirem o som do tecido rasgando. A camisa se abriu e ficou pendurada pelos punhos, revelando um corpo esguio e musculoso, a pele bronzeada marcada por cicatrizes em alguns lugares, não muito diferentes das que o marido de Lara realmente tinha, resultado de quando perseguira um javali e de outras caçadas perigosas. Fascinada pela visão do corpo de Hunter, e ciente do que estava prestes a acontecer, Lara prendeu a respiração.

Arthur empurrou Hunter na direção do lorde chanceler.

– Aqui está – disse em tom zombeteiro. – Mostre seu braço a ele, seu mentiroso desgraçado.

Hunter cerrou o punho e ergueu o braço acima da cabeça.

De onde estava sentada, Lara tinha uma visão perfeita da cena. Lá estava, alguns centímetros acima dos pelos da axila, o desenho em azul de um pequeno escorpião.

Lonsdale, que se aproximara para ver, cambaleou para trás, estupefato.

– Como é possível? – perguntou com a voz rouca, o olhar indo da marca no braço para o rosto tenso de Hunter. – Como diabos você sabia?

Lara se perguntava a mesma coisa. Ela ponderou silenciosamente a respeito, até lhe ocorrer que a única forma de ele ter conseguido reproduzir o desenho do escorpião teria sido lendo os diários do marido dela.

Incoerente de fúria, Arthur se deixou cair na cadeira mais próxima, arquejando.

Sophie fitava Hunter com uma expressão estranha, um misto de perplexidade e admiração, enquanto se dirigia ao lorde chanceler.

– Creio que isso encerra o assunto, lorde Sunbury.

O rosto de Lonsdale se contorceu em uma fúria assassina.

– Você não vai vencer – sibilou ele para Hunter. – Eu o verei morto antes disso!

Lonsdale saiu da sala praguejando e bateu a porta com uma força que pareceu fazer o prédio tremer.

O lorde chanceler revirou os olhos e voltou sua atenção para o pequeno globo terrestre em suas mãos. Ele abriu o corpo do objeto, revelando um minúsculo mapa das constelações, e passou o dedo por uma trilha de estrelas pintadas.

– Ora, meu rapaz – murmurou, fitando o rosto emburrado de Hunter. – Estou bastante inclinado a acreditar na sua esposa. Está tentando se punir por uma indiscrição, não é mesmo? É esse o caso? Bem, até mesmo o melhor dos homens às vezes é arrebatado por essa fraqueza em particular. E, caso você *não seja* o conde de Hawksworth... não estou inclinado a discutir com a maior parte das pessoas que dizem que é. Parece razoável me declarar imediatamente em favor de lorde Hawksworth ser, bem... lorde Hawksworth. E, desse modo, dou o caso por encerrado. – Ele encarou Hunter com uma expressão esperançosa. – Acredito que o senhor não vá continuar essa discussão, certo, milorde? Eu detestaria me atrasar para o almoço.

༄

– Onde ele está? – perguntou Lara, frustrada, andando de um lado para outro na sala, sob o olhar desaprovador de Sophie. – Não posso ir embora de Londres sem vê-lo, mas preciso voltar para Rachel e Johnny. Minha nossa, mas o que deu na cabeça dele para desaparecer assim?

Durante o tumulto que se seguira à decisão do lorde chanceler, Hunter desaparecera. Lara não tivera outra escolha a não ser voltar para a casa dos Hawksworths e esperar por ele. Já haviam se passado quatro horas, e nem sinal do homem. Ela queria desesperadamente conversar com ele, mas, ao mesmo tempo, sentia uma necessidade urgente de partir para Lincolnshire. Seus instintos a alertavam de que precisava retornar para perto de Rachel o mais rápido possível. Não havia como saber o que Lonsdale poderia fazer no estado de fúria em que se encontrava – Lara estava certa de que ele pretendia levar a esposa de volta para casa sem demora, à força se necessário.

Um terrível pensamento lhe ocorreu, e ela encarou Sophie com um horror crescente.

– A senhora não acha que Hunter desapareceu para sempre, acha? E se ele nunca mais voltar?

Claramente desconfortável com sentimentalismos, Sophie franziu a testa em reprovação.

– Pare com isso, Lara. Eu prometo que ele vai encontrá-la quando estiver pronto. O homem não vai desaparecer depois da surpresa que você jogou nos pés dele durante a audiência, não até descobrir se é verdade ou não. O que me leva à pergunta... Você *está* grávida ou não?

– Tenho certeza de que estou – afirmou Lara sem hesitar.

Estava concentrada demais em sua preocupação com Hunter para compartilhar o evidente prazer de Sophie com a notícia. A condessa viúva se recostou na cadeira com um sorriso encantado.

– Louvado seja! Ao que parece, a linhagem de Harry terá continuidade, afinal. Uma criatura viril, esse seu amante errante. Ele com certeza não teve problema em começar sua prole.

– Marido – corrigiu Lara. – Vamos nos referir a ele como meu marido a partir de agora.

Sophie deu de ombros, despreocupada.

– Como preferir, Larissa. Acalme-se. Você está agitada demais. Isso não pode ser bom para o bebê.

– Acho que ele não acreditou que estou mesmo esperando um filho – murmurou Lara.

Ela parou diante da janela e se lembrou da expressão aturdida de Hunter na sala de audiência. Era possível que tenha encarado a afirmação como outra mentira dela para salvá-lo. Lara pressionou as mãos e a testa contra o vidro frio e embaçado, sentindo o peito apertar com o medo de que ele nunca mais voltasse.

Capítulo 21

A carruagem de Lara chegou tarde da noite ao castelo Hawksworth, quando a maior parte dos moradores já dormia. Ela ficou grata por ser poupada da tarefa de explicar uma situação inexplicável a Johnny, Rachel e aos outros naquela noite. Estava cansada de falar, cansada da viagem e de tentar ignorar os pensamentos que se agitavam em sua mente. A cada volta das rodas da carruagem que a levava embora de Londres, Lara sentia-se mais e mais abatida e derrotada. Queria dormir por longas horas.

– Lady Hawksworth – perguntou a Sra. Gorst em voz baixa, recebendo-a em casa –, lorde Arthur voltará para cá?

– Não – respondeu Lara, balançando a cabeça. – O caso foi encerrado pelo lorde chanceler.

– Entendo – disse a governanta, com um sorriso sincero. – Que boa notícia, milady! Devemos esperar a chegada de lorde Hawksworth em breve?

– Eu não sei – falou Lara, e sua expressão triste pareceu diminuir a alegria da Sra. Gorst.

A governanta se absteve de fazer mais perguntas e orientou um lacaio a subir com o baú de Lara até o quarto dela, além de designar uma criada para desfazê-lo.

Enquanto os criados se ocupavam de suas tarefas, Lara subiu a escada de dois em dois degraus e foi até o quarto das crianças, onde Johnny dormia. Ela entrou sem fazer barulho e acendeu uma única vela em cima da cômoda azul. O som da respiração do menino, baixa e serena, fez seu coração se encher de uma súbita alegria. Aquilo, pelo menos, era algo com que ela poderia contar... o amor confiante e inocente de uma criança. Ele estava aconchegado a um travesseiro macio, o rosto redondo cintilando à luz da vela.

Lara se inclinou para beijá-lo.

– Estou em casa – sussurrou.

Johnny se mexeu, murmurou alguma coisa e abriu brevemente os olhos azuis. Satisfeito ao vê-la, ele deu um sorrisinho sonolento antes de cair novamente no sono.

Lara pegou a vela e saiu silenciosamente, indo em direção ao próprio quarto. Parecia muito vazio, mesmo com as criadas ocupadas em guardar o que Lara levara na bagagem e em arrumar a cama para ela dormir. Quando todas enfim saíram, Lara vestiu a camisola e deixou as roupas com que viajara no chão. Apagou os lampiões e subiu na cama, onde ficou deitada de olhos abertos, encarando a escuridão.

Alisou o espaço vazio ao seu lado. Tinha se deitado com dois homens naquela cama, um por dever, o outro por paixão.

Ela sabia em seu coração que Hunter não pretendia voltar. Queria expiar os erros que cometera com ela e acreditara quando Lara lhe dissera que não poderia mentir por ele pelo resto da vida. Ele achava que seria mais fácil, melhor para ela, se desaparecesse de novo.

Mas a verdade era que Lara o amava demais para abrir mão dele. Queria aquele homem como marido, não importava o que o mundo pensasse disso. Ela o amava mais do que se importava com decoro, dever e até mesmo honra.

Caiu em um sono turbulento, a cabeça cheia de imagens inquietantes. Em seus sonhos, as pessoas que ela amava a estavam abandonando, parecendo não conseguir vê-la ou ouvi-la. Ela corria atrás das figuras indistintas, implorando, puxando-as para si, mas todas permaneciam insensíveis às suas súplicas. Uma por uma, começaram a desaparecer, até restar apenas Hunter... então ele também sumiu.

– Não! – gritou ela, buscando freneticamente por ele. – *Nããão!*

Um grito rasgou o silêncio da casa.

Lara se sentou na cama, o coração aos pulos. A princípio, achou que ela mesma havia gritado, mas prestou atenção e ouviu de novo.

– Rachel... – sussurrou.

Lara se levantou e se pôs rapidamente em ação ao ouvir o som dos gritos abafados da irmã. Ela saiu descalça do quarto, sem se preocupar em calçar o chinelo ou em vestir um roupão. Quando chegou ao topo da grande escadaria, viu um homem a meio caminho da escada, puxando e arrastando Rachel com ele. Uma das mãos de Lonsdale estava enrolada na longa trança da esposa e a outra agarrava com força o seu braço.

– Não, Terrell, *por favor* – pediu Rachel, lutando para se libertar a cada passo do caminho.

Ele a empurrou para a frente, fazendo com que ela descesse três ou quatro degraus cambaleando, até cair na base da escada.

Lara deixou escapar um gritinho de alarme. Lonsdale... Ela não havia imaginado que ele ousaria entrar na casa no meio da noite e arrancar Rachel da cama. Ele estava com o rosto vermelho de tanto beber e dominado por uma fúria presunçosa. Deu um sorriso zombeteiro quando avistou Lara ao olhar para cima.

– Estou levando de volta o que é meu – disse ele em uma voz arrastada. – E vou ensinar você a não se colocar no meu caminho! Você nunca mais vai ver a minha esposa. Se eu encontrá-las juntas, matarei as duas. – Lonsdale agarrou Rachel pelo cabelo e a puxou para colocá-la de pé, parecendo se deleitar com o arquejo de dor dela. – Você achou que poderia se livrar de mim – bradou ele para Rachel. – Mas você é propriedade minha e eu a domarei e farei com que se dobre à minha vontade, sua megera desleal. A primeira lição começa esta noite.

Rachel levantou os olhos para Lara, chorando desesperadamente.

– Larissa, por favor, não deixe que ele me leve!

Lara se lançou na direção dos dois, enquanto Lonsdale continuava a arrastar a irmã em direção à porta.

– Não toque nela! – berrou Lara, os pés descalços voando escada abaixo até alcançar Lonsdale e Rachel. Ela segurou o braço do cunhado e o puxou com força. – Solte minha irmã, ou vou matá-lo!

– Você vai fazer *o quê?* – perguntou ele com uma risada cruel, e se desvencilhou de Lara com uma facilidade assustadora.

A força do braço de Lonsdale a jogou longe. Lara bateu com a cabeça na parede fazendo um barulho forte. Por um momento, o mundo pareceu sair do eixo e a mente dela ficou zonza. Lara piscou várias vezes e levou as mãos à cabeça, dando-se conta de um zumbido irritante e agudo no ouvido. Acima do som ensurdecedor, ouviu as súplicas distantes da irmã.

Lara se esforçou para se sentar no chão e percebeu que Lonsdale arrastava Rachel através do grande saguão, enquanto ela tropeçava e chorava. Apesar da fraqueza física, Rachel lutava bravamente, tentando desvencilhar o braço preso. Irritado com a resistência da esposa, Lonsdale bateu na cabeça dela com algum objeto que tinha na mão. Rachel cambaleou e quase caiu. Gemendo de dor, estremecendo por inteiro, ela o seguiu sem oferecer resistência.

Os criados tinham sido acordados pelo tumulto. Alguns poucos apareceram no saguão e ficaram assistindo ao espetáculo, parecendo não acreditar no que estavam vendo.

– Segurem esse homem! – gritou Lara, agarrando-se à balaustrada e se colocando de pé com dificuldade. – Não deixem que saia!

Mas nenhum dos criados se moveu, e Lara subitamente percebeu o motivo. O objeto na mão de Lonsdale era uma pistola. Em seu estado de fúria, ele não hesitaria em usá-la.

– Abra as portas – ordenou Lonsdale, gesticulando com a arma para um lacaio. – Agora!

O lacaio se apressou a obedecer. Ele correu até a entrada e girou as maçanetas com dificuldade até as portas pesadas se abrirem gentilmente.

Para espanto de todos, uma voz aguda ecoou no grande saguão.

– Para!

O olhar de Lara se voltou para o topo da escada, onde Johnny estava parado em sua roupa de dormir branca, o cabelo escuro arrepiado ao redor da cabeça. Ele segurava uma pistola de brinquedo na mão, do tipo que podia ser carregada com uma espoleta inofensiva.

– Vou atirar em você! – gritou o menino, apontando a pistola para Lonsdale.

Lonsdale ergueu a própria arma em um reflexo e mirou no menino.

– Não! – berrou Lara. – É só um brinquedo.

– Solta a tia Rachel! – bradou Johnny, e atirou.

O brinquedo emitiu um estalo fraco e o som fez todos ficarem paralisados.

Ao se dar conta de que a pequena pistola era inofensiva, Lonsdale começou a rir de incredulidade, o olhar debochado fixo na figura do menino furioso no alto da escada.

Naquele momento, uma figura se moveu nas sombras e entrou pela porta com movimentos ágeis como os de um felino.

– Hunter... – sussurrou Lara, enquanto ele se lançava em cima de Lonsdale com uma força que fez os dois homens caírem no chão.

Rachel foi jogada para o lado pela intensidade do impacto e rolou uma, duas vezes, até seu corpo parar, frouxo, de dor e de choque. Ela fechou os olhos e desmaiou, os braços acima da cabeça, como uma boneca de trapo descartada.

Os homens lutaram violentamente pela arma, praguejando e grunhindo enquanto trocavam socos. Lara se virou e subiu a escada o mais rápido possível. Alcançou Johnny em uma fração de segundo e o puxou para o chão, protegendo-o com o próprio corpo.

O menino arquejou, confuso, o rosto molhado de lágrimas.

– Mamãe, o que está acontecendo? – perguntou ele, choroso, e abraçou-a com força.

Lara arriscou espiar a cena que se desenrolava logo abaixo, e viu Hunter girando o corpo e tentando pegar a arma. Ela mordeu o lábio, apavorada, esforçando-se para não gritar. Os dois homens estavam agarrados em um combate mortal, rolando pelo chão encerado... até que o ar foi abalado por uma explosão ensurdecedora.

Os dois homens ficaram imóveis.

Lara agarrou Johnny, os olhos arregalados fixos nos corpos grandes e na poça de sangue de um vermelho-rubi que se espalhava ao redor deles. Ela deixou escapar um som estrangulado e cobriu a boca com a mão, para abafar um grito angustiado.

Hunter se moveu lentamente, desvencilhando-se de Lonsdale e pressionando as mãos grandes sobre o ferimento aberto no abdômen do agressor. Respirando pesadamente, Hunter olhou para os criados que estavam próximos.

– Mandem alguém buscar o Dr. Slade – grunhiu –, e peçam para outra pessoa chamar o xerife. – Ele gesticulou para o mordomo com a cabeça. – Você... leve lady Lonsdale para cima antes que ela desperte.

Sua voz contida pareceu aplacar o caos. Todos correram para obedecer, gratos por ele assumir o controle da situação.

Trêmula de alívio, Lara pegou a mão de Johnny e o afastou da cena.

– Não olhe, querido – murmurou quando ele esticou a cabecinha para espiar por cima do ombro.

– Ele voltou – falou o menino, e agarrou os dedos de Lara em um gesto febril. – Ele voltou!

༄

O dia estava quase nascendo quando o xerife foi embora, depois de interrogar longamente os Hawksworths e os criados. O xerife não parecera muito surpreso com o desenrolar dos eventos. Como comentou em um tom lacônico, todos conheciam a tendência de Lonsdale à embriaguez e à violência. Seria só uma questão de tempo até ele receber a punição merecida.

Embora parecesse que o assunto seria deixado de lado sem qualquer acusação criminal, Hunter não conseguiu descartar com facilidade o que acontecera. Lavou e esfregou o corpo todo em um banho de banheira em seu quarto, usando uma grande quantidade de sabonete para remover cada traço de sujeira e sangue, mas ainda assim não se sentiu limpo.

Por quase toda a vida, havia conseguido ignorar a própria consciência. Na verdade, estivera praticamente certo de que nem sequer possuía uma. Mas sentia-se profundamente abalado pelas consequências de ter levado Rachel para o castelo Hawksworth. Se não tivesse feito aquilo, lorde Lonsdale provavelmente ainda estaria vivo. Por outro lado, se tivesse deixado Rachel à mercê do marido, *ela* provavelmente estaria morta. Será que fizera a escolha certa? Houvera uma escolha certa a ser feita?

Ele se vestiu, penteou o cabelo e pensou em Lara. Ainda havia coisas a serem ditas entre eles... coisas dolorosas que ele não queria dizer e que ela não queria ouvir. Hunter gemeu e esfregou os olhos cansados. Pensou em todos os acontecimentos que havia provocado por causa do seu desejo incontrolável de se tornar Hunter Cameron Crossland. A maior surpresa era como aquilo parecera natural. Havia conseguido se apropriar verdadeiramente do nome até ele mesmo ter dificuldade de lembrar que estava vivendo uma vida roubada. Sua outra existência, tão desolada, tinha sido trancada em um sótão empoeirado que ele não tinha qualquer desejo de visitar.

E Lara, por algum motivo que ele não conseguia nem começar a entender, tinha tornado possível que aquela farsa continuasse. Talvez ela estivesse tentando pensar nele como um de seus muitos gestos de caridade, tentando salvá-lo de si mesmo.

Mas Hunter não poderia permitir que ela se tornasse parte da mentira. Não conseguiria suportar corrompê-la mais do que já fizera.

Cheio de medo e anseio, ele foi dizer adeus a Lara.

◦

Lara estava sentada em uma cadeira diante da lareira em seu quarto, tremendo, enquanto o calor do carvão mal começava a aquecer seus pés descalços. Rachel estava profundamente adormecida em seu próprio quarto, sob o efeito de uma dose de láudano que o médico havia administrado. Johnny também estava em seu quarto, tranquilizado por um copo de leite quente e uma história. Embora se sentisse exausta, Lara permanecera obstinadamente acordada, com medo de que, caso adormecesse, Hunter partisse de novo.

Ela se assustou um pouquinho ao ouvir a maçaneta girar e Hunter entrar no quarto sem bater. Ela se levantou depressa. Ao olhar a expressão distante do marido, Lara recuou e passou os braços ao redor do próprio corpo.

– Achei que você havia me abandonado depois dos depoimentos em Londres – falou ela, a voz baixa. – Pensei que não iria voltar...

– Eu não pretendia. Mas pensei em você aqui sozinha com Rachel, e soube o que Lonsdale faria. – Hunter deixou escapar um som de repulsa por si mesmo. – Eu teria vindo mais cedo se estivesse pensando com clareza.

– Você chegou a tempo – disse Lara, a voz embargada. – Ah, Hunter... lá embaixo... Por um momento eu achei que você estava ferido... ou morto.

– Não.

Ele ergueu a mão em um gesto para silenciá-la.

Lara calou-se, sentindo-se profundamente infeliz. Como era possível que eles tivessem sido tão íntimos apenas poucos dias antes, e agora estivessem parados ali, um diante do outro, como dois estranhos? Ela o amava, fosse qual fosse o seu nome, não importava o sangue de quem corresse em suas veias, não importava em que ele acreditava ou o que queria. Desde que a quisesse. Mas, enquanto fitava os olhos escuros e insondáveis, parecia impossível convencer Hunter daquilo.

– Fique comigo – disse ela, estendendo a mão em um gesto suplicante. – Por favor.

Ele pareceu se odiar.

– Não me peça isso, Lara.

– Mas você me ama. Sei disso.

– Isso não faz diferença – disse ele, desolado. – Você sabe que eu preciso ir embora.

– Você me pertence – insistiu ela. – Em primeiro lugar, porque tem o dever de tomar conta do filho que ajudou a gerar.

– Não há filho algum – disse ele sem rodeios.

Lara se aproximou, cruzando a distância entre eles. Então, com todo o cuidado, pegou a mão grande que o marido mantinha rigidamente ao lado do corpo e a pousou em sua barriga. E manteve a mão dele ali, como se assim pudesse fazê-lo sentir a verdade das suas palavras.

– Estou mesmo carregando um filho seu.
– Não – falou Hunter em um sussurro. – Não é possível.
– Eu não mentiria para você.
– Para mim não – concordou ele –, só para o resto do mundo. Para o meu bem.

E, nesse momento, ele passou o outro braço ao redor de Lara e a abraçou, como se não conseguisse se conter.

Um arrepio percorreu o corpo de Hunter e ele enfiou o rosto no cabelo solto da esposa. Lara ouviu o ritmo da respiração dele se alterar, e percebeu que a fachada que o marido se esforçava para manter estava se partindo, revelando o desespero e a frustração que se escondiam.

– Lara, você não sabe o que eu sou.
– Sim, eu sei – apressou-se a dizer, e passou as mãos pelas costas dele para abraçá-lo com força. – Você é um bom homem, embora não perceba isso. E é o meu marido de todas as formas que importam.

Uma risada trêmula escapou da garganta dele.

– Maldição. Você não entende que a melhor coisa que posso fazer por você é sair da sua vida?

Lara recuou e levantou o rosto dele, forçando-o a olhar para ela. Os olhos escuros de Hunter cintilavam com lágrimas não derramadas e sua boca tremia com emoções que ele havia reprimido até então. Lara levou as mãos ao lindo cabelo do marido, ao rosto amado, como se pudesse curá-lo com seu toque.

– Fique comigo – pediu, tentando sacudir os ombros largos, mas aquele corpo enorme nem se mexeu. – Não quero ouvir nem mais uma palavra a respeito. Não vejo por que deveríamos viver separados e sofrer por isso se temos a possibilidade de ficar juntos. Se você não se sente à minha altura, pode se esforçar para melhorar durante os próximos cinquenta anos. – Lara o segurou pela camisa e o puxou com força para si. – E, seja como for, não quero um homem perfeito.

Hunter desviou os olhos, lutando para se controlar.

– Você com certeza não terá um.

Lara deu um sorriso choroso, ouvindo algo na voz dele que lhe deu uma centelha de esperança.

– Estou lhe oferecendo a vida que você quer – disse ela. – Uma vida com significado, com propósito e amor. Aceite minha oferta. *Me* aceite.

Ela pressionou os lábios na boca firme dele, roubando um beijo rápido, então outro, persuadindo e provocando até ele gemer em resposta. Hunter capturou a boca da esposa com um desejo primitivo que pareceu subitamente sair do controle. Ele invadiu-a com a língua, deixando escapar um som animalesco, másculo, e levantou a camisola dela com gestos frenéticos.

Lara passou uma perna nua ao redor de uma das pernas dele, oferecendo-se com uma disposição que pareceu levá-lo à loucura. Hunter ergueu-a nos braços e a carregou para a cama. Todo o cansaço de Lara desapareceu sob a onda de desejo.

– Eu amo você – disse ela, puxando-o para mais perto, e sentiu o tremor que o percorreu.

Hunter arrancou a camisola de Lara. Ele logo encontrou os mamilos da esposa e os sugou com voracidade enquanto espalmava as mãos no abdômen e no quadril dela.

Lara gemeu e se agarrou a ele com os braços e as pernas, desejando o marido mais do que pensara ser humanamente possível. Ela ergueu mais o corpo e encontrou os lábios dele mais uma vez, em beijos profundos que a deixaram sem fôlego. Respirando com dificuldade, Lara puxou as roupas de Hunter e tentou desabotoar sua camisa.

– Não consigo esperar – murmurou ele, baixando as mãos para abrir a calça.

– Quero sentir a sua pele – disse Lara em um gemido, ainda se esforçando para abrir a camisa dele.

– Depois... ah, Deus...

Hunter abriu as pernas dela e a penetrou em um movimento firme. A pressão doce e pesada preencheu Lara até fazê-la gritar, seu corpo explodindo de prazer com a sensação deliciosa que disparava por cada nervo. Ela ergueu o quadril e estremeceu quando o marido se moveu gentilmente, prolongando o prazer. As arremetidas dele se tornaram mais profundas, penetrando-a e recuando em um ritmo enlouquecedor. Hunter fez amor com Lara como se estivesse se banqueteando com seu corpo, cada movimento carregado de um anseio primitivo e deliberado. Lara passou a mão por baixo da camisa dele e apertou os músculos firmes das costas, estimulando Hunter a chegar logo ao clímax. Mas ele continuou em seu ritmo, parecendo se deleitar com os gemidos baixos da esposa.

– Não consigo... estou cansada demais – disse ela. – Por favor, de novo não...

– De novo – falou ele, a voz rouca.

Então arremeteu mais fundo até ela se contorcer em outro clímax, esse quase doloroso tamanha a intensidade.

Hunter enterrou-se dentro dela e deixou que as contrações do clímax de Lara o levassem ao dele, cerrando os dentes ao sentir o prazer dominá-lo como se estivesse no olho de um furacão.

Os dois se deixaram cair em meio aos lençóis desfeitos, ainda trêmulos e ofegantes. Lara sentia uma letargia tranquila, e se virou para Hunter ao senti-lo acariciar seu cabelo. A luz do dia ameaçava se infiltrar no quarto silencioso, mas as cortinas pesadas a bloqueavam.

– Mesmo se você tivesse me deixado – disse Lara, a voz arrastada –, não teria conseguido ficar longe por muito tempo.

Ele deixou escapar um som melancólico.

– Não... Eu preciso de você – disse ele, e pressionou os lábios quentes na testa dela.

– Nem de longe tanto quanto eu preciso de você.

Ele sorriu, as mãos passeando carinhosamente pelo corpo dela. Quando falou, no entanto, seu tom era sério.

– Como seguiremos a partir daqui, depois de tudo que aconteceu?

– Não sei – disse ela, encaixando a cabeça na curva do ombro dele. – Vamos apenas começar de novo.

– Toda vez que você olhar para mim – disse Hunter –, vai se lembrar que tomei o lugar dele.

– Não.

Lara pousou os dedos nos lábios dele, determinada a não permitir que qualquer fantasma do passado os assombrasse a partir dali.

– Acho que me lembrarei dele de vez em quando, sim... Mas a verdade é que nunca cheguei a conhecê-lo realmente. Ele não queria uma vida comigo, nem eu com ele.

Lara percebeu que os lábios de Hunter se curvavam em um sorriso irônico.

– Isso é tudo que eu sempre quis – murmurou ele.

Ela levou a mão ao peito dele, sentindo as batidas firmes do coração.

– Quando olho para você, eu vejo apenas você – disse ela com a voz rouca, enfiando o nariz na curva do pescoço dele. – Eu conheço você.

O comentário arrancou uma risada involuntária de Hunter, e ele rolou para o lado para encarar a esposa. Ficou claro que estava preparado para questionar aquele ponto, mas, quando olhou para o rosto delicado de Lara, uma enorme ternura tomou conta dele.

– Talvez conheça – disse ele apenas, e puxou-a para perto de si.

Epílogo

Depois de andar pelo orfanato e checar as melhorias que já tinham sido concluídas, Lara se sentiu imensamente satisfeita. Já estavam prontos para receber as novas crianças, apenas dez, em vez das doze esperadas, já que duas famílias de Market Hill haviam se apegado tanto aos seus hóspedes temporários que resolveram ficar com eles. Mas seria fácil ocupar as camas extras do orfanato, pensou Lara. Sempre havia crianças precisando de um lugar decente para viver.

Enquanto descia da carruagem e entrava no castelo Hawksworth, a mente dela estava tão ocupada com planos que ela mal reparou no homem que a esperava.

– Lady Hawksworth... perdoe-me, milady...

A voz educada de um cavalheiro repetiu o nome dela até Lara parar e se virar com um sorriso de curiosidade.

O visitante era lorde Tufton, o homem tímido e gentil que cortejara Rachel antes de seu casamento com Lonsdale. Tufton era mais um intelectual do que um homem atlético, e Lara sempre gostara de seu jeito sério e gentil. Ela ouvira recentemente que ele havia recebido uma fortuna inesperada depois da morte do tio, o que sem dúvida o tornou alvo do interesse de muitas damas ambiciosas.

– Lorde Tufton! – exclamou Lara com um prazer sincero. – Que satisfação revê-lo.

Eles conversaram amigavelmente por um instante, então Tufton indicou com um gesto desajeitado um magnífico buquê de rosas que fora colocado sobre a mesa da entrada.

– Trouxe essas rosas para a sua família – disse ele.

– Ora, mas que lindas – falou Lara com carinho, disfarçando um sorriso, pois sabia que as flores na verdade eram para a irmã dela. No entanto, não teria sido adequado que Tufton desse as rosas apenas para Rachel, já que ela estava de luto. – Obrigada. Agradeço por todos nós... especialmente pela minha irmã. Ela gosta muito de rosas, como o senhor sabe.

– Sim, eu... – disse ele, e pigarreou, nervoso. – Como ela está de saúde, milady?

– Muito bem – garantiu Lara. – Embora... Bem, embora ela ande muito silenciosa e abatida nesses últimos dias.

– Era de se esperar – comentou ele com gentileza –, depois da tragédia pela qual passou.

Lara o observou com um sorriso pensativo. Rachel não se dispusera a receber qualquer visita nos dois meses desde a morte de Lonsdale, mas por algum motivo Lara tinha certeza de que o rosto de Tufton seria uma visão bem-vinda.

– Lorde Tufton... minha irmã está sempre no jardim a esta hora do dia, dando um passeio. Tenho certeza de que ela apreciaria companhia.

Ele pareceu ao mesmo tempo ansioso e hesitante com a perspectiva.

– Ah, eu não quero incomodá-la... E se ela desejar ficar a sós?

– Venha comigo – disse Lara.

Então, acompanhada por lorde Tufton, ela cruzou o grande saguão com uma determinação implacável. Passaram pelas portas francesas abertas e saíram para o jardim. Lara avistou de relance a touca preta de Rachel, que passeava entre os arbustos.

– Lá está minha irmã – falou Lara, triunfante. – Vá se juntar a ela, lorde Tufton.

– Lady Hawksworth, não sei se...

– Ela ficará encantada, posso lhe garantir.

Lara abriu a porta, conduziu-o até o lado de fora e ficou olhando enquanto ele seguia por um gramado coberto de flores.

– Mamãe!

Ao ouvir a voz de Johnny, Lara se virou com um sorriso. Ele vestia roupas de adulto em miniatura – calça e um paletó azul –, pronto para uma aula de equitação.

– Querido, onde está sua ama? – perguntou ela.

– Está vindo da sala de aula – respondeu Johnny, ligeiramente ofegante. – Mas ela não consegue correr tão rápido quanto eu.

Lara endireitou o quepe dele.

– Por que você está sempre com tanta pressa?

– Porque não quero perder nada – disse ele.

Ela riu e voltou a atenção para a janela, observando enquanto lorde Tufton e Rachel entravam em seu campo de visão. A irmã tinha dado o braço a Tufton e os dois passeavam juntos. Sob a aba da touca preta, Lara viu o primeiro sorriso de verdade no rosto de Rachel em muito tempo.

– Quem é aquele com a tia Rachel? – perguntou Johnny.

– Acho que vai ser o próximo marido dela – respondeu Lara, pensativa, e olhou de relance para o menino, com um sorriso conspiratório. – Mas isso é um segredo só nosso por enquanto.

Aquilo fez a criança se lembrar de outro segredo que os dois compartilhavam, e ele puxou a saia de Lara.

– Quando podemos contar a todo mundo que você vai ter um bebê, mamãe?

– Quando começar a aparecer – respondeu ela. Ao ver a expressão confusa dele, Lara acrescentou uma explicação, corando levemente: – Digo, quando a minha barriga estiver maior.

– Ela vai ficar tão grande quanto a de sir Ralph? – quis saber Johnny, referindo-se a um cavalheiro robusto que eles conheciam.

Lara não conseguiu conter uma risada.

– Bom Deus, espero que não.

O menino ficou sério.

– Você ainda vai me amar depois que o bebê chegar, mamãe?

Lara sorriu de pura felicidade, ajoelhou-se e passou os braços ao redor do corpinho magro e empertigado.

– Ah, com toda a certeza – murmurou ela, abraçando-o com força. – Eu sempre vou amar você, Johnny.

No início da noite, Hunter voltou de uma ida a Market Hill e encontrou Lara, que estava terminando de se trocar para o jantar. Ele foi até a esposa e lhe deu um beijo rápido nos lábios.

– Estou com elas – respondeu diante do olhar questionador.

Lara sorriu e alisou as lapelas dele com a ponta dos dedos.

– Achei que talvez você tivesse esquecido o que planejamos para esta noite.

Hunter balançou a cabeça.

– Pensei nisso o dia todo.

– Vamos jantar primeiro? – perguntou ela em voz baixa.

– Não estou com fome. Você está?

– Não.

Ele pegou a mão pequena da esposa e a puxou, para que o acompanhasse.

– Então vamos.

⁓

Hunter levou Lara para os arredores de Market Hill, guiando uma charrete puxada por um par de cavalos castanhos. Eles chegaram a uma igrejinha de pedra, escondida no meio de um bosque de árvores baixas perto da paróquia. Era uma construção singular, pequena, que parecia saída de um conto de fadas: o teto de palha e a torre redonda em estilo saxônico encimada por um campanário.

Lara sorriu, ansiosa, quando Hunter ajudou-a a descer do veículo. Ele usou o lampião da carruagem para iluminar o caminho dos dois ao longo da pequena trilha e segurou o cotovelo de Lara com gentileza, guiando-a através das pedras irregulares. Entraram na igreja silenciosa e Lara examinou o interior enquanto Hunter acendia um par de velas diante do altar. Uma cruz simples de madeira e um vitral circular eram os únicos adornos, a não ser pelos entalhes na lateral dos quatro bancos.

– É perfeito – comentou Lara.

Hunter lançou um olhar cético para a esposa.

– Lara, eu gostaria...

– Isso é mais do que suficiente – interrompeu ela, o rosto cintilando sob a luz das velas. – Não precisamos de uma igreja pomposa, nem da presença da congregação, nem de um clérigo para conduzir uma cerimônia adequada.

– Você merece muito mais – resmungou ele.

– Venha aqui.

Ela ficou parada ao lado do altar e esperou, sorrindo.

Hunter se aproximou, enfiou a mão no bolso, pegou um saquinho de veludo e virou o conteúdo com cuidado na mão. Lara prendeu a respiração ao ver as alianças de ouro idênticas que se encaixavam perfeitamente formando um único anel.

– São lindas – falou.

Hunter, então, separou habilmente as duas partes e as deixou em cima do altar.

Inspirada pela serenidade do ambiente, Lara inclinou a cabeça e fez uma prece silenciosa, o coração cheio de esperança e alegria. Quando ergueu os olhos, encontrou os do marido, muito escuros e cintilantes, fixos nela.

– Seja qual for a quantidade de tempo que eu tenha com você – declarou ele, a voz rouca –, não há de ser bastante.

Sem dizer nada, Lara estendeu a mão e Hunter a segurou com força. Ele ficou apenas olhando para a mão da esposa por um momento, então pegou uma das alianças de ouro e colocou no dedo dela.

– Prometo – disse lentamente, olhando nos olhos de Lara – me entregar a você de corpo e alma, tomar conta de você, respeitá-la e honrá-la... e, acima de tudo, prometo amar você até o dia da minha morte... e muito além disso. – Ele fez uma pausa e acrescentou com um toque de ternura no olhar: – E não vou reclamar de todos os seus projetos de caridade... desde que você se lembre de guardar algum tempo para mim.

A mão de Lara tremia um pouco enquanto ela colocava a outra aliança no dedo dele.

– Prometo ser sua companheira, sua amiga e sua amante – disse baixinho. – Prometo lhe dar todo o meu amor e a minha lealdade, construir uma vida com você... e ajudá-lo a esquecer o passado e a valorizar cada dia que temos juntos.

– E você me dará filhos – falou Hunter, pousando a mão com delicadeza no abdômen dela.

– Dez – falou Lara em uma expectativa ambiciosa, fazendo-o rir.

– Agora estou entendendo o seu plano. A senhora pretende me manter na cama o tempo todo, trabalhando para gerar essa prole, não é mesmo?

– Está reclamando? – perguntou Lara.

Hunter sorriu e puxou-a para mais perto em um abraço ardente.

– De forma alguma! Só estava pensando... – Ele capturou a boca da esposa em uma série de beijos apaixonados. – É melhor começarmos a praticar.

Lara passou as mãos ao redor da nuca de Hunter e os dois se beijaram com paixão até estarem ofegantes.

– Me diga o seu nome – pediu Lara em um sussurro. – Seu nome de verdade.

Ela já havia pedido aquilo antes, e ele sempre se recusava a responder.

– Nada disso, minha gata curiosa – falou Hunter baixinho, acariciando o cabelo dela. – Aquele homem não existe mais.

– Eu quero saber – exigiu Lara, puxando a frente do paletó dele.

Hunter se soltou fazendo cócegas na esposa, que acabou caindo contra o peito dele, rindo descontroladamente.

– Nunca – disse ele.

Lara voltou a passar os braços ao redor da nunca do marido.

– Você sabe que algum dia vou conseguir extrair isso de você, certo? – disse ela, pressionando os lábios em um ponto sensível no pescoço dele e fazendo Hunter estremecer. – Você não tem a menor chance de conseguir resistir a mim.

– Nenhuma mesmo – concordou ele, a voz rouca, e se inclinou para beijá-la de novo.

CONHEÇA OUTRO TÍTULO DA AUTORA

Onde nascem os sonhos

Zachary Bronson construiu um império de riqueza e poder. Agora ele está procurando uma esposa para ajudá-lo a garantir sua posição na alta sociedade e aquecer sua cama.

Lady Holly Taylor está destinada a passar a vida obedecendo às regras da alta sociedade, mesmo quando elas vão contra suas convicções. Após três anos de luto por seu amado marido, ela entende que não vai superar a perda e que jamais encontrará outro homem à altura dele para ser seu companheiro.

Em uma noite mágica, Zachary e Holly se encontram e, sem saber a identidade um do outro, não resistem à faísca que se acende entre eles. Ao tomá-la nos braços, Zachary fica deliciado em ver que o desejo dela é tão ardente quanto o seu. E Holly fica chocada ao sentir o próprio coração voltar a bater forte com o beijo daquele estranho.

Zachary faz a Holly uma oferta chocante e, ao mesmo tempo, irrecusável. Agora ela precisa decidir se vai continuar sendo a viúva exemplar de sempre ou se libertar das convenções e arriscar tudo por essa paixão.

CONHEÇA OS LIVROS DE LISA KLEYPAS

De repente uma noite de paixão
Mais uma vez, o amor
Onde nascem os sonhos
Um estranho nos meus braços

Os Hathaways
Desejo à meia-noite
Sedução ao amanhecer
Tentação ao pôr do sol
Manhã de núpcias
Paixão ao entardecer
Casamento Hathaway (e-book)

As Quatro Estações do Amor
Segredos de uma noite de verão
Era uma vez no outono
Pecados no inverno
Escândalos na primavera
Uma noite inesquecível

Os Ravenels
Um sedutor sem coração
Uma noiva para Winterborne
Um acordo pecaminoso
Um estranho irresistível
Uma herdeira apaixonada
Pelo amor de Cassandra
Uma tentação perigosa

Os Mistérios de Bow Street
Cortesã por uma noite
Amante por uma tarde
Prometida por um dia

editoraarqueiro.com.br